Joëlle G.

# INTRIGUE EN ÉGYPTE

Né en 1966, Adrien Goetz, membre de l'Institut, est un écrivain et historien de l'art français. Il enseigne à la Sorbonne. Il écrit également dans divers titres de la presse artistique et il est le directeur de la rédaction de *Grande Galerie, le journal du Louvre*. Il est l'auteur de plusieurs romans : *La Dormeuse de Naples*, couronné par le prix des Deux Magots et le prix Roger Nimier, ou *Intrigue à l'anglaise*, qui obtient le prix Arsène Lupin en 2008. *Le Coiffeur de Chateaubriand* a obtenu le Grand prix Palatine du roman historique. Adrien Goetz a reçu en 2007 le prix François Victor Noury décerné par l'Académie française. Il a été élu en 2017 à l'Académie des beaux-arts.

*Paru au Livre de Poche :*

À BAS LA NUIT !
LE COIFFEUR DE CHATEAUBRIAND

Les enquêtes de Pénélope
INTRIGUE À GIVERNY
INTRIGUE À L'ANGLAISE
INTRIGUE À VENISE
INTRIGUE À VERSAILLES

LA NOUVELLE VIE D'ARSÈNE LUPIN
VILLA KÉRYLOS

ADRIEN GOETZ

# *Intrigue en Égypte*

Une enquête de Pénélope

ROMAN

GRASSET

ISBN : 978-2-253-07875-3 – 1re publication LGF

PROLOGUE

# Les pestiférés

*Jaffa, 21 ventôse de l'an VII de la République*
*(lundi 11 mars 1799)*

Sous le soleil, en pénétrant par la petite porte de bois cloutée à côté du porche, dans ce lazaret dont tout l'état-major parlait avec terreur, le jeune général eut un instant de vertige. Quelle meilleure protection, pour un secret, que la peste ?

Personne n'osera s'approcher. Le talisman sera à l'abri pour des dizaines d'années. Il serait le seul à savoir. Lazaret : mot parfait. Le Christ a fait sortir son ami Lazare de son tombeau, les malades entassés dans ce cloître ne verront s'accomplir aucun miracle. Guidé par son étoile, il ne craignait rien. Il pouvait entrer sans peur. Il ressortira.

Les médecins s'affairaient au milieu des moustiques, des mouches, des puces… Dans la pénombre, on ne voyait pas tout de suite les plaques rouges, les bubons, cette épouvante.

La peste avait là son auberge puante. Elle y prospérait sous le plus beau ciel qui se puisse voir, au bord de la Méditerranée. Au loin, sur la forteresse qui datait des croisés, battait le drapeau tricolore, piètre consolation pour ces soldats de la Révolution qui avaient l'air d'avoir été vaincus. Bateaux coulés, Égypte rebelle, route de Syrie bouchée, aucun moyen de sortir de cette nasse. La France allait les oublier, pauvres soldats du désastre.

La vieille peste du Moyen Âge, que personne n'imaginait de retour, avait trouvé à son goût ce décor. La camarde ne devait à aucun prix prendre le bateau. Sous les ogives dont certaines avaient été remplacées par des arcs outrepassés orientaux, le spectacle était horrible et grandiose.

Bonaparte observait tout. Il demanda qu'on le conduise à la chapelle. Il voulait y rester seul.

Voulait-il prier ? Le dieu des chrétiens ou Allah ? Comment savoir ? Certains murmuraient qu'il venait de se convertir avec l'idée d'entreprendre la conquête de l'Orient, qu'on l'avait circoncis, qu'il voulait aller jusqu'aux Indes et s'y faire roi.

Il resta peu de temps à l'intérieur, il allait vite, comme en tout. Quelle oraison avait-il adressée au Ciel, quel conseil avait-il voulu demander au Tout-Puissant, quel rapport avait-il confié à l'Ange du Seigneur – qui avait pris ce matin-là le masque du messager de l'extermination ?

Le groupe des officiers n'osait rien dire, tous espéraient partir vite. Certains avaient remplacé les pesants uniformes par des tuniques de lin. D'autres s'étaient rasé le crâne et osaient porter le turban. Ils étaient plus nobles que des figures antiques sur un sarcophage. Il faudrait lancer cette mode sur la scène de l'Opéra. Les Parisiens n'en peuvent plus des Grecs et des Romains, ces étoffes jaunes et rouges sont si belles. Ils auraient été surpris s'ils avaient su qu'en cet instant de drame cette pensée légère et délicate était venue à l'esprit de leur jeune chef. Il avait repéré parmi les soldats un homme du génie. Il lui donna l'ordre de recouvrir immédiatement de mortier le mur du fond du petit oratoire, qui n'était pas en bon état. Sur chaque détail, il avait l'œil du maître. Son aide de camp reçut l'ordre de vérifier le soir même que la chapelle avait bien été réparée.

Le grand carré de pierres, construit comme un cloître, sans ouverture vers l'extérieur, fier comme un château fort à côté du port, servait depuis toujours à placer les voyageurs en quarantaine. Cette fois le mal semblait ne pas avoir de limites. Ce lieu sera peut-être transformé dans les siècles à venir, mais il faudra toujours cet enclos sur le quai. La chapelle, si ancienne, traversera évidemment les âges. Qui oserait toucher à ce lieu sacré, qui a vu tant de malheureux – et si peu de guérisons ? La chapelle du lazaret de Jaffa, toutes les religions la respectent et la respecteront. Bonaparte sera pour la postérité celui qui, lors de son bref passage, l'aura consolidée.

Il avait fallu dire à tout le monde « fièvre à bubons », pour ne pas avoir à appeler la maladie par son nom : la peste est dit-on plus dangereuse pour ceux qui la craignent. Personne ne devait avoir peur. Le général avançait seul. Dans des braseros, les vêtements crépitaient. Il fallait purifier l'air, détruire tout ce qui avait été en contact avec les plaies. Impossible d'éliminer les mouches, il y en avait trop. Toutes ces mesures médicales semblaient vaines. La petite garde qui progressait quelques pas derrière Bonaparte projetait sur les murs les ombres de la mort et effrayait ces hommes à demi nus saisis par le délire. Ils croyaient que cette procession qui accélérait était une apparition.

Chaque jour on comptait de nouveaux malades, chaque soir des victimes. Seuls les rats étaient plus nombreux. Pauvres hommes de troupe, on avait fait semblant de leur préparer une sorte de brouet, pas de viande, plus d'alcool. Certains avaient combattu au pont d'Arcole, à Rivoli ou à Montenotte, ils n'avaient rêvé que de gloire. Leurs âmes formeraient une cohorte ici, un bataillon céleste, pour protéger ce que Bonaparte allait laisser dans le lazaret, comme un joyau dans un coffre, le « grand secret ».

Desgenettes, qui lui servait d'officier de santé, mettait un mouchoir sur son visage pour ne pas respirer les vapeurs qu'on disait méphitiques, ce qui dispensait d'avoir à étudier le mécanisme de la contagion, et le suppliait d'en faire autant. C'était ridicule, il suffisait de ne pas toucher les corps.

*

Le plus intrépide, c'est Dominique Vivant Denon. Il n'ose pas faire de mot d'esprit, pour cette fois, mais il est là, avec sa vieille tête chauve du temps de Louis XV et son menton en galoche à la Voltaire. Il dessine, tenant ses trois crayons dans sa mâchoire sans dents, virtuose égaré parmi les décombres humains. Il avait son carnet déjà l'autre jour, en pleine bataille. Un boulet est tombé près de lui, il a dit : « Voilà qu'arrive à point nommé la poudre qui va sécher mon encre. » Cet homme-là, quand on sera revenu en France, quand la France sera prête à redevenir la France, il faudra le laisser faire. Il aurait le courage qu'il faut pour être une sorte de ministre des Arts, si un tel titre existait. Il y a quelques semaines, un soir au Caire, quand il parlait de ses souvenirs, de la Pompadour, de l'ancienne cour, des gentilshommes d'autrefois, de Versailles et de Trianon, il avait l'air de regretter sa perruque. Il servait lui-même à tous de son vin de Chambertin dont il avait fait embarquer des caisses – un petit cru de ses terres, en Bourgogne. Le général en avait bu deux verres, en lui posant des questions sur les collections d'antiques de Rome et de Venise. Denon était aussi à l'aise à la cour qu'à la guerre – même ici, dans le chaudron du diable, il savait comment se tenir, avec son calepin.

Bonaparte se taisait. Il avait enlevé son bicorne mais gardé son sabre au côté, le ceinturon couvert par l'écharpe tricolore à franges d'or du général en chef.

L'ordre qu'il allait devoir donner serait le pire qu'un commandant puisse avoir à prononcer au cours de sa carrière.

La contagion ne doit pas se répandre dans le reste de l'armée. À Paris, le gouvernement du Directoire aurait le droit de lui reprocher d'avoir laissé périr ses soldats. Mais ces hommes-là, qui souffrent, qui crient, que leur dire ?

Il pensa, formant sa phrase dans son esprit avant de la dire à haute voix : « Si j'avais un fils, un pauvre enfant sur ce grabat, comme lui, ce tambour qui est au fond de ce bouge, ce gamin dans une geôle, un prisonnier chétif, ici, victime de toute cette folie, si mon enfant était parmi eux, oui, je donnerais le même ordre. »

L'image du petit recroquevillé qui était en face de lui, sur la botte de paille, le frappa. Il pensa à ce que Joséphine lui avait raconté, les prisons, la Terreur, ce garçon qu'elle avait vu une nuit, couvert de vermine... C'est à elle, à elle seule, qu'il pourra raconter cette journée, s'il revient. Il doit revenir. À Paris. À elle.

Talleyrand a tout combiné, il a négocié secrètement avec les Anglais cette expédition d'Égypte qui ne servirait pas plus que cela la gloire de la République, diversion politique qui permettrait au jeune chef de réapparaître encore plus fort, encore mieux armé, nimbé de légende. Il lui faudra ensuite être acclamé en héros, pacifier le pays, refaire la guerre en Italie. Les Russes envoient des troupes là-bas, pour contrarier sa première conquête, grignoter son œuvre, les chiens. Ils ont même osé enrôler Pozzo di Borgo, Charles André Pozzo, son rival corse, son voisin d'Ajaccio, qui voulait s'imposer dans l'île contre le clan Bonaparte en profitant de la Révolution. Sans foi ni loi, Pozzo. Le goût de la vendetta l'a poussé à devenir officier dans l'armée du tsar, contre son pays. Même ici, au bout du monde, dans ce décor d'apocalypse, penser à Pozzo met le général hors de lui. Il va falloir rentrer, rétablir l'ordre, faire rendre gorge aux Pozzo, aux Anglais, aux Russes, aux Autrichiens, s'occuper bien des Espagnols et de tous les Bourbons qui restent. Les problèmes corses doivent rester en Corse. Les Corses doivent se sentir français.

Les Anglais avaient compris que leur intérêt était de le laisser passer à travers la Méditerranée : s'il mourait en Égypte, bon débarras, s'il revenait, il déstabiliserait la République. Puis le même Talleyrand l'a convaincu que c'était à lui seul, Bonaparte, d'y aller, de laisser croire au Directoire qu'il serait ainsi écarté, envoyé loin.

Pour le décider à accepter l'aventure, ce grand voyage, le Diable boiteux a voulu lui glisser dans la poche une carte majeure. Il lui a révélé ce que nul ne sait en France, ni en Europe, ce qui les met tous les trois à l'abri, Joséphine et lui – et lui aussi, d'abord peut-être, Charles Maurice de Talleyrand-Périgord, l'ancien évêque d'Autun, heureux de tirer toutes les ficelles. Personne n'avait imaginé, lors de ce déjeuner dans le petit hôtel de la rue Chantereine, rebaptisée depuis peu « rue de la Victoire », où le jeune ménage Bonaparte s'est installé, que toutes ces combinaisons, cette martingale pour gagner à tous les coups, aboutiraient à cette désolation, à ce lazaret de Jaffa.

Joséphine connaissait des bribes du grand secret, Talleyrand qui en savait tout s'est allié à elle pour le convaincre que, fort de ce talisman, il ne risquerait rien, ni les Anglais, ni le désert, ni les agioteurs, ni les espions royalistes à la solde des princes étrangers, ni les deux frères de feu Louis XVI et leurs piètres partisans, ni les armées aux frontières. Le seul risque, malgré tout, c'est d'être abattu avant le retour, de mourir ici, de ne jamais sortir des sables, de finir comme un sphinx de la Révolution.

Il y avait pensé dès les premiers jours, sur le bateau, avant d'accoster dans le vent tiède d'Alexandrie : l'Égypte garde depuis toujours les secrets des hommes. Il a refusé d'être initié à tous ces mystères d'Isis et d'Osiris auxquels personne ne comprend rien, mais depuis qu'il est au pays des anciens pharaons, il sait que c'est aux dunes et aux rochers, aux temples et aux tombeaux qu'il doit tout dire. Il doit confier à leur garde l'histoire de la France. Leur livrer son amour pour Joséphine. Leur offrir les projets les plus imparables du citoyen Talleyrand-Périgord. Dans la grande pyramide, il s'était demandé : serait-ce ici que je déposerai le secret de la France ?

Quand Monge, athlète et mathématicien, un des savants qui l'ont accompagné, avait été le premier à faire l'ascension de la deuxième pyramide, il s'était dit que peut-être ce serait là-haut, sous le ciel, qu'il trouverait le refuge le plus sûr, celui que nul ne profanerait jamais. Mais bon, si Monge peut y bondir en vingt-cinq minutes, c'est trop facile encore…

Toutes les tombes ici sont vides parce qu'on a su les piller. Les Égyptiens et les peuples de cette côte de l'Orient reniflent les trésors à travers les collines, éventrent tout, voleurs indifférents aux grandeurs qui les entourent depuis au moins l'époque de César et de Marc Antoine. Dans sa maison du Caire, il s'était demandé une nouvelle fois où il pouvait cacher « la preuve », pour qu'on puisse la retrouver si jamais lui ne s'en sortait pas vivant. Aujourd'hui, il avait une idée.

Un lazaret c'est la maison de Lazare, l'homme que tous avaient cru mort et qui ne l'était pas. Un brave garçon. Tout est dit. C'est aussi de Jaffa que partit le bateau de Jonas dans la Bible : après avoir vécu caché dans le ventre de la baleine, il est lui aussi revenu à la lumière. Deux symboles limpides. Pour qui sait comprendre, Jaffa et son lazaret forment comme une charade.

Le grand secret, il le possède pour gouverner, il utilisera bientôt cette arme de guerre à Paris – mais, par une précaution qui peut-être n'aura rien d'inutile, il en cachera ici la preuve. On le découvrira dans dix ans, dans cent ans, peu importe, et on comprendra. Il a eu cette idée en croisant Denon, quelques minutes plus tôt, qui laissait tomber de ses lèvres de vieux pastels, en voyant les corps amoncelés contre les murs : « Les damnés… Michel-Ange… Le *Jugement dernier* de la chapelle Sixtine… »

Son secret, le secret qui allait lui donner un sceptre, c'était à ces soldats, qui par son ordre recevraient tout à l'heure le poison, qu'il en confierait la garde. Ils l'emporteront au paradis des guerriers – s'il existe. Cet après-midi, ce brave soldat du génie qui n'avait pas l'air si atteint que cela gâchera du ciment sur les pierres. Ce sera vite sec ici.

Napoléon y repensera encore à Sainte-Hélène, devant Emmanuel de Las Cases prenant tout ce qu'il dit en note et inventant parfois le reste. Jaffa continuait de le hanter. Il n'avait pas le choix : dire aux médecins, à mi-voix, qu'il allait falloir tuer tous les hommes entassés là pour enrayer l'épidémie. L'ordre horrible, avec lequel il savait qu'il lui faudrait vivre jusqu'à la fin de ses jours.

Pour les récompenser, ceux qui allaient mourir – et il ne le dit pas à celui qui écrivait son *Mémorial* sur l'île du dernier exil –, il avait déposé ici, dans la chapelle, le talisman qui lui donnerait bientôt le pouvoir. C'était fait. Le secret de Joséphine et de Talleyrand, son arme secrète : il l'avait scellé au centre de l'enfer.

# PREMIÈRE PARTIE

## Loin de Baouît

« Il oublia et la Grande-Bretagne, et son nom inscrit sur le livre d'or de la noblesse, et ses châteaux du Lincolnshire, et ses hôtels du West End, et Hyde Park, et Piccadilly, et les drawing-rooms de la reine, et le club des Yachts, et tout ce qui constituait son existence anglaise. Une main invisible avait retourné le sablier de l'éternité, et les siècles, tombés grain à grain comme des heures dans la solitude et la nuit, recommençaient leur chute.

L'histoire était comme non avenue : Moïse vivait, Pharaon régnait, et lui, Lord Evandale, se sentait embarrassé de ne pas avoir la coiffe à barbes cannelées, le gorgerin d'émaux, et le pagne étroit bridant sur les hanches, seul costume convenable pour se présenter à une momie royale. »

Théophile GAUTIER,
*Le Roman de la momie*

# 1

# Le check-up de Mona Lisa

*Paris, mardi 10 avril 2012*

Pénélope a posé son manteau sur le tas de vêtements qui s'amoncellent devant le *Paradis*, des doudounes, des cirés, des lodens, un K-Way, des âmes molles prêtes à être pesées par les archanges : la panoplie des conservateurs, des restaurateurs d'œuvres d'art, des techniciens du Louvre et du Laboratoire de recherche des musées de France par un jour gris du mois d'avril. Le bon Dieu va avoir du mal à reconnaître les siens dans cette grande lessive.

Tintoret a brossé cette esquisse, dédiée aux gloires de l'au-delà, avec brio, dans le soleil de Venise ou de Vérone : un tourbillon d'anges et de corps nus monte en spirale vers le Ciel, où le Christ pose une couronne sur la tête de la Vierge. C'est sa vision du paradis.

Pénélope fixe un instant du regard l'air doré du tableau, ces acrobates et ces nuages, mais cela lui fait mal : sa couronne d'or, elle sent bien qu'elle l'a perdue et trop de souvenirs heureux percent à travers ces éclats de lumière. Elle revoit Wandrille à Venise, dans la grande salle du palais des Doges ; s'ils s'étaient mariés, sur un coup de tête, s'ils avaient eu un enfant, cette année-là, il aurait déjà...

Est-ce qu'un enfant aurait empêché ce nullard de Wandrille de partir, de la repousser, d'un geste brusque, dans les ténèbres extérieures ? Un ange de Tintoret la regarde et lui dit d'arrêter ça tout de suite. Elle se force à sourire et se tourne vers ceux qui l'attendent. Ses collègues, conservateurs au musée du Louvre.

Elle n'est pas tout à fait la dernière, c'est ce que lui a dit, avec un clin d'œil dont elle se serait passée, le jeune chef des pompiers en cochant son nom sur la feuille et en lui donnant son badge. Elle l'a mis sur son pull marin, bien visible, à côté de celui du musée qu'elle porte toujours quand elle va dans les salles le mardi.

Elle aime bien faire des photos des derniers accrochages, des changements dans les vitrines, immortaliser le retour d'une momie de chat ou l'arrivée au son des trompettes de Verdi du cercueil sculpté d'Iroubastetoudjaentchaou qui s'était égaré à l'Opéra de Paris depuis l'époque des premiers triomphes d'*Aïda*. Des photos qu'elle affiche sur les réseaux sociaux avec cette mention magique : #jourdefermeture, à la plus grande fureur des tricoteuses du service de la communication qui n'ont pas encore de compte Twitter et n'aiment pas du tout que cette petite nouvelle fasse leur travail et le fasse mieux qu'elles.

Avec le hashtag #iroubastetoudjaentchaou elle a connu, dans le milieu égyptologique, un véritable triomphe – qui ne fut guère repris ailleurs. Elle est au

Louvre depuis un an, elle frime encore un peu, elle reste « nouvelle » dans la grande maison. Il est question de raccrocher bientôt les tableaux vénitiens de la salle de la Joconde, de monter le Tintoret en second rang, c'est dommage : le *Paradis* à hauteur d'homme, Pénélope aimait bien.

Aujourd'hui, elle ne montrera aucune photo, à personne ; en a-t-elle envie d'ailleurs ? Le privilège est trop grand. Voir Mona Lisa seule à seule – comme Moïse a vu Yahweh face à face sur le mont Nébo. Sans « mise à distance », sans le cadre, sans la vitre, en tête à tête, en retenant sa respiration.

Pourvu qu'elle ne se mette pas à tousser. Pas de miasmes sur le vernis. A-t-elle même le droit de prendre des photos ? Le dispositif de sécurité est maximal. Devant la pyramide, elle a repéré deux CRS qui ne sont pas là d'habitude, avec leurs armes. Une photo d'elle en train de scruter les rides de *La Joconde* susciterait trop de jalousies dans les équipes et surtout dans son propre département, les Antiquités égyptiennes. Pour qui se prend-elle ? Elle est à peine arrivée et on la laisse déjà assister à cette étrange cérémonie cultuelle et annuelle, le dévoilement du plus grand des mystères. Éleusis comme ça, tout de suite, à cette petite sotte…

Elle caresse ses deux badges sur son vieux pull breton acheté avec Wandrille à Bénodet : le premier porte « Louvre. Conservateur ». Elle a attendu plus de dix ans pour y arriver, elle est passée par toutes les cases du jeu de l'oie du ministère de la Culture – la tapisserie de Bayeux, Versailles, le Mobilier national… – avant de pouvoir arborer cet insigne orange et noir, avec le logo du plus merveilleux de tous les musées et la photo qui fait prendre vingt ans. Le musée qu'elle aime depuis toujours, depuis sa première visite avec ses parents – première sortie hors de Villefranche-de-Rouergue, elle avait huit ans –, depuis son premier « stage de spécialité » à l'École nationale du patrimoine. Désormais, c'est chez elle.

Elle a atteint son but : la voici au département des Antiquités égyptiennes, nommée à ce poste contre une douzaine de candidats, dont une Allemande redoutable, caricature bardée de fiches, maîtresse de l'art du plan de thèse en dix-sept parties, et une Italienne arriviste et rigolote, plus terrible encore. Elle va s'occuper de l'Égypte tardive : les vestiges de l'époque des successeurs d'Alexandre le Grand, tout ce qui se passe après le suicide de Cléopâtre, les tissus coptes, les portraits du Fayoum, ses amours.

L'autre badge, qu'elle devra rendre au pompier dragueur en sortant – deuxième sourire sans mystère à prévoir, quelle tête à claques –, n'est valable qu'un jour et il ne porte aucune inscription, juste une image : celle de Mona Lisa.

## 2

## À l'assaut d'Akhethétep

Dehors c'est l'émeute, imprévue. La préfecture de police, pour une fois débonnaire, avait autorisé une manifestation selon un parcours précis, de l'Assemblée nationale à la place Saint-Michel, en longeant les quais de Seine. De la routine, pas grand-chose à craindre de cet énième défilé contre les taxes imposées aux agriculteurs. Ils ne seront pas très nombreux, d'où cet itinéraire sur la rive gauche, plutôt bien adapté. Tant que l'Élysée n'est pas menacé, tout peut convenir. Sauf que vers 11 heures, ce matin-là, le flot de Bretons et de Normands en bottes vertes a débordé. Les « bottes vertes », ces gens qui ne sont pas tous des aigles – comme a eu le malheur de dire le ministre, mettant le feu aux poudres – ont été refoulés un peu brutalement des abords de l'Assemblée. Au lieu de suivre le quai, ils ont eu envie de montrer leur indépendance, sous une petite pluie qui les galvanise, et de faire un virage à gauche, sur le pont des Arts.

Dans son bureau, Géraldine Lalouette, la présidente du Louvre, vient d'être appelée par le préfet Lamotte-Lambert. Elle a ouvert sa fenêtre et elle regarde. Ça n'est pas le bon jour pour ça. Rien n'a été prévu. Deux ou trois CRS de routine pour le « Joconde Day » ne vont pas suffire à endiguer la marée. Dans cinq minutes, tous ces gens seront devant le musée. C'est mardi, tout est fermé. Déjà ça. La procédure en cas d'attaque est simple et a été répétée. On boucle la pyramide. Les autres accès sont déjà verrouillés. Il n'y a pas grand danger. Ceux qui défilent veulent tous se faire photographier devant les façades de la cour Napoléon, que ça tourne sur Facebook, c'est l'image qui compte. Aucun moyen d'entrer à l'intérieur, les fenêtres ont des barreaux, ils ne peuvent pas y arriver.

Le préfet écoute. Il a déjà donné l'ordre à deux camions de CRS de faire mouvement vers la rue de Rivoli. C'est ennuyeux, cette histoire d'examen de *La Joconde*.

La présidente referme sa fenêtre, tire le store. Personne ne sait vraiment où se trouve, sur la façade du côté « bord de l'eau », l'emplacement de son bureau. Elle n'a pas l'intention de se montrer ni de sortir. Elle appelle le « PC Pyramide ». Tout va bien.

Les deux visiteurs invités du jour viennent de passer. Ils seront les derniers de la fournée. On boucle l'accès immédiatement et la préfecture envoie des renforts. La horde sera là dans quatre minutes.

Ce qu'il faut fermer maintenant, c'est l'entrée de la cour Carrée qui est dans l'axe du pont des Arts. Il y a une grille. A-t-on le temps de la manœuvrer ? Elle appelle pour donner l'ordre à ses agents de surveillance à elle, pas le temps d'alerter les flics.

La zone « Joconde » ne craint rien. Tout est absolument sécurisé, les portes de métal ont été tirées dès ce matin. Tout le monde est entré. On y conduit les deux visiteurs exceptionnels. Est-il utile d'appeler son cher Léonard – pas Vinci, l'autre, le bien nommé – qui est à l'intérieur pour lui dire ce qui se passe ? Est-ce que cela vaut la peine d'interrompre la journée d'étude ? Aucun danger : rien de ce qui se passe côté Seine ne peut affecter la salle des États.

Un craquement a fait sursauter tout le monde. Conservateurs, secrétaires, stagiaires, assistants sont sortis des bureaux. La présidente reçoit un nouvel appel. Les bottes vertes sont passées. Les manifestants sont entrés dans la cour Carrée avant qu'on n'ait eu le temps de bouger la grande grille. C'est trop tard. Le bruit énorme, c'était la porte de chêne, à gauche sous le passage, qui vient de céder. Ils l'ont secouée pendant cinq minutes, elle n'a pas tenu. Ils sont dans les salles. Première hypothèse : ils prennent l'escalier qui descend et ils vont se retrouver nez à nez avec le grand sphinx et envahir les fossés du Louvre médiéval. Seconde hypothèse : ils vont essayer de prendre les deux ascenseurs qui sont à cet endroit, ou alors, plus probable, ils vont avancer dans les deux salles suivantes… Dans quelques minutes ils vont tous pouvoir faire de jolies images des scènes si fragiles qui sont peintes dans la chapelle funéraire du mastaba d'Akhethétep. C'est tout à fait pour eux, ce ne sont quasiment que des activités agricoles et champêtres.

Il faudra alors qu'ils soient bien sages s'ils veulent entamer leur visite du département des Antiquités égyptiennes. Faire attention aux vitrines, ne rien érafler, respecter les maquettes qui ont coûté si cher et les écrans pédagogiques qui tombent en panne pour un rien, ne pas écrire de slogans sur les murs qui viennent d'être repeints…

# 3

# Dans le saint des saints

« Pénélope, on allait commencer la visite médicale sans toi. Tu peux tout photographier si ça t'amuse, sauf le système de protection avec la grosse vitre. Ça c'est secret et il faut que ça le reste. On vient de soulever le bidule. Essaye de ne pas regarder. Tiens ta langue. Tu es dans un réacteur de centrale nucléaire. Le tableau est en face, on a décadré, viens voir. »

Son ami Léonard est devenu directeur du département des Peintures. La première question que les journalistes du monde entier lui posent est bien sûr : « C'est vraiment votre prénom ? », et c'est ainsi que toute la planète connaît « le conservateur de *La Joconde* ».

Léonard, à force d'étudier la peinture italienne, est devenu au fil des années le meilleur spécialiste de Léonard. Il en plaisante : « Cela me dispense de trop me connaître moi-même. » Il était un des plus fidèles complices de Pénélope au temps des groupes de travail de l'École du patrimoine. Tout le monde a vieilli, il a des mèches blanches, un petit ventre, deux enfants charmants et des lunettes plus épaisses encore qu'à l'époque. Major du concours, il ne s'intéressait qu'à l'art contemporain, mais tant pis, un poste pareil, ça ne se refuse pas.

La très médiatique Géraldine Lalouette, la présidente du musée, le voulait, lui et personne d'autre, il n'a pas su dire non ; on ne dit pas non à Géraldine Lalouette ; et le ministère ravi d'appliquer au plus haut niveau la fameuse règle des nominations – « jamais selon ses vœux, jamais selon ses compétences » – s'est réjoui de voir un garçon si brillant occuper ce que les conservateurs traditionnels considèrent comme le plus beau poste de tous les musées de France. La vieille idée que « les peintures » sont l'Olympe des musées a la vie dure. Pourquoi le plus beau poste ne serait-il pas la direction des Sculptures, des Objets d'art, ou même des Antiquités égyptiennes ?

Grâce à Léonard, toujours si amical, adoré par tous, Pénélope, dès ses premiers mois dans la grande maison, a le droit d'être là ce matin : elle fait partie des vingt-cinq élus qui ont la chance d'assister à la visite de contrôle annuelle de *La Joconde*. La date n'est jamais donnée à l'avance, elle change au dernier moment. Petit jeu à la conservation : qui y va cette année ? Et surtout, question un peu différente : qui y aura-t-il ? Qui seront les autres, ceux des départements rivaux, les invités extérieurs, les hôtes de marque ?

Les portes coupe-feu en acier blindé, conçues pour isoler la salle en cas d'incendie ou d'attaque terroriste, ont été tirées du côté de la Grande Galerie et du côté du salon Denon. Elles ressemblent au « rideau de fer » dans les théâtres : la salle de la Joconde est devenue un coffre-fort.

« On a pensé à sécuriser aussi le système informatique qui commande ces portes ? demande Pénélope.

— Arrête d'imaginer des films. Tu te crois au Metropolitan ? Tout fonctionne à la main, c'est beaucoup plus fiable. La salle des États est plus sécurisée que le sous-sol d'une banque suisse. »

Pénélope pense à la scène finale de *La Terre des pharaons*, le film d'Howard Hawks, qu'elle a regardé des dizaines de fois, quand le sable s'écoule devant les architectes de Chéops et que les pierres descendent pour fermer les issues. La voici emmurée dans la grande pyramide, avec son désespoir et *La Joconde*.

Le sourire auquel elle s'était crue tenue s'efface. Prisonnière du Louvre, triste, abandonnée, privilégiée et incomprise. Elle n'a plus envie de sortir. Elle voudrait mourir ici, à cet instant, que son dernier regard aille vers *La Joconde* et que celle-ci le lui rende avec ses grands yeux qui n'ont pas de cils.

Léonard sort son téléphone de la poche de son vieux costume bleu – depuis le temps, pense Pénélope, il pourrait quand même s'en acheter un autre, il est un des éléphants du Louvre. Elle se dit que si elle est encore capable de remarquer que ce machin mal coupé est lustré aux coudes et n'a pas vu de pressing depuis la guerre franco-prussienne, c'est qu'elle n'est pas arrivée au plus profond de sa dépression. Ces mauvaises pensées, qui l'ont réconfortée, lui ont aussi fait manquer le début de la conversation :

« Oui madame la présidente. Mon Dieu ! Ils sont entrés en Égypte ? Soit le grand sphinx de Tanis soit Akhethétep, on ne sait pas encore… Bien… Vous voulez qu'on arrête tout ? C'est peut-être plus prudent. On continue. Très bien, à la moindre alerte je fais replacer le tableau et refermer le dispositif mural et on maintient bien sûr le confinement de ceux qui sont là. J'attends vos ordres. »

# 4

## Faire comme si de rien n'était

Léonard raccroche. D'un battement de paupières, il dissuade Pénélope de poser une question :

« Bon, les amis, la matinée sera peut-être plus sportive que prévu. En attendant on a un programme d'enfer et la présidente Lalouette vient de me dire que nous allions le suivre à la lettre, sans perdre de temps, elle insiste. C'est la même procédure que l'an dernier, avec un petit supplément Chantilly qui devrait durer dix minutes pas plus, je ne vous dis rien, vous verrez. Ça va bien se passer. Tout sera fini à 14 h 10 et vous pourrez aller déjeuner. »

La salle des États est plongée dans un grand silence. Aucun des bruits de l'extérieur n'y parvient, comme s'il n'y avait pas autour d'elle Paris, les rues, les cris. Les cours intérieures font écran.

Face à Pénélope, posé sur deux pains de polystyrène, contre la grande plaque de métal gris qui obstrue un des deux accès de la Grande Galerie, un cadre vide, qu'elle reconnaît sans peine : le plus célèbre de tous et le moins regardé du monde, offert au musée par Martine de Béhague, mécène et collectionneuse du début du XX$^e$ siècle. Elle avait un goût parfait : cette bordure Renaissance a remplacé la baguette Empire qui entourait le chef-d'œuvre quand il était dans les petits appartements de Napoléon et que le tableau n'était pas encore devenu une icône.

« Fascinant, n'est-ce pas ? N'importe quel conservateur non prévenu aurait une attaque en voyant ça : le cadre de *La Joconde* sans Joconde à l'intérieur !

— Léonard, arrête de te faire des frayeurs.

— Si tu savais, tu ne crois pas si bien dire… On le contrôle aussi, on vérifie qu'il n'y a ni insectes ni attaques de champignons microscopiques.

— Ça existe, les "champignons microscopiques" ?

— Mais je crois bien. Hallucinogènes même ; les restaurateurs les fument, c'est délicieux. On va voir qui a été convié à assister au spectacle cette année. L'an passé, c'était la première dame, la présidente, sans son mari, mais avec bien sûr la présidente du musée. Voir *La Joconde* posée sur un chevalet à roulettes, ça fait partie des privilèges de la République. Mme Lalouette en use avec talent.

— Tu en connais beaucoup de ces privilèges artistiques ?

— Trois. Entrer dans la vraie grotte de Lascaux, voir *La Joconde* décadrée, et feuilleter l'original des *Très Riches Heures du duc de Berry* dans le coffre-fort de Chantilly.

— Je préférerais aller visiter la grotte Chauvet.

— Non, non, la visite à Lascaux c'est beaucoup plus V$^e$ République. Mais le plus difficile des trois, c'est Chantilly, ça appartient à l'Institut de France, le président de la République, qui est pourtant le protecteur des académies, n'y a pas tout pouvoir…

— Toi Léonard, tu as vu les trois, j'en suis sûre.

— Mais oui ! Allez, viens, Mona, l'illustre incomprise, ta semblable, ta sœur, s'impatiente, elle t'attend. Elle ne parle que de toi depuis qu'elle a retrouvé l'air libre. Elle va faire la gueule si ça continue. »

*

Le fameux système de sécurité que personne n'a le droit de photographier occupe un mur entier. Il a pivoté et il est resté dans une position diagonale qui dévoile une batterie de diodes, de raccordements étranges, la cabine de pilotage d'un sous-marin lanceur d'engins.

En face, *Les Noces de Cana* de Véronèse tournent au papier peint : le Christ a beau changer l'eau en vin, son miracle n'intéresse guère. « Soixante-six mètres carrés, crie Léonard, à Paris c'est déjà pas mal, non ? »

Il fait rire tout le monde, même Pénélope, qui a déjà entendu la plaisanterie une dizaine de fois. Elle passe sa main derrière le verre de six centimètres d'épaisseur qui protège Mona Lisa, détaché de ce petit pan de mur qu'on a fait basculer.

Elle sursaute, on vient de lui donner une tape dans le dos, c'est le conservateur de Chantilly, justement, un vieux de la vieille qui la traite déjà en copine. Elle n'est plus si jeune, les crabes du milieu ont l'air de croire qu'elle a à peu près leur âge. Il lui prend la main et la glisse sous le verre :

« Un bon gros carreau en plus de celui du cadre, tu as vu les jolis reflets verts sur ta paume ? Du cul-de-bouteille ! Ils auraient dû mettre du verre cathédrale tant qu'ils y étaient ! Vous comprenez mieux ma petite Pénélope pourquoi personne n'aime les couleurs verdâtres de *La Joconde* ? J'allais vous tutoyer... Elle plaît en réalité de moins en moins. Ce tableau est le vrai problème de ce musée.

— Mathieu, je ne laisserai pas dire ça, il suffit que j'aie le dos tourné, interrompt le directeur des Peintures. Si vous reprenez les fadaises que les gens répandent sur Internet...

— Léonard, regardez la main de Pénélope, elle a des reflets saumâtres. Votre verre incassable n'est pas blanc ! C'est un comble. On trompe les gens.

— Effet d'optique, qui est très exactement corrigé par les lumières, ça a été étudié. Le public voit les couleurs de Léonard.

— Si vous le dites... »

Ce bon collègue à la mode d'autrefois, Mathieu Graville, au milieu de l'agitation des techniciens du laboratoire, était resté un peu sur le côté devant le *Paradis* de Tintoret et la pile des manteaux où il n'avait pas voulu enfouir son cachemire camel, plié sur une chaise à côté. Pénélope le connaît bien, le conservateur général des collections de Chantilly, une légende dans la profession, professeur d'histoire de l'art de la fin du Moyen Âge au Collège de France :

« Pour les *Très Riches Heures*, je suis le seul, avec Léopoldine, ma jeune adjointe, dont vous êtes l'amie je crois bien Pénélope, elle était venue vous voir à Bayeux m'a-t-elle dit, à avoir la clé du coffre... Mais si ça vous fait plaisir, je peux, avec la complicité de Léopoldine, vous arranger une visite, vous nous aviez tellement bien aidés dans l'affaire des faux meubles de Versailles, quand on a essayé de cloner notre commode de Riesener provenant des appartements de Louis XVI. Ou plutôt quand on prétendait que notre commode était fausse et celle qui venait de réapparaître à Versailles était la bonne, un comble !

— Louons la grande prudence du duc d'Aumale, quand il a créé le musée Condé dans votre château de Chantilly. Il avait bien précisé que rien, pas même cette commode, n'en sortirait jamais. Je me souviens, quelle affaire, juste après l'autre petit meuble qui s'était matérialisé dans le cabinet doré !

— Aumale savait pourtant parfaitement, à mon avis, en fils érudit du roi Louis-Philippe qui n'ignorait rien des traditions de l'ancienne cour, où elle se trouvait à Versailles. L'idée qu'elle puisse y revenir ne semble pas lui être venue. Désormais, c'est scellé, elle est dans mon musée pour l'éternité ! La commode est bonne et elle est chez nous. C'est comme ça. Ça s'appelle l'Histoire. En revanche, j'ai le droit de sortir un dessin de nos réserves et de l'apporter au Louvre le temps d'une matinée d'étude. Vous voulez voir ce que j'ai ici avec moi dans ma jolie boîte grise au pH neutre ? »

Comme un prestidigitateur sortant un lapin d'un chapeau, le vieux maître en vieux tweed, qui a toujours beaucoup d'allure dans ses vestes anglaises aux tons de feuilles mortes et de mare croupissante, ouvre un grand carton. Tout le monde s'est tu. Léonard s'est approché. Il fronce les sourcils. Cette fois il semble qu'on entende tout de même une rumeur à l'extérieur. Nul ne semble s'en apercevoir.

La salle des États, dédiée aux peintres de Venise, a grand air quand il n'y a personne, avec ce parquet fait pour des géants, ce mur vide, sur lequel Mona Lisa est exposée à la vénération des foules, tous les jours sauf le mardi. Le décor rend l'instant encore plus étrange.

Sur la table apparaît le dessin le plus célèbre des collections de Chantilly, celui que tout le monde connaît sous le nom de « Joconde nue » : *the nude Mona* prend la pose qu'elle a sur le tableau du Louvre, avec un sourire un peu différent mais indéfinissable, l'air de vouloir faire taire, en montrant ses seins, ceux qui prétendent qu'elle est un homme. Jamais *La Joconde nue* et *La Joconde* ne se sont trouvées l'une à côté de l'autre – sauf peut-être dans l'atelier du maître.

La confrontation va avoir lieu.

# 5

# La confrontation

Géraldine Lalouette pense à Napoléon. La scène mythique de la rencontre de Laffrey. Elle met d'instinct sa main dans son gilet de cachemire mauve, acheté au temps béni où Old England existait encore sur le boulevard des Capucines.

Aujourd'hui, à Laffrey, sur la « route Napoléon », il y a une statue équestre. Napoléon avait débarqué de l'île d'Elbe, il progressait vers Paris.

Au bord d'un petit lac, il s'avance seul face aux soldats qui ont juré à Louis XVIII qu'ils allaient l'arrêter. Il n'a pas d'armes. Sa redingote est ouverte. Il joue son destin. Il leur parle : « S'il en est un parmi vous qui veuille tuer son empereur, me voici… »

Elle aurait dû en référer au préfet de police, le rappeler. Elle aurait dû appeler aussi le ministre de la Culture. Elle a estimé que les secondes comptaient. Les CRS vont être là pour l'aider très vite. À Laffrey, Napoléon ne les avait pas. Elle sait ce qu'elle doit faire. C'est à elle que le musée du Louvre a été confié. Son travail tient en un seul mot, qui désigne son métier : « conserver ».

Elle s'est précipitée dans les sous-sols, au niveau du Louvre médiéval, et les fondations de la tour de Charles V lui adressent au passage des ondes encourageantes venues des profondeurs du temps. Elle pense à Jacques Jaujard, son prédécesseur, sous l'Occupation. Il a fait lui aussi ce qu'il estimait être son devoir. Aujourd'hui, c'est son tour. Même devise : « Je conserverai. »

Elle les entend. Mais pas encore très fort, ils n'ont pas dû descendre jusqu'au sphinx de Ramsès II. S'ils n'y sont pas arrivés, alors qu'ils sont à côté, c'est qu'ils hésitent. Qu'ils ne savent plus quoi faire. Le Louvre commande le respect. La seule chose qu'il faut souhaiter c'est qu'il n'y ait pas de casseurs, de provocateurs.

Pas de réseau ici. Géraldine Lalouette range son téléphone dans la poche de sa veste, enlève ses boucles d'oreilles Pomellato, rajuste le badge qu'elle a autour du cou pour qu'il soit bien en évidence. C'est celui qu'elle porte le mardi, un badge rose, pas un badge de conservateur, celui des agents de surveillance. Elle le met toujours pour faire son tour des salles. C'est sa redingote grise à elle. Sans hésiter, elle monte les marches qui conduisent au rez-de-chaussée, la salle de la chapelle du mastaba d'Akhethétep.

# 6

## Une si fragile petite planche de peuplier

Dans la salle des États, deux régisseurs en blouse blanche, sérieux comme des infirmiers, viennent de faire glisser avec précaution la boîte de verre qui protège le panneau de bois. Un malheureux journaliste a encore dit la semaine dernière « la toile » en parlant du tableau de Léonard. Celui qui le volera ne pourra pas le rouler dans la poche de son imper.

L'opération d'analyse va durer plusieurs heures. On va poser le chef-d'œuvre à plat, sans façons, lui faire faire la planche pour vérifier que la célèbre fissure n'a pas bougé d'un micron. Puis il sera retourné, mis sur son chevalet. On va doucher la Joconde à l'infrarouge.

Le chevalet sera poussé très lentement jusqu'à la fenêtre, pour que le directeur des Peintures et son équipe puissent inspecter le tableau dans la lumière du jour. C'est toujours émouvant, explique Léonard, qui consulte son portable et semble plus stressé qu'ému.

Pénélope s'approche du visage le plus célèbre du monde, elle regarde ses craquelures qui sont comme engluées dans un vernis de couleur caramel – elle entend derrière elle ces paroles qu'elle aurait pu écrire d'avance :

« Un petit bichonnage, pas forcément une lourde restauration, ne serait pas du luxe, enlever toute cette crasse noire dans les interstices, les ridules, je ne sais pas comment les restaurateurs appellent ça, sans toucher ni aux pigments ni aux couches de vernis. À Chantilly, on aurait depuis longtemps procédé à un léger allègement de la surface, même pas un lifting, un décrassage de rien, sans en faire tout un fromage… »

Pénélope a envie de rire alors qu'elle se sent triste – il ne faut pas, elle ne doit pas non plus pleurer. Une modification de l'hygrométrie pourrait faire courir de trop grands risques à la surface picturale. Ce serait comme se mettre à tousser et se moucher au milieu des bisons de la grotte de Lascaux, postillonner devant les *Très Riches Heures*. Elle est malheureuse. Elle n'arrive pas à le dire.

## 7

## Le sourire de la princesse de Salerne

Pénélope se retourne. Face à elle, une femme d'une quarantaine d'années, rayonnante, rieuse, maquillée en grand Terracotta, tailleur rouge gansé de noir, est accompagnée d'un homme grisonnant en costume gris du même ton, tous deux nantis du badge à l'effigie de Mona Lisa. Ils sont entrés sans bruit, à l'instant, par la porte découpée dans le rideau de fer. Lui se penche sur le dessin.

Ces deux perdreaux sont certainement les « personnalités » de cette année, les privilégiés que le Louvre, selon une tradition sinon secrète, du moins non écrite, veut honorer, ou associer plus étroitement à la cause du musée. De grands mécènes peut-être. Au lieu d'une actrice à la mode ou du ministre de la Culture – Pénélope blêmit en y pensant, elle a ses raisons de l'éviter avec soin celui-là –, ce sont des gens sans doute célèbres qu'on ne saurait pas reconnaître – encore une preuve du bon goût et de l'élégance de l'ami Léonard. La présidente du Louvre n'est pas avec eux, ce ne sont donc ni des chefs d'État, ni des historiens de l'art.

Léonard fait son métier :

« Je suis si heureux qu'on vous ait laissés passer. Vous avez remarqué, le quartier est un peu animé ce matin.

— Tout était très simple, répond l'homme en gris, nous sommes arrivés à la pyramide par la rue de Rivoli. La charmante jeune femme des visites officielles était là, elle nous a même conduits jusqu'à la porte. Tout est toujours parfait au Louvre. Pourquoi dites-vous "animé" ?

— Mais rien, je crois qu'il y a comme tous les jours des manifestants dans Paris, ce n'est pas pire qu'à Rome en ce moment.

— En bon diplomate vous serez informé de tout la semaine prochaine, mon ami, en feuilletant la revue de presse qu'on vous prépare au palais du Quirinal, dit la femme en rouge qui éclate de rire. Depuis qu'on vous a privés du télégraphe de Chappe vous êtes démuni dans votre métier. »

Cette fois le petit groupe s'est retourné pour les écouter. Ça a l'air amusant cette année :

« Mais quelle salle formidable, ça change tout de la voir vide. La couleur n'est pas celle que j'aurais choisie, mais on n'est pas là pour refaire la déco.

— Sous Napoléon III, madame, on l'appelait la salle des États, aujourd'hui c'est la salle de la Joconde.

— Et alors, mon cher ambassadeur, qu'en concluez-vous ?

— Mais rien.

— Que ferait-on dans le monde sans les ambassadeurs ? Vous avez le chic pour énoncer des vérités qui ne mènent nulle part avec des airs de conspirateurs. Vous savez, moi aussi, j'ai regardé la fiche wiki avant de venir. Ne me prenez pas pour plus sotte que je ne le suis ! J'ai Google.

— Madame…

— Et puis je ne déteste personne plus que Napoléon III. S'il n'avait pas aidé ce brigand de Garibaldi, l'Italie n'aurait jamais été unifiée, nous serions encore sur le trône de Salerne, à Capoue, ma délicieuse capitale, et j'aurais mon profil sur mes monnaies entouré de l'inscription "*Opulenta Salernum*". Alors vous comprenez, Napoléon III… Et Napoléon I^er^ ne valait pas mieux, il nous a pillés, il a donné à son coquin de Talleyrand, un obsédé sexuel, notre principauté de Bénévent. Il n'y est jamais allé, quel pignouf. Ces gens sont des brigands de grand chemin, des bandits corses qui n'auraient jamais dû sortir de leurs bergeries et dont les descendants devraient vendre des oranges sur les quais d'Ajaccio, je n'hésite pas à le dire, même ici.

— Mais que Votre Altesse Royale est dure avec moi, quelle violence ! Je n'ai jamais défendu les Bonaparte. Il se trouve que je suis ambassadeur d'Italie, il me faut bien faire semblant de croire en l'unité du pays. Remercions surtout le meilleur des conservateurs d'Europe, cher Léonard… »

Trois minutes plus tard, Pénélope était présentée à Roberto Acattabrigha, l'ambassadeur d'Italie en France, et à la princesse de Salerne, descendante des Bourbons par une branche cadette de cadette, mais pas fâchée de l'être.

Pas un regard pour cette pauvre Mona Lisa : la *principessa* n'a d'yeux que pour le mur d'en face :

« C'est ce tableau-là que je voudrais voler, je veux dire récupérer, j'ai de l'ambition, je veux de la surface ! N'est-ce pas tellement beau, *Les Noces de Cana* de Verrocchio ?

— Véronèse, madame.

— C'est ce que je voulais dire. Tout ce vert, qui d'autre cela pourrait-il être ? Carissimo Paolo Veronese !

— On l'a déjà fait cloner à Venise, vous l'avez vu, vous vous en souvenez, lors de la fiesta à San Giorgio, pour la Biennale d'art contemporain, dans le réfectoire, une immense copie faite grâce à un procédé tout nouveau. Napoléon avait emporté la toile et quand les Français ont tout rendu, ou presque, après Waterloo, ils ont osé expliquer qu'ils ne nous la redonneraient pas sous prétexte que le tableau est trop grand et ne passe plus sous les portes.

— J'en connais d'autres !

— Aujourd'hui, le tableau a le don d'ubiquité, l'original est ici, mais pour bien le comprendre, il faut voir le clone dans le réfectoire de San Giorgio Maggiore, dans sa disposition authentique. Les Français sont punis, c'est au Louvre qu'il a l'air faux.

— Vous voyez, mon ami, que vous savez devenir plus intéressant. Je vais revenir à vos dîners. Aujourd'hui, on peut même fabriquer des Rembrandt numériques, l'algorithme a tout enregistré du maître, ses coups de pinceau, ses couleurs, ses petites manies et une imprimante 3D peut vous cracher votre portrait par Rembrandt. Alors le vrai, le faux, est-ce qu'on sait ce que ça veut dire ? Néfertiti, à Berlin, elle est fausse, j'en mettrais ma tête à couper. »

Léonard chuchote à l'oreille de Pénélope :

« Elle a un Botticelli faramineux dans sa chambre, accroché entre les rideaux roses de son baldaquin.

— Tu l'as vu ?

— Mais oui. On fait tout pour qu'elle nous l'offre. Sympathique, tu verras, je la sens capable d'un incroyable bon mouvement, ne serait-ce que pour avoir le bonheur de déshériter ses enfants. »

Tout le monde bavarde, sans que personne – à part les techniciens du laboratoire qui règlent leurs lampes – semble se soucier du plus célèbre tableau de la planète, délaissé sur son chariot à roulettes, un grand brûlé oublié au milieu du couloir des urgences.

Le téléphone de Léonard reste muet, ce qui semble le désespérer. Il ne suit pas du tout le processus d'analyse. Il se sent comme un chef d'orchestre dont la partition s'est emmêlée et qui se dit qu'heureusement les musiciens sont tous excellents et se débrouillent sans lui.

L'ambassadeur d'Italie, incarnation de la bonne éducation, se rapproche du chef-d'œuvre, comme un gentleman invité d'honneur d'une soirée, qui se rend compte qu'il ne se donne pas assez de mal pour faire briller la maîtresse de maison. Il plaisante avec Léonard et Pénélope :

« Avouez qu'elle vous arrange cette fissure au dos de la planche. Vous la surveillez avec amour. C'est grâce à elle que vous pouvez dire à tout le monde que la Joconde est une vieille dame qui n'est plus capable de voyager, que ce serait la mettre en danger. Le Caire avait fait le coup avec le masque de Toutankhamon, ils avaient refixé sa barbiche, après l'avoir cassée, à la colle Glue, et maintenant ils prétendent que c'est trop fragile pour venir à notre exposition égyptienne à Turin. À mon avis c'est une question d'argent… Ils ont besoin d'un complément de budget pour le nouveau musée du plateau de Gizeh, Toutankhamon ne va pas tarder à découvrir New York, Londres, Los Angeles, Paris… L'Égypte veut de l'argent. Ils ont fait fuir tous leurs touristes et maintenant ils ne savent plus quoi inventer.

— Cela ne se passe pas comme cela chez nous, monsieur l'ambassadeur, *La Joconde* est réellement intransportable. Regardez. »

Une vague d'approbation parcourt le chœur des huit experts du Centre de recherche des musées de France.

« Ce millimètre dans le bois de peuplier, dit avec assurance la princesse, vous permet de tenir tête aux conseillers de votre ministre de la Culture qui ne connaissent rien à rien et aimeraient qu'on promène *La Joconde* dans un maudit "train du patrimoine" de Brest à Pézenas et au président de la République qui ne rêve que de la faire voyager de l'Inde au Brésil ! Ça rapporterait une fortune au musée si vous consentiez à mettre de temps en temps la dame sur le trottoir. Avez-vous déjà chiffré les sommes que vous fait perdre cette minuscule entaille dans le bois ?

— Personne ne raisonne comme ça au Louvre, je peux vous le garantir. Mais j'aime mieux que vous me disiez ce genre de bêtises plutôt que de vous entendre parler de Napoléon, comme le font quatre-vingt-dix pour cent de vos compatriotes devant la Gioconda, l'ambassadeur le sait.

— La princesse vient d'en parler, à fort bon escient, elle ne repartira pas d'ici sans avoir l'assurance que j'emporte pour elle *Les Noces de Cana* et qu'elle soit roulée à l'intérieur comme Cléopâtre dans son tapis. Bon, commentez-moi *La Joconde.* Je ne sais qu'une seule chose à son sujet : elle n'a pas été barbotée par Napoléon, pas plus que les trésors de votre département égyptien ne proviennent de l'expédition du général Bonaparte. Vous êtes rassuré ? Pour le reste, je suis ambassadeur, je ne sais rien. »

# 8

## « Je suis la présidente-directrice du musée du Louvre »

Une cinquantaine de manifestants viennent d'entrer, l'avant-garde de tous ceux qui, en bottes vertes, se pressent sur le quai et dans la cour Carrée. Les autres ont dû hésiter en voyant que la porte latérale du passage entre le quai et la cour, peu habituée à être brutalisée, s'abattait d'un coup.

Géraldine Lalouette n'a pas de micro, elle est montée sur une chaise, dominant le groupe, avec un maintien modeste et digne :

« Je suis la présidente-directrice du musée du Louvre. Je veux vous souhaiter la bienvenue dans ces salles qui montrent le patrimoine du peuple français. Ce qui se trouve dans ces murs, depuis la fondation du musée public sous la Révolution, est à nous tous, à vous, à nos visiteurs. Je ne peux que vous inciter à regarder, à admirer, à protéger aussi ces trésors de l'histoire universelle qui sont les vôtres. Je connais vos revendications. »

Là, elle hésite, inspire longuement, plusieurs images historiques lui viennent en tête : la prise des Tuileries le 10 août 1792 ? Non, surtout pas. La défense du Louvre au moment de l'incendie de la Commune de Paris, quand le palais de l'empereur s'était embrasé et qu'il avait fallu absolument que l'incendie ne gagne pas les salles attenantes ? Encore moins ! Elle pense : « Ah, une idée, la grève des ouvriers de Ramsès III à Deir el-Médineh, racontée par le papyrus de Turin, le premier mouvement syndical de l'Histoire, le grand syndicalisme avant l'invention des syndicats. » Elle connaît tous les détails, ça peut faire gagner trois minutes.

Elle les regarde. Au fond, ces agriculteurs mécontents, elle les aime bien, elle n'a rien à leur reprocher. Il faut juste éviter l'accident stupide, comme le fumigène des marins-pêcheurs qui a mis le feu au parlement de Bretagne à Rennes, présent dans toutes les mémoires.

Géraldine Lalouette descend de sa chaise. Elle prend par le bras la femme qui est au premier rang et qui vient de lui sourire. Elle pense à Louis XVI et Marie-Antoinette recevant à Versailles l'émissaire des Parisiens venus les chercher avec des fourches, la petite Louison, qui se pâme devant le roi dans le film de Sacha Guitry.

Ça va marcher. À voix lente et douce, la présidente Lalouette entame le grand récit de la civilisation égyptienne. « Qu'appelait-on un mastaba au pays des pharaons, quelle forme avaient ces monuments ? Sur le site de Saqqara, là où s'élève la "pyramide à degrés", les archéologues ont retrouvé beaucoup de petits tombeaux privés, très ornés, avec des décors peints extrêmement émouvants parce qu'ils ne nous racontent pas les grandes batailles ni les exploits des souverains, mais la vie du peuple dans les champs, ces beaux agriculteurs… Et quand on empile des mastabas, quelle forme voit-on apparaître ? Mais oui, la pyramide… »

Dans la salle, tout le monde s'est tu. La jeune femme la regarde, mais aussi tous ceux qui sont à côté d'elle. « Encore cinq minutes de cours de sixième, se dit la présidente-directrice, et je pense que cette fois, pour mon renouvellement de mandat au mois de janvier, c'est bon… »

## 9

## Gare à la brosse à dents du professeur Leduc

La princesse de Salerne s'est rapprochée de l'onctueux Mathieu Graville de Chantilly. Pénélope, à ses côtés, s'est à peine maquillée, un reste de fond de teint clair, insuffisant après une nuit blanche. Elle est en jean, sa devise depuis quelque temps c'est : « À quoi bon ? » Il y a les princesses et il y a les braves filles. L'altesse royale va s'intéresser à elle, comme si elle était la crémière de Trianon, lui poser des questions, comprendre qu'elle ne sait rien de Léonard (de Vinci) et qu'elle est spécialiste de tissus coptes. Si elle ne se sentait pas aussi épuisée, elle enragerait. Pourquoi tout ce qui lui arrive depuis qu'elle est au Louvre est-il désastreux ?

Le patron de Chantilly, heureuse diversion, explique à la princesse qu'elle est la cousine certes un peu lointaine de l'épouse tant aimée du duc d'Aumale et que bon nombre des trésors de son cher musée proviennent, par héritage régulier, sans qu'il y ait eu la moindre spoliation, de la collection des princes de sa lignée. Son interlocutrice semble presque indifférente à ces révélations généalogiques, c'est la famille de son mari, elle ne connaît que les grandes lignes, mais elle fait bien celle qui est au courant, coupant d'un geste aimable les explications trop précises.

*La Joconde nue*, dans son carton, semble incliner la tête un peu plus que la Joconde peinte, qu'on vient de redresser pour la poser sur le chevalet et de conduire dans l'embrasure de la fenêtre monumentale.

« Vous savez, votre Chantilly, eh bien je n'y suis jamais allée.

— Vous y êtes, madame, la très bienvenue.

— J'irai, l'ambassadeur Acattabrigha me conduira. Mais, pour tout vous dire, je me réjouis que ces merveilles n'appartiennent plus à nos familles. Nous ne savons que tout faire vendre. Tout finit chez Sotheby's ou Christie's qui prennent trente pour cent de frais des deux côtés, vendeur et acheteur. C'est une désolation. Le droit de propriété des œuvres d'art ne devrait-il pas être réparti égalitairement entre tous ceux qui les regardent ?

— C'est le principe du musée, dit Pénélope.

— Mais oui ! Vous me comprenez, vous ! La Révolution a eu du bon. Je ne le dis pas trop fort. Bientôt il va falloir que nous prouvions que nous sommes les légitimes propriétaires des trois bricoles qui nous restent. Connaissez-vous le professeur Leduc ? Non ? Vous ne mesurez pas votre bonheur. Vous voyez de qui je veux parler ? C'est le fou de l'ADN, on le voit partout. Il s'est intéressé à la tête d'Henri IV, retrouvée dans un placard à balais, au cœur du pauvre petit Louis XVII que les révolutionnaires ont martyrisé dans la prison du Temple et qui est dans un reliquaire de cristal, pauvre enfant, mon petit-cousin, enfin, par alliance. Leduc a inspecté pour Poutine les ossements de la famille impériale russe exhumés d'Ekaterinbourg, il est redoutable. Quand je le vois, à un vernissage ou à l'Opéra, je crois toujours que ce serpent va ramper vers nous, sortir une brosse à dents de sa poche et la fourrer dans la bouche de mon mari. Une horreur. Toutes les familles princières vivent dans la hantise. Faites extrêmement attention. Qu'il ne s'approche pas de vous. »

Pénélope, heureuse de la mise en garde, se dit qu'elle pourrait peut-être se révéler la lointaine descendante de Néfertiti sur la foi de l'ADN. Pour la première fois de la matinée, elle sourit sans faire exprès, tandis que la princesse explique les progrès de l'analyse scientifique : plus besoin de prise de sang, c'est immédiat comme un test de grossesse, ça marche avec les femmes et avec les hommes, c'est « épouvantable », et avec le fichier mondial que le professeur Leduc et son adjointe sont en train de constituer, chacun pourra savoir si par hasard il ne descend pas de Louis XIV ou de Charles le Chauve avec plus de certitude que le roi d'Espagne en personne, qui lui pourra se découvrir le cousin de Landru.

« Tout va devenir contestable. Ces analyses ADN c'est pire que la Révolution. Il ne nous restait déjà plus rien, mais cette fois nous allons vraiment tout perdre. Voilà pourquoi je suis décidée à donner le plus de choses possible aux musées, au moins il y aura écrit sous les cadres : "Offert par Leurs Altesses

Royales les princes de Salerne" et honni soit qui mal y pense. Si l'arrière-grand-père de mon mari était le fils du garde-chasse, qui cela regarde-t-il ? Je suis bien petite-fille de garde-barrière. Et si j'ai envie d'avoir dans mes cabinets mon portrait en manteau de fourrure peint par l'ordinateur de Rembrandt, qui ira me dire que tout est faux, et mon vison pour commencer ? »

Léonard, qui vient de dire à Pénélope qu'écouter ce couple fellinien leur coûte moins cher que d'aller au théâtre, a pris l'altesse par le bras et la ramène devant le tableau et le dessin. Cette concentration de beauté et de rareté ne la fait pas taire :

« Alors, cette Joconde dessinée qui montre ses avantages, est-elle de Léonard ? Je trouve qu'elle a les avant-bras un peu musclés, elle allait soulever de la fonte à la *palestra* trois fois par semaine, non ? On n'a pas retrouvé un poil de la barbe du maestro entre le cadre et le papier ? Un bout de moustache du modèle ? »

Sentant son heure de gloire arrivée, le vieux Mathieu Graville, aimable et suave, pose son incroyable dessin – il murmure « le double érotique » de la Joconde, Léonard lève les yeux au ciel – sur un autre chevalet préparé tout exprès, qu'il fait glisser en pas chassés à côté de Mona Lisa. Il explique. Pénélope se force à écouter, mais son esprit est ailleurs. Elle souffre. Dans la salle, tout le monde est attentif :

« Il faut encore que je reconstitue l'histoire de ce dessin, sa provenance, je suis persuadé qu'il a fait partie des collections du cardinal Fesch, l'oncle de Napoléon, qui avait amassé la plus belle manne d'œuvres d'art de tous les temps. Il possédait plus d'œuvres que tous les collectionneurs privés d'Europe. Je suis à moitié corse, par ma mère, et j'aime beaucoup le cardinal. Vous savez que le musée d'Ajaccio porte son nom ? »

Pénélope n'ose pas dire que tout le monde se moque bien de savoir si la mère du vieux Graville est née Gherardi, Perfettini, Abbatucci ou Grizzi.

« Ma mère est née Sébastiani, comme le général d'Empire, avec un accent sur le *e* mais sans aucun lien de parenté direct, je vous prie de croire que j'ai cherché », répond-il d'instinct à la question que nul ne lui pose. Le dessin, explique-t-il sans se laisser distraire par le silence poli qui se fait autour de lui, a été « rafraîchi », à une date inconnue, on a appliqué au pinceau un lavis sombre un peu trop épais, pour lui redonner de la vigueur, des contrastes. Pour le moment, il est impossible de savoir s'il y a sous cette couche une première esquisse de la main de Léonard. Le laboratoire seul pourra le dire. Ensuite, et là il prend la main de la petite-cousine des rois pour qu'elle s'approche, le dessin est percé de trous d'épingles, signe qu'il a été utilisé comme un « poncif », pour être transposé sur un autre support, et il se trouve que les dimensions du dessin sont presque celles de *La Joconde*. Le tableau est un peu plus haut, mais en largeur, à un centimètre près, c'est la même chose.

« Je ne vais jamais avoir le droit de poser ma feuille sur le tableau, ça va leur faire peur. Léonard ne dirait peut-être pas non, mais vous connaissez les gens du labo, des ayatollahs. Ils ne me laisseront pas procéder à une expérimentation directe, alors que je suis tout de même conservateur général du patrimoine, je l'aurais fait très soigneusement. Mais il y aura "confrontation". Ils vont prendre toutes les mesures au laser, c'est prévu, il y en a bien pour une heure, ça va être passionnant. On va tout savoir. Le duc d'Aumale avait encadré le dessin et l'avait, dans un premier temps, avant de le remplacer par une statue de Jeanne d'Arc entendant ses voix, installé tout au bout de la perspective de sa grande galerie de tableaux. C'était le chef-d'œuvre de Chantilly en son temps. »

La princesse de Salerne, attentive, passionnée, pousse un cri : elle vient de sentir les trous d'épingle à la surface de la feuille. Le vieux Graville se voit déjà invité à dîner. Très en verve, il continue, tandis que le directeur du département des Peintures donne ses instructions aux techniciens qui prennent des photos :

« Ce qui m'amuserait, c'est de mettre mon dessin, enfin si je puis dire, le dessin de Chantilly, celui qui nous vient de la générosité de votre cousin le duc d'Aumale, dans le cadre du Louvre, le temps d'une photo, pour voir ce que ça donne. Je sais bien que le cadre n'est pas d'origine, mais bon, il est si beau, il est tellement associé à l'image de la Joconde… On en ferait des cartes postales pour mes touristes. »

Cette fois c'est Pénélope qui pousse un cri. Il n'y a plus rien sur les deux pains de polystyrène de protection qui étaient posés contre la porte de fer. Ce n'est pas *La Joconde* qui a été volée, c'est son cadre.

## 10

## « Reprends des frites, Néfertiti ! »

« Tu te rends compte, Géraldine Lalouette a été acclamée, c'est bien la première fois. Elle a mis toutes les bottes vertes dans sa poche. Elle leur a même raconté qu'elle était fille d'agriculteurs, je suis sûr qu'elle n'a pas précisé le nombre d'hectares dans la Beauce ni décrit le monument historique classé familial. Elle a un culot. Elle a pris un des meneurs par le bras, elle les a enfumés et les a reconduits à la porte ; le troupeau a suivi sagement. Mais comme il n'y avait plus de porte, les grands vantaux étaient à terre, elle a fait un signe d'un petit mouvement de tête impérieux à dix CRS arrivés de la préfecture juste au bon moment et ils ont formé une barrière avec leurs boucliers transparents. Le Louvre a été sauvé. Il y a un des manifestants qui a filmé, on entend Lalouette, notre généraldine, expliquer aux bons bouseux avec sa voix haut perchée ce qu'est son métier de conservatrice du patrimoine. Elle avait son badge brochant sur la lavallière de son affreux chemisier beigeasse.

— Ça c'est imparable.

— Eh bien le ministre de la Culture vient de retweeter, à la barbe de son collègue de l'Agriculture. La gloire. Y a du scandale, du buzz et du fumier. Arrête de faire cette tête-là. Si tu veux un jour être présidente du plus grand musée du monde, prends-en de la graine. Voilà une héroïne.

— Je ne fais pas la tête, Léonard, je pense que pendant ce temps-là nous ne savions rien. On faisait la conversation sur un volcan.

— Il fallait bien que je vous occupe, j'étais aidé par une princesse et un ambassadeur, sinon vous auriez entendu les cris des émeutiers. Je les percevais, moi, en bruit de fond, j'ai été très stoïque. Les analyses devaient être effectuées dans les temps. Imagine que vous ayez paniqué.

— Tu es un vrai directeur. Si bon pour tes ouailles ! Ma directrice à moi a toujours un train de retard, c'est une antiquité à mettre sous vitrine et à entourer d'amulettes… »

Léonard et Pénélope se sont réfugiés à la cantine, par le petit couloir du personnel, entre la pyramide et la pyramide inversée, là où il y a la grille qui tombe le mardi et qui aurait pu protéger le musée si les hordes étaient passées par la rue de Rivoli.

Tout le monde s'y côtoie, la présidente du musée vient souvent, peut-être passera-t-elle aujourd'hui, fière de sa gloire neuve. La directrice des éditions a commandé un pot de morgon et trinque avec les pompiers. Le chef du service pédagogique se lamente auprès du patron des agents de surveillance. Léonard se relève pour chercher du ketchup et aller serrer trois mains. Il sait qu'il est populaire.

S'installer là, c'est l'assurance de savoir vite tous les potins. Léonard aime bien, il y tient ses réunions, c'est plus sympathique et chaleureux que les restaurants du voisinage, où ses homologues, les autres directeurs de départements, préfèrent aller, ou que la terrasse du Nemours, le grand café du Palais-Royal. « Au Nemours », on est réputé faire « des affaires » et enchaîner dix rendez-vous en une heure parce que tout le monde y va. Léonard n'y a surtout vu que des fâcheux, des conservateurs de « musées de région » qui en profitent pour lui soutirer la promesse du prêt de tel ou tel tableau, les hauts fonctionnaires du ministère de la Culture battant la campagne, les comédiens du Français désolés de n'être jamais reconnus du bon peuple et les membres du Conseil d'État en mal de détachement à la tête de grandes institutions flatteuses.

À la cantine, au moins, tout le monde sait qui est qui. On peut y prendre des choses interdites chez soi, des saucisses de Morteau, de la pintade, des escalopes cordon-bleu. Pénélope a choisi des légumes cuits à l'eau et du poisson à la vapeur avec, au fond d'un ramequin, ce que le cuisinier ose appeler des « tagliatelles de carottes ».

« Ah non, ça c'est la punition, pas les carottes râpées ! Pénélope, la cantine, on y va pour les frites. Prends mon assiette, c'est un ordre, j'irai en rechercher, on ne refuse rien ici aux directeurs de départements. J'ai aussi pris de la moutarde bio, exprès pour toi. Le ketchup, ça compte pour les cinq légumes par jour. Tu as l'air d'être une princesse outragée, ma pauvre Péné ! On dirait Victoria-Eugénie de

Salerne apprenant qu'on a violé son époux avec un coton-tige. Elle était géniale, non ? Comme si ce professeur Toulmouche ou je ne sais quoi s'intéressait à la généalogie des princes de Salerne que toute la planète a oubliés !

— Leduc.

— Il lui faut du lourd pour passer à la télévision, faut que ça croustille et que ça fristouille, les bâtards de Louis XIV, les bacchantes du Vert-Galant, le dentier de la tsarine, le petit Louis XVII évadé de sa prison au plus fort de la Révolution dans un panier de lingère, ça oui… Elle tremble de peur. Elle doit savoir des choses que je préfère ne même pas imaginer. L'ambassadeur Acattabrigha est un poids lourd pour moi, il va m'aider à négocier avec le musée des Offices, on coproduit une exposition sur les primitifs italiens. À partir d'une certaine valeur d'assurance, les prêts entre musées c'est de la politique, vous savez ça mieux que nous, avec l'Égypte… Tu ne m'écoutes pas, Péné. Je ne t'ai jamais vue aussi grave.

— J'ai posé sur mon cerveau en bouillie le masque d'or des reines du Moyen Empire. Je suis une idiote. »

Léonard, qui connaît Pénélope par cœur depuis leurs années de l'École du Louvre, n'a pas de mal à comprendre ce qu'elle endure et qui tient en trois mots : Wandrille est parti.

*

« Léonard, j'ai vraiment cru qu'on avait volé le cadre de *La Joconde*. Je suis stupide. Ce machin n'a aucun intérêt et personne ne pouvait ni entrer ni sortir.

— Les mystères te manquent. Tu voulais jouer les Hercule Poirot, tu es incorrigible. On était en train de l'examiner à dix mètres de toi. Ce matin, nous étions vingt-huit exactement, avec un contrôle d'identité, à l'entrée et à la sortie, toutes les caméras de surveillance fonctionnaient, et absolument rien n'a été dérobé.

— C'est pour ça que tu as encore ton badge accroché à ta veste ?

— Ah mais oui, j'aurais dû le rendre. On ne m'a pas contrôlé à la sortie, je suis l'exception. Tu le veux “for souvenir” ? »

Pour tenter de distraire sa malheureuse amie, Léonard essaye de lui parler des actualités du département des Peintures. Il a réussi à trouver un mécène japonais bonapartiste pour faire restaurer *Bonaparte visitant les pestiférés de Jaffa*. Le ciel verdâtre va redevenir bleu. On va revoir le petit drapeau aux trois couleurs en haut de la citadelle. L'opération va prendre plus de six mois.

Pénélope approuve vaguement, c'est avec ce tableau que les Français ont commencé à rêver du pays des pharaons, même si c'est la campagne de Syrie et de Palestine qu'il représente, encore plus lamentable que celle d'Égypte – la peinture d'histoire, ou l'art de refaire l'histoire grâce à la peinture…

« Tu sais que c'était une surprise faite par Joséphine à son mari, cette toile ? Pas du tout une commande officielle. Bonaparte a dû le payer, ça lui a coûté une fortune, tout ça pour engraisser Antoine Jean Gros, l'artiste favori de sa femme. Il a écrit en marge de la facture “tableau commandé par la générale Bonaparte, ce qu'il ne faudrait jamais laisser faire". Ça devait faire froid dans le dos ces blessés, ces cadavres au premier plan, une fois restauré on va revoir tous les détails... Tu aimes ce général, jeune dandy égaré avec son écharpe tricolore, la taille fine, qui touche le bubon du pestiféré ? On dirait qu'il est en train de le guérir, de faire un miracle, comme les rois de France qui avaient le privilège de toucher les écrouelles le jour de leur sacre à la cathédrale de Reims, alors qu'il les a tous fait empoisonner. C'est ce tableau-là, symboliquement, qui le fait empereur, plus encore que la grande toile du sacre...

— Léonard, je sais tout par cœur, troisième année de licence, le cours sur la peinture française de David à Courbet, j'avais eu une meilleure note que toi. Le tableau est livré je ne sais plus à quelle date dans le courant de l'année 1804 et le sacre de Napoléon à Notre-Dame a lieu le 2 décembre. Sa gloire conquise en Orient a fait de lui le successeur des rois de France, nos rois thaumaturges, le souverain finalement légitime mais qui ne doit sa couronne qu'à ses exploits. Il a tout retourné à son avantage. Joséphine, fine mouche, avait compris avant lui et en avait fait faire un grand tableau. Elle méritait bien qu'il lui pose une couronne sur la tête à elle aussi.

— Avant de la répudier quelques années plus tard.

— On passe à la crème caramel ? »

Pénélope raconte tout, profitant du désastre du dessert. Bonaparte, elle n'en a rien à faire. Wandrille, désormais, elle le hait. « Sa poule », celle à cause de laquelle elle a été répudiée, est la fille d'un patron du CAC 40. Léonard risque « du haut de cette pyramide… », Pénélope ne sourit plus. Évidemment, la situation de Wandrille a attiré tous les regards. Lui a vu l'héritière, le gros sac.

Son père, qui avait été ministre des Finances, après une « traversée du désert » – tu parles, le bac à sable de la place des Vosges vu par les immenses fenêtres de l'appartement – est devenu, à la surprise de tous, ministre de la Culture et du Patrimoine. Cette fille a mis le grappin sur Wandrille dans le salon des Maréchaux, devant les petits-fours de la rue de Valois, le jour de la passation de pouvoirs. Le grand portrait de Jérôme Bonaparte venait à peine d'être raccroché dans le « salon Jérôme » – les ministres de la Culture réacs aiment bien ce tableau, qui va avec le mobilier Empire, les progressistes s'empressent de le remplacer par une commande publique point trop audacieuse, cette alternance s'observe depuis trente ans.

Wandrille et cette fille ont plaisanté sur ce sujet qui, objectivement, n'est pas très drôle. Elle s'appelle Diane, quelle prétention. Ils se sont installés tout de suite : appartement dans le Marais, vie commune, désir d'enfant, l'horreur.

Pénélope énumère tout ce qu'elle n'a pas su faire : leur couple s'était endormi, elle ne lui parlait plus de rien, même plus de son travail, elle n'arrivait plus à l'intéresser à ses recherches, et puis il y avait ce voyage en Égypte, « au pays des pharaons » disait Wandrille, prévu ensemble et reporté d'année en année. C'est ce qu'elle aurait dû imposer, pour sauver leur couple comme on dit dans les magazines pour petites sottes : la croisière sur le Nil, le bateau du film avec Peter Ustinov, les loquets de cuivre lourds des cabines où dorment les millionnaires et les portes d'acajou, lui faire découvrir les pyramides des pharaons noirs du Soudan, les chauds réveils sous la tente, l'emmener faire de la plongée à Alexandrie parmi les vestiges du phare et les sacs en plastique qui empoisonnent les poissons.

Elle avait en main toutes les cartes pour l'éblouir, le faire rêver, et elle n'avait su que se plaindre : son chef si pénible au Mobilier national, les collègues contrariants, la routine des œuvres envoyées à la restauration et revenues trop tard pour les expositions prévues, les week-ends chez les vieux amis de Bayeux et des environs de Giverny, elle n'avait pas su le surprendre, comme elle le faisait au début.

Bon, elle n'allait pas tout raconter à Léonard, et surtout pas à deux pas de la table où le chef des pompiers avait l'air d'émerveiller de ses récits la directrice des éditions – mais dans les autres domaines non plus elle n'avait pas été capable d'innover, de surprendre, peut-être parce qu'elle n'en avait plus vraiment envie. C'est classique, paraît-il.

La croisière sur le Nil, le pire des clichés, c'est ce qu'il aurait fallu. Deux casques d'explorateurs, les balades main dans la main dans le quartier copte du Vieux Caire…

Ce matin, par exemple, Léonard n'aurait pas refusé qu'ils soient deux, surtout avec le nom que porte Wandrille, le fils du ministre, la présidente Lalouette serait venue : voir *La Joconde* sans cadre, il aurait tellement aimé cela, il l'aurait photographiée, elle, sa Pénélope, sourcils froncés, sourire en coin, devant le tableau. Ils auraient pu être encore si heureux.

Ils auraient vécu ce moment si rare où Mona Lisa et son cadre sont séparés, mais où chacun des deux désire tant retrouver l'autre. Elle regarde les carottes, qu'elle a laissées dans le bol blanc.

« Vois-tu, je me suis dit ça ce matin en entrant dans la salle des États : je suis résolue à démissionner. Je n'ai plus le niveau pour le Louvre. Mon mémoire d'égyptologie est depuis longtemps enseveli dans les sables, j'ai tout oublié, je n'ai fait aucun progrès, mes bibliographies ne sont pas à jour.

— Pénélope ! On en est tous là.

— J'ai complètement oublié la langue copte.

— Ta directrice de département aussi.

— Pendant ces dix années on m'a nommée conservatrice à droite et à gauche sans se soucier de ma spécialité. Quand je suis sortie de l'école, j'avais envie d'être la meilleure égyptologue de ma génération, de faire un livre, une exposition historique au Grand Palais. La machine du ministère m'a broyée.

— Reprends-toi. En plus de l'Égypte tardive on t'a donné à étudier la collection des bijoux, de quoi remplir dix expositions à succès…

— En attendant je dois rendre le catalogue complet et ça n'avance pas… Je me noie dans les boîtes de fiches du département…

— Si tu savais tout ce qu'on a oublié dans les boîtes aux peintures, de quoi écrire une encyclopédie !

— Ma rencontre avec Wandrille, c'était ce qui n'aurait jamais dû m'arriver. Je n'étais pas faite pour lui, un journaliste, un petit sauteur, un baratineur, un fils de famille, le produit de deux générations d'énarques, un néant, qui n'aurait jamais dû regarder une bécasse de la campagne comme moi. J'étais faite pour être une conservatrice vieille fille responsable des antiquités qui sont au sous-sol du musée de Grenoble. J'avais un profil à la Théodelinde de Serpierre.

— Pardon ?

— Mais oui, tu sais bien, la jeune fille de Nancy qui est amoureuse de Lucien…

— Rappelle-moi.

— C'est dans *Lucien Leuwen*. Toi aussi tu en as perdu avec les années, dis-moi. Lucien Leuwen, avec son uniforme jonquille et sa taille bien prise, tu l'as oublié ?

— Oh, mais tu dois absolument rester au Louvre, ma petite Pénélope, tu vas relever un peu le niveau, on a besoin de toi ! Plus personne ne lit rien en dehors de son domaine de spécialité, si tu savais… La génération de nos chers vieux crocodiles avec lesquels tu aurais pu parler de Stendhal pendant des heures n'a pas eu de successeurs. Ne pense pas à Wandrille, il a toujours été chien fou, vous vous retrouverez. Il te faut un amant. Choisis ce qu'il peut y avoir de plus vexant pour lui. Un prof de yoga débile, un coach de sport décérébré.

— Pléonasmes. Je ne m'occupe pas assez de mon corps. Un jeune prince de Bourbon-Salerne plein aux as, fils de la dame en rouge, ce serait bien aussi, surtout s'il est un peu demeuré.

— Tu vois ! Tu es encore capable de beaux projets. La mère est très vive, méfie-toi, et je crois qu'elle n'a eu que des filles. Prends rendez-vous avec ta directrice de département. Dans ces cas-là, la discipline est la force principale des armées. Remets-toi au travail.

— Peut-être.

— Sois sereine dans la tempête de sable. Reprends des frites, Néfertiti ! Arrête de pleurer ! Va voir Olga, enfin je veux dire Mmc Vanhuyssum, tu dépends d'elle, elle dirige ton équipe avec un fouet de lapis-lazuli et un crochet incrusté d'ivoire pour fourrager au plus profond de ton âme, ne te pose pas de questions. Elle a sûrement une foule de nouveaux sujets de recherche à te suggérer. Reste avec nous. C'est un ordre. »

## 11

## Champollion cambriolé ?

*Paris, vendredi 13 avril 2012*

Le bureau d'Olga Vanhuyssum, la directrice du département des Antiquités égyptiennes, est dans un désordre total : tas de papiers, piles de livres effondrées, fiches débordant de boîtes en bois, placards ouverts et, comme un vaisseau voguant sur cet océan de ruines, la fine silhouette d'un bureau à abattant en bois clair.

« Vous vous souvenez, Pénélope, vous qui venez si rarement me voir dans mon bureau, et je le déplore, il était déjà là quand vous avez fait votre premier stage avec moi. Les dieux savent à quel point ils ont tous voulu me l'arracher ! Je l'aime comme mon fils. Le bureau de Jean-François Champollion. Ils ont imaginé de l'exposer dans une cage de verre dans le futur Louvre-Lens qui va ouvrir cette année, j'ai tenu bon. Ils avaient fomenté dans mon dos une exposition simplette et pédagogique sur les hiéroglyphes, avec reconstitution du cabinet de travail du grand homme, tout ça pour que je sois obligée de le prêter. Et quoi encore ? Ce meuble n'a jamais quitté cette pièce, il était là pendant la guerre, aux heures les plus noires de notre histoire, il était là à l'époque de Mme Desroches Noblecourt, l'époque la plus glorieuse de notre département, il ne sortira que sur mon cadavre ! Que puis-je faire pour vous ? Oui, j'étais en plein rangement.

— Je vois.

— Ils sont entrés dans mes salles, une horde, des petits casseurs, la racaille de la banlieue, j'étais présente, dans ce bureau, et personne n'a jugé bon de m'avertir. J'aurais pu intervenir. Il fallait les terroriser, faire charger la troupe. C'était ma responsabilité. Ils auraient pu taguer les peintures de la chapelle du mastaba, on avait enlevé les vitres de protection pour une séance de photos une heure avant. Rien, pas un appel. J'ai été prévenue par le service de la communication une heure plus tard. Vous imaginez que ça se passe comme ça à Washington ou à Berlin ?

— Les journalistes vont vouloir en savoir plus. Ils vont vous appeler.

— Rien à faire. Lalouette n'aura qu'à répondre puisqu'elle est omnisciente et omnipotente. J'ai du travail, moi, comme vous pouvez le voir. J'ai commencé le grand classement annuel. Ce ne sont pas les agriculteurs en colère qui vont m'aider ! Mais pitié ! J'avais perdu un dossier important, heureusement en Égypte, rien ne se perd. Vous auriez bien aimé tomber en plein cambriolage, face aux pillards, et me trouver bâillonnée et attachée au radiateur, je vous connais par cœur, Pénélope, toujours vos enquêtes. Aidez-moi plutôt à remettre un peu d'ordre. Le temps des aventures est passé, vous savez. Vous voilà conservatrice au Louvre, ce n'est pas rien. Finis, les mystères ! Les manifestants ont choisi de nous épargner, mais ils reviendront, je le sais, on ne leur a pas fait assez peur ce matin. J'ai du travail sérieux à vous confier. Nos missions doivent se poursuivre, nous défendrons la République, dût-elle tomber sous les piques. »

N'importe qui aurait pu croire que la pièce aux murs lambrissés de chêne venait d'être mise à sac. La directrice avait simplement dû chercher un rapport de fouilles mal classé, elle avait, avec l'énergie qui la rendait célèbre et en faisait un bon client pour les documentaires culturels, éventré tout, bouleversé les strates archéologiques de son désordre, retrouvé une série de boîtes d'archives oubliées.

« Là c'est tout le plan de l'exposition sur Philae, on va la faire en Australie, si ça vous tente, vous assurerez le commissariat et le convoiement, personne ici ne veut s'en occuper, vous irez chatouiller les kangourous, ça vous plaira. Vous mettrez ça sur Facebook. Regardez tout ce gros bazar, dans le fond, c'est ce qui nous est revenu des panneaux pour non-voyants faits d'après le zodiaque de Dendérah, tout est cassé, c'étaient des moulages en plastique dégoûtants, on ferait mieux de jeter ce qui reste. Aucun non-voyant ne semble d'ailleurs s'y être intéressé. Oh, les invendus du catalogue Ramsès le Grand. Je ne savais pas qu'on en avait encore. Grand Palais 1976, si vous ne l'avez pas prenez-en un, ça vaut cher au marché noir et j'ai du stock. »

Pénélope prend sous son bras ce livre qu'elle a déjà. Impossible de dire quoi que ce soit.

« Vous savez ce que c'est, ça ? La boîte d'archives du don Bouchard ! Pas trié depuis 1911, rien d'important heureusement, mais bon c'est amusant, non ? Elle a surgi quand le placard a failli s'écrouler sur moi, j'ai risqué l'ensevelissement. C'est anecdotique, Bouchard, jetez un œil. Je vais le donner en sujet de recherche à une de mes élèves de l'École du Louvre et comme ça on n'en parlera plus. À moins que ça ne vous amuse de vous en occuper. Vous n'en tirerez pas un article, je vous préviens. C'est niveau notule, mais pas inintéressant, ça nous ramène à Bonaparte.

— Faut voir.

— Pénélope, je ne vous reconnais plus. Vous êtes toujours très jolie, comme autrefois, même si je note que vous faites moins d'efforts de coquetterie, c'est un tort, les agents de surveillance se retournent tout de même quand vous passez, mais vous êtes soucieuse, beaucoup trop tendue. Vous n'avez plus rien à espérer, je veux dire, pardon, rien à souhaiter.

— Je suis comblée.

— Vous allez finir votre carrière chez nous, c'est tout ce que vous avez toujours voulu, vous êtes ici dans un cocon, vous faites du vélo, ce qui va vous permettre de garder vos jambes de rêve, pas comme moi, vous devriez être au comble du bonheur. Tenez-vous plus droite. Certains feraient des bassesses pour être là où vous êtes. Et qui sait, un jour, ce petit bureau, si émouvant, le sien, pourrait bien devenir le vôtre... Souriez, Pénélope. Passez la semaine à faire trente fiches descriptives de votre catalogue des bijoux, vous avez toujours ce petit travail sur le métier, je ne l'oublie pas, c'est au cœur des missions complémentaires que je vous ai confiées, ça vous fera une bonne gymnastique et ça détend toujours. Les catalogues des collections permanentes, c'est l'opium de notre peuple, nous les conservateurs du patrimoine... »

Bouchard, plutôt mourir. Tous les égyptologues français connaissent ce nom et le prononcent avec désolation. Il est une source de moqueries infinies pour leurs confrères du monde entier. Le « capitaine Bouchard » n'était en réalité qu'un lieutenant, il s'était embarqué enthousiaste dans l'armée d'Égypte, il découvrit dans la ville de Rachid, que les Français nommaient Rosette comme s'il s'agissait d'une marchande de beignets, une majestueuse stèle gravée. On a imaginé un brave homme du génie, qui aurait mieux fait de se taire et d'embarquer sa trouvaille.

Le jeune Bouchard était fin et astucieux. Il avait passé en Égypte, sous la férule de Gaspard Monge, ce génie des mathématiques, le concours de Polytechnique et il est mort sous Louis-Philippe, respecté, ayant publié ses mémoires. Il s'appelait Pierre, son père aussi, et sa femme Pierrette, pire que la malédiction des Ramsès ! Quand Bonaparte, abandonnant son armée, était parti seul pour la France, personne n'avait suggéré qu'il embarque avec lui « la pierre de Rosette ». Les Anglais firent main basse sur elle quelques années plus tard, elle est aujourd'hui la gloire du British Museum. Bouchard a mis du temps à revenir en France, il avait suivi les troupes à Saint-Jean-d'Acre et à Jaffa. Une boîte contenant ses souvenirs avait fini par arriver piteusement au Louvre, léguée par ses héritiers, son fils Pierre, ou son petit-fils Pierre, et les conservateurs, inconsolables de ne pas avoir « la pierre », avaient laissé le carton en haut d'un placard.

Pénélope se dit que c'était bien de son niveau maintenant, elle était juste bonne à inventorier la pipe, la montre gousset et les bretelles du capitaine Bouchard.

« Je vais regarder, madame, promis, ça peut tout de même être intéressant.

— Vous pensez bien que non. Laissez ça, rien d'archéologique, même pas de quoi faire une manette dans une vente courante à Drouot. Si cette oie de Bouchard avait rapporté quelque chose ça se saurait. Ceci est une pipe, pour l'opium, ils en avaient tous une, plus ou moins ouvragée, il y a ses galons d'uniforme, du modèle dit à graine d'épinards, avec le chiffre 18 brodé en rouge, un peu déteint, c'est émouvant, le musée de l'Armée en a à ne savoir qu'en faire dans les réserves, de quoi reconstituer le dernier carré de Waterloo, des bretelles brodées, des boutons d'uniforme... Il y a sa "chevalière" armoriée, on devrait plutôt dire une bourgeoisière, un peu grossière, il avait dû faire graver ça au retour dans sa province, comme tout le monde à cette époque, il avait voulu ses armes, regardez, trois zibouibouis et un casque, c'est ravissant, monture en or, pierre semi-précieuse genre cornaline. Il avait dû vouloir finir en M. de La Bouchardière, Bouchard de Rosette, Pierre de Rosette ! Famille modeste à l'origine pourtant, les Bouchard. Ça pèse lourd ce carton. Je ne sais plus s'il y avait des carnets, ça serait déjà mieux, si oui ils sont rangés dans l'autre bureau, avec les archives et la doc, mais c'est la même cote avec une lettre en plus. Non je vous assure, rien à sauver, je referme ça et retour au placard. »

Pénélope regarde la directrice faire voler ses mocassins plats et monter sur un tabouret.

« Je vais m'occuper de vous. Et si je vous confiais une petite mission de récolement, ça ravigote toujours ? Vous êtes pâlichonne. Vous pourriez voyager, prendre le train, aller dans des gares, il s'agirait de pointer toutes les œuvres égyptiennes, et pas seulement les bijoux, dans les collections des musées de région, il y en a à Beaune, à Vannes, à Chantilly, à Grenoble, à Auch, ça vous amuserait ? Vous connaissez la momie de canard du musée Joseph-Denais de Beaufort-en-Vallée ? Et pourtant c'est du ptolémaïque. Nous avons à remplir une mission de "Grand département".

— Je ne l'ignore pas.

— Nous servons de référence pour l'Égypte dans tous les musées de France, et cette charge essentielle, il ne faudrait pas que le ministère nous reproche de ne pas assez l'exercer. Ça vous tente ? Les collègues de province détestent quand on débarque, ce sont nos petites joies… Aidez-moi à descendre, je vais vraiment finir par me casser la gueule.

— Je connais les collections égyptiennes de Vannes, celles de…

— Mais savez-vous par exemple qu'il y a un intéressant objet égyptien à Reims, dans les collections du palais du Tau, à côté de la cathédrale. Non ? Je ne vous dis rien de plus. Une pièce qui n'a rien à faire là au milieu des joyaux des sacres des rois, mais que nous ne pouvons pas récupérer, un don historique. Un bijou pourtant, vous devriez l'avoir repéré, on en a un autre exemplaire très similaire ici. Vous voyez bien qu'il y a encore des choses que je peux vous apprendre. Allez à Reims, prenez des photos, faites un gentil petit constat d'état de la pièce, allez déjeuner dans la bonne brasserie de la place Drouet-d'Erlon, ça vous aérera. Ce machin est dans une vitrine en vieille moquette et n'a pas vu un vrai conservateur depuis soixante-dix ans, on n'en a même pas un bon cliché. »

Pénélope, n'osant pas dire qu'elle préférerait qu'on lui donne la mort immédiatement, fait des piles de cahiers, des piles de photos, des piles de fiches de salle. Si au moins elle peut aider sa directrice dans les tâches du ménage. Elle pourrait aussi faire les carreaux.

Olga Vanhuyssum se tait. Si elle s'était trompée ? Si Pénélope n'était pas celle dont elle a besoin, celle qu'elle a pressentie – sans jamais lui en parler – pour être sa dauphine, en piétinant les huit ou dix personnes qu'elle connaît trop bien et qui n'attendent que sa retraite ?

« Dites-moi ce qui vous ferait plaisir. Pénélope, je suis là pour vous aider. Asseyez-vous en face de moi, mettez les journaux par terre, là ce sont les *Gazettes de Drouot*, on les fera découper par le nouveau stagiaire, il a l'air si empoté. Un athlète en T-shirt, je vais lui donner des ciseaux et de la colle et le confier à Virginie du secrétariat, celle qui est toujours débordée. J'aime faire le bonheur autour de moi. Je n'écoute que vous. Allez-y.

— Vous savez, j'ai plutôt envie de me retirer dans un monastère.

— Un monastère ? Mais ça tombe très bien. Nous en avons un. Et en plus, de l'époque qui vous intéresse. La dernière étude des publics, toujours au pluriel n'est-ce pas, les publics, on meurt de ça, les publics, mais pitié, démontre que la salle de Baouît, qui est pourtant ravissante et pédagogique à souhait, est de très loin la moins visitée de tout le musée. Une honte. Une honte pour les gens, je veux dire, pour ces publics qui ne veulent rien apprendre et ne vont que vers ce qu'ils savent déjà. Les publics de *La Joconde*, vous voyez le genre… Imaginez que la présidente qui ne navigue qu'à l'audimat veuille nous sucrer la salle ? J'ai monté une expédition sur place, pas dans la salle, à Baouît, ça vous plaira, c'est au milieu du désert. Je relance cette affaire.

— Je connais bien Baouît, mais je n'y suis bien sûr pas allée.

— Ce n'est pas l'Égypte des touristes. Personne n'y va. J'ai décroché un financement. Des Chinois absurdes qui vont tout payer. Je veux retrouver le contexte de la fouille menée par le Louvre jusqu'en 1913. J'avais promis de m'y rendre moi-même, mais j'ai vraiment trop de travail, on m'a collé une visite de l'Inspection générale des affaires culturelles, tout doit être impeccable ici pour mercredi ! À mon âge, une inspection, mais pitié… On va vous prendre un billet immédiatement. Vous partez pour Baouît. Atterrissage au Caire, vous irez faire trois politesses de ma part au directeur du musée, il va vous bassiner avec leur nouveau machin babylonien du plateau de Gizeh qu'ils n'en finissent pas de bétonner. Il va vous redire qu'il n'a plus d'argent et que les tour-opérateurs ne sont jamais vraiment revenus depuis les attentats, n'écoutez pas trop, ce sont leurs habituelles salades, puis cap sur Assiout ! De là, Baouît. Dunes admirables, faites des photos, vous vous laverez l'esprit. Vous aurez une équipe, réduite, avec vous, certains fouilleurs du Louvre sont déjà sur place. Ils ne s'attendent pas à voir débarquer quelqu'un de la centrale. Vous saurez faire. Ils vont vous aimer. Ça va être utile, plus que vos états d'âme. Faites-moi confiance, mon enfant. Vous êtes une fonceuse, ne réfléchissez pas. Ne jamais réfléchir. Agir. Allez ! »

# DEUXIÈME PARTIE

## La campagne d'Égypte de Pénélope

« Ô Corse à cheveux plats ! Que ta France était belle
Au grand soleil de messidor ! »

Auguste BARBIER,
*L'Idole*

# 12

# Un grand coup de théâtre se prépare au petit théâtre de l'ambassade d'Italie

*Paris, samedi 14 avril 2012*

Le salon de bal de l'ambassade d'Italie à Paris, rue de Varenne, n'est jamais plus beau que quand il est vide, avant ou après les réceptions. La lumière passe entre les fenêtres à petits carreaux et joue sur l'or des boiseries. Il se transforme vite en salle de concerts ou de conférences. L'ambassadeur aime y aller seul, y avoir deux ou trois invités, pour profiter de la beauté du décor.

Dans l'ancien hôtel de Boisgelin a été installé un joli petit théâtre à l'italienne qui n'a rien à faire là, décor venu d'un palais palermitain ; dans la pièce voisine, des panneaux peints par Guardi ont été arrachés au palais Mocenigo de Venise. Tout est de bric et de broc, patiné à souhait, on ne peut plus artificiel, on y croit sans discuter.

Sur la scène de ce théâtre de poche, Acattabrigha a dressé une table, avec des fruits rafraîchis, du champagne, des fromages de Toscane, de la brioche.

L'idée d'une collation en l'honneur de la princesse de Salerne lui est venue au Louvre, quand elle lui a parlé de sa haine des Bonaparte, de l'oncle et du neveu.

« Madame, je voulais vous faire rencontrer un homme formidable.

— Dites-moi qui. Je suis très méfiante de nature, et avec vous, les surprises, comment dire…

— Il est dans le salon Guardi, je vais lui dire de venir. Il va vous amuser. Vous avez aimé notre visite au Louvre, ils ont été charmants ?

— Ils n'en veulent qu'à mon Botticelli. Autre chose que Guardi ! Il est beau, incontestable, et nous l'avons depuis soixante-dix ans dans notre maison de Paris, pas de problème de certificat d'exportation. Ma grand-mère l'avait acheté au comte Ciano, le gendre de Mussolini, aucune provenance princière italienne, tout vient de mon côté, c'est mon argent du fascisme, tout est blanc-bleu y a prescription. Mais je mets mes conditions. Je le donne s'ils rendent à l'Italie une chose que Napoléon a volée. Rien qu'une. Ce sera ma seule requête. À eux de nous faire savoir ce qu'ils peuvent restituer, le choix ne manque pas dans tous ces maudits musées français. Je me contente d'un dessin, mais un beau, un grand, un vrai. À leur bon cœur. »

La porte du fond s'est ouverte, un homme en veste de velours vient d'entrer, rougeaud, souriant, frottant ses mains potelées l'une contre l'autre, la soixantaine rayonnante. L'ambassadeur virevolte, empêche la princesse de descendre les quelques marches.

« Ah non mon ami, pas celui-là. On a raison de dire "gaffeur comme un diplomate". Je vous laisse, indiquez-moi l'escalier dérobé, il y en a un dans tous les théâtres. Je sors.

— Je vous assure qu'il n'a pas de brosse à dents dans la poche, j'ai fait vérifier au vestiaire. Madame, vous connaissez, je crois, de vue le professeur Leduc. Il faut que vous restiez. Il a des révélations à vous faire, mais qui vont vous plaire, j'insiste. Je sais ce que je fais. Ne bougez pas. Il reste en bas.

— Bonjour monsieur. Nous avons déjà dû nous croiser en effet, je ne sais plus. Je suis d'avance anéantie. L'ADN princier, vous savez, c'est mon mari, pas moi. Je suis une paysanne des Abruzzes. »

Comme le bourreau montant l'escabeau de la guillotine, Gérard Leduc, de son pas lourd, gravit les marches de l'estrade.

Un huissier a tiré les rideaux, un écran s'allume au fond. À l'invitation de l'ambassadeur, Leduc et sa victime s'installent. Le spectacle devrait avoir lieu en sens inverse, les assistants sont sur scène, tout est contrarié, la dernière princesse de Bourbon-Salerne fronce les sourcils.

Projection d'une première image, elle a un haut-le-corps : vient de s'afficher le portrait de Napoléon dans son cabinet de travail, la main glissée dans son gilet, par Jacques Louis David, un tableau que le Louvre aurait tant aimé avoir et qui fait la gloire de la National Gallery de Washington. Ça ne pouvait pas plus mal commencer.

## 13

## La salle de Baouît mériterait de ne plus être la moins visitée du Louvre

*Paris, samedi 14 avril 2012*

Les après-midi de canicule, les agents de surveillance devraient la conseiller aux visiteurs : la salle de Baouît est une oasis, sans palmiers ni point d'eau, mais avec une climatisation merveilleuse. En ce mois d'avril froid et pluvieux, l'air y est doux comme dans une cave à vin. Elle n'est pas facile à trouver. On peut y arriver en longeant la zone du chantier du nouveau département des Arts de l'Islam, qui sera inauguré à la fin de l'année, puis il faut errer un peu du côté de ce qui deviendra bientôt l'espace consacré à l'Orient méditerranéen sous l'Empire romain et descendre une rampe en pente douce.

Pénélope, qui connaît bien ce refuge à l'abri des groupes, a voulu y retourner pour prendre sa décision. Elle s'y sent mieux que dans son petit appartement aux étagères vides depuis que, sans craindre les clichés du vaudeville, elle a mis dans dix sacs-poubelle les « affaires de Wandrille » en lui demandant d'aller les chercher le lendemain matin après son départ pour le musée – qu'attendait-elle, pauvre idiote, qu'il vienne plus tôt et avec des roses rouges en nombre impair ?

Le soir, les sacs n'étaient pas là et le décor de sa vie quotidienne ne ressemblait à rien. La grande photo de Karen Knorr, au-dessus du vieux canapé, qu'elle aimait tant et qu'ils avaient achetée ensemble est partie avec le reste. Il lui reste ses vieux CD de cantates de Bach et de tangos argentins, ses Sagan cornés et ses Duras jamais rouverts depuis quinze ans, de quoi mourir vraiment. Le seul moyen pour Pénélope de ne pas se remettre à fumer c'est de ne pas revenir tout de suite à la maison. D'où l'escale en salle de Baouît. L'escapade dans le désert n'aurait rien d'absurde au point où elle en est.

Le Louvre aura beau être un jour contraint de limiter le nombre de visiteurs quotidiens, il n'y aura jamais personne dans le « parcours Baouît ». Pénélope y est revenue comme un vieux chien mouillé à sa niche, pour se faire à l'idée de l'expédition et réfléchir.

Elle va dire oui à sa directrice. Derrière les maquettes se dresse le mur de la petite église des environs d'Assiout, transportée ici pierre par pierre, l'intérieur se devine, avec un beau jeu d'ombres sur les parements. Ce qu'on appelle une muséographie réussie. Pénélope a tant aimé cette salle, aujourd'hui elle la voit autrement.

Elle fait l'effort de la regarder comme si elle la découvrait. Au moins, dans cette crypte, pas de fenêtres pour voir tomber la pluie. Mais l'image qui lui vient en tête ne la réconforte pas : l'hypogée du dernier acte d'*Aïda*, l'enfermement dans le sous-sol, le grand morceau que Verdi a fait attendre jusqu'à la fin, « O terra, addio ». Elle est prête. Elle est la seule à qui cette beauté parle, depuis toujours, cette harmonie ; elle peut rester là sans bouger jusqu'à ce que le gardien vienne la chercher avant la fermeture. Elle regarde quand même « ses » vitrines, « ses » feuillets de salle. Tout est fait pour que ce soit intéressant, Baouît n'a jamais su plaire. C'était le combat de Pénélope, quand elle avait encore la force de combattre : l'histoire de l'Égypte ne s'est pas achevée avec Cléopâtre.

Le suicide, elle y a pensé durant toute la soirée de la veille. Elle y a pensé encore, ce matin, quand elle a poussé ce petit cri ridicule parce qu'elle avait cru, l'espace d'une seconde, qu'on avait volé le cadre de *La Joconde*. La vérité c'est que même les mystères, les intrigues, les aventures ne s'intéressent plus à elle. Ce sera ainsi désormais, plus rien d'intéressant ne lui arrivera. Même les aspics du désert ne voudront plus de sa vieille peau tannée.

Fichu pour fichu, elle ferait peut-être mieux de s'inscrire en thèse à la Sorbonne, ça occupe bien, c'est sans danger. Elle serait enfin « conservateur docteur », comme ses collègues allemands ou américains, mais elle n'a aucune envie d'aller continuer sa carrière à Berlin ou à New York. Paris lui plaisait bien, tant pis.

Elle l'a répété toute l'année aux dix élèves auxquels elle a fait cours à l'École du Louvre, privilège des conservateurs de la maison. Déjà bien qu'ils aient été dix. L'Égypte chrétienne, qui brasse les traditions grecques, orientales et l'héritage des rives du Nil, c'est passionnant ; l'art copte avec ses tissus, ses sculptures, ses églises c'est splendide. Mais comme tout cela date du premier millénaire après Jésus-Christ et pas avant, que ce n'est plus l'Antiquité ni l'égyptologie et pas encore le Moyen Âge, personne ne veut ouvrir les yeux pour admirer.

Aucun des livres publiés sur ce sujet n'a jamais eu le moindre succès. Elle a le chic pour n'intéresser personne, c'est ainsi, c'est sa malédiction. Autant se noyer dans ce travail absurde, avancer, en vain. L'appel des dunes et du sable. Elle salue la jeune fille blonde qui porte un badge rose autour du cou, sur sa petite chaise à l'entrée.

Pénélope va s'asseoir au centre de la nef, sur un large banc. Car Baouît, c'est une église, un centre de foi et de culture en plein désert, avec ses éléments d'architecture, ses colonnes aux riches chapiteaux, ses linteaux ornés, ses sculptures de bois – tout est arrivé par bateau après le « partage du produit des fouilles » entre l'Égypte et la France, comme cela se pratiquait encore quand, au début du XX^e siècle, les équipes françaises ont découvert ce site habité par des ermites et des prêtres pendant des siècles et peu à peu enseveli. C'est une des premières œuvres d'art signées au monde, l'inscription est là : « Le sculpteur c'est moi, Joseph. »

Le regard de Pénélope se perd dans les branches ouvragées, s'arrête sur les merveilleux oiseaux, la corbeille d'osier au fort relief qui s'épanouit au sommet d'une colonne. Toute l'« église sud » était peinte, les murs couverts de fresques. Cette beauté fait du bien.

Pénélope sent qu'elle va un peu mieux, qu'elle respire enfin, pas comme l'autre jour avec ce brouhaha autour d'elle, les ronds de jambe du directeur de Chantilly, les éclats de voix de la Castafiore de Salerne et la béchamel chuchotée de son larbin d'ambassadeur. Pauvre Léonard, dans son poste de directeur de département, il est obligé de passer des heures à subir tout cela – avant sa récompense, la double portion de frites de la cantine. Elle ne pourrait pas. Elle n'aime que le bonheur d'être devant les œuvres, de regarder, de chercher à comprendre, de parler de ce qu'elle aime.

Baouît, elle n'en connaît que les photos en noir et blanc de l'expédition et la maquette qui est dans la salle. Le parcours des salles du Louvre est ponctué de grandes restitutions architecturales, le public doit aller d'émerveillement en émerveillement : la chapelle du mastaba d'Akhethétep, les taureaux de Khorsabad, l'apadana du palais de Darius, mais personne ne comprend que la reconstitution de l'église sud de Baouît est tout aussi spectaculaire, aussi importante pour l'Histoire, aussi belle dans sa simplicité et son raffinement, une forme de perfection, un lieu de recueillement.

Elle y était allée souvent avec Wandrille, lors des nocturnes du vendredi, bien connues des étudiants – autrefois, le jeu de l'oie de la drague au Louvre comprenait obligatoirement un bisou dans la pénombre de la salle Saint-Louis. Las, le musée avait revu le circuit médiéval et cette grotte obscure et mystérieuse était désormais inondée de lumière – après qu'on y avait retrouvé, cachés en hauteur derrière les ogives, tous les portefeuilles volés depuis des années. La salle de Baouît, un peu à l'écart, offrait une romantique alternative. Devant l'icône de l'abbé Ména, là où ils ne pouvaient être vus par la petite jeune fille sur sa chaise à l'entrée, le baiser.

Comme ils ont pu s'embrasser dans la douce clarté de l'église de Baouît, les arches du sanctuaire semblaient s'enlacer autour d'eux. Wandrille, après une heure à traînasser et bavarder de choses et d'autres dans l'exposition du moment, une errance en zigzag entre les bijoux de la Couronne et la salle des Sept-Cheminées, prononçait en souriant le mot magique : « Baouît ? »

Pénélope, sur son banc de chêne, a envie de s'effondrer.

Wandrille trouvait qu'il y avait un vrai côté Indiana Jones dans cette histoire – il aimait, il aime plus que tout ce genre de films, cette soupe américaine – et que c'était la cachette idéale pour le Graal.

Pénélope, la semaine qui avait suivi sa nomination, lui avait fait la surprise : elle avait changé les tissages coptes de la vitrine de l'entrée, pour les remplacer par ceux qu'on laissait en réserve depuis toujours, les toiles de lin impossibles à montrer, avec ces motifs noirs qui ressemblent, dans l'autre sens heureusement, à des croix gammées, et elle avait fait installer une vitrine avec un calice magnifiquement patiné. Elle lui avait recomposé, avec seulement deux ajouts, un décor digne de *La Dernière Croisade*, son film fétiche. Il avait été comme un fou.

*

Depuis des jours, il ne lui a pas envoyé un message, aucun mail, pas un like sur Facebook, rien sur Instagram, rien sur Twitter, la solitude actuelle. Sur le site de Baouît, des oratoires servaient à des ermites, des moinillons s'étaient retirés du monde sur ce vaste territoire et vaquaient aux travaux des champs, à la prière et au tissage. On appelle ça une thébaïde, il y en avait plusieurs en Égypte. Un lieu fait pour la vie heureuse.

Le refuge secret des cénobites, voilà tout ce qui l'attend désormais. Elle détaille le cartel du Graal : « Calice liturgique, argent en partie doré, inscription gravée en langue copte ajoutée au début de l'époque islamique sur la bordure de ce vase typiquement byzantin… » Wandrille s'était exclamé en lisant la suite, « Don du champagne Charles Heidsieck, 1990 » : « Un Graal à champagne, mais c'est exactement ce qu'il nous faut ! »

C'est insoutenable pour Pénélope, qui conserve tout de même ses réflexes, puisqu'elle enregistre la ligne suivante « ancienne collection Martine de Béhague ». La mécène qui a offert le cadre de *La Joconde* avait décidément bon goût. Suit la mention – glissée par la conservatrice de l'orfèvrerie médiévale quand elle est venue apporter le calice – « prêt du département des Objets d'art ». Le Louvre prête donc au Louvre, chaque directeur d'un des huit départements se prend vraiment pour un grand baron. L'objet n'a pas quitté le musée, il aurait suffi de mentionner sobrement « département des Objets d'art ». Il est temps qu'elle parte, elle ne supporte déjà plus ses collègues – alors qu'elle est arrivée depuis si peu de temps…

Aucun visiteur ne se doute qu'elle a apporté ces quelques retouches à la muséographie de « Baouît » pour faire plaisir à Wandrille, pour lui faire une surprise du vendredi soir. Mais il n'y a pas plus de visiteurs que d'habitude, elle est seule depuis dix minutes. Personne pour la voir sortir un vieux mouchoir en papier. C'est de cette routine que « leur couple » était mort, les « surprises du vendredi soir », tout était dit. C'était lamentable. Une publicité pour une marque de lingerie fine. Il avait fini par partir.

Quoi de mieux qu'un champ de fouilles de la Moyenne-Égypte, un site oublié, la zone vide du nord d'Assiout, pour passer à autre chose, survivre dans le néant ?

Léonard a raison, sa directrice a raison, ils savent ce qui est bon pour elle. Elle prendra l'avion.

Ensuite, au retour, elle ira dans des gares et elle les fera sans broncher ces « petits récolements » en région. Le calice elle le boira, jusqu'au dernier grain de sable qui se glissera entre deux dents. Elle ne regrettera pas Wandrille.

# 14

# La nouvelle vie de Wandrille

*Paris, samedi 14 avril 2012*

Wandrille regrette sa voiture. Pour tous ses amis, sa petite MG bleue faisait partie de ce qu'il ose appeler lui-même « sa légende », toujours en panne sèche, très souvent au garage, pleine de livres, avec cette couleur qui irradie par temps de pluie et des maillots de bain qui sèchent sur la lunette arrière. Mais Diane a raison, le bolide crachotant consomme autant qu'un jet-ski, sa fumée noirâtre est, à l'époque actuelle, une provocation ; Wandrille se lève de son fauteuil, ses années de petit frimeur ont pris fin.

Il a quand même ouvert les sacs-poubelle gris de Pénélope, pour récupérer son stock de crèmes de la polyclinique de Vevey – il n'a rien trouvé, cette peste a dû les vider dans la baignoire en hurlant de rage. Il faudra qu'il se réapprovisionne, sa mère y va bientôt pour sa cure, quand on quitte l'époque petit frimeur pour devenir adulte, les lotions éclat, homme anti-âge et les masques de fraîcheur aux cellules de mouton sont de plus en plus indispensables.

Elle a dû tirer la chasse d'eau sur ses Guerlain et ses Diptyque, rien retrouvé non plus – elle a soigneusement rendu les manuels de philo de terminale et la grande photo de Karen Knorr, qu'il n'imagine pas accrocher dans le décor de sa nouvelle vie, elle représente un dindon dans un des grands salons de Versailles, une photo faite à l'époque où Péné travaillait au château, un souvenir dont il n'a vraiment plus rien à faire…

Il pleut, Wandrille a ouvert les fenêtres et mis le son à fond. Il a reçu une chanson de « The Pirouettes ». Un couple de chanteurs qui ont l'air d'être encore au lycée. Il a eu envie d'en faire le compte rendu. Il aime de plus en plus parler de musique. Dans le journal qui le fait travailler en ce moment, il est capable d'écrire sur tout – il a quinze pseudonymes –, du jardinage, une de ses spécialités depuis ses recherches à Giverny, aux recettes de cuisine, parfois on lui confie l'horoscope et il prédit du bonheur à tous, il rédige le courrier des lecteurs, demandes et réponses. Tout cela vite fait bien fait, à la demande.

Les deux Pirouettes, il va dire qu'on pourrait les croire nunuches, les amoureux, mais que lui il les trouve profonds, avec des failles et des chavirages dans les accords qui démentent les paroles. Il ne va tout de même pas finir son « papier » avant d'avoir écouté jusqu'au bout. Dans la vie, tout l'amuse. Sa petite MG à nouveau en panne, il pourrait peut-être la garder finalement, ça va encore coûter une fortune, mais c'est son luxe indispensable – et puis il peut la garer avec celle des parents, elle ne risque rien par ces temps de bottes vertes.

Sa vie a changé. « C'est chouette », dit-il tout haut, pour le plaisir d'entendre son expression favorite. Demain il part. Ce sera son premier voyage avec Diane. Elle passe le chercher dans une heure pour aller boire et danser au Rosa Bonheur, avant ces dix jours ensemble. C'est elle qui a eu l'idée de cette expédition. Il a remboursé le prix de deux billets, pour qu'on ne les accuse pas de se sucrer aux frais de la République. Il se sent un peu comme le général de Gaulle achetant ses propres timbres à l'Élysée.

Son père, ministre de la Culture qui ne connaît rien à la culture, mais qui, avant d'occuper ce poste de manière si invraisemblable que tous les journalistes s'interrogent encore, a été longtemps aux Finances. C'est le domaine qu'il maîtrise. Il ne se trompe pas toujours. Il a même parfois de bonnes idées. Invité par le gouvernement égyptien à découvrir ce que sera le nouveau musée du plateau de Gizeh, au lieu de remplir un avion comme son prédécesseur le faisait avec ses directeurs de grands musées – il ne les connaît pas –, la directrice des musées de France – embarrassant héritage du gouvernement précédent qui n'arrive pas à s'en aller –, les apparatchiks cultureux parisiens, abonnés pique-assiettes de ses réceptions – il en a une peur bleue – et les inévitables nouveaux talents de la presse artistique, il a eu l'idée d'inviter ceux qu'il prenait d'habitude avec lui quand il était à Bercy : une quarantaine de grands chefs d'entreprise, ses fidèles. Toute la presse a salué son audace, apprécié ce formidable bras tendu à l'Égypte au nom de la culture, on a trouvé ça lumineux – sauf les aigles de la presse artistique, qui aiment tant ces voyages gratuits que les précédents ministres déclenchaient de temps en temps. Ceux-là ne vont pas le rater. Le ministre a veillé personnellement à ce que les plateaux-repas dans l'avion soient les pires du marché actuel et qu'on ne serve que de l'eau distribuée à la carafe par les hôtesses pour éviter les photos avec petites bouteilles en plastique.

Celle qui a applaudi, ce fut évidemment l'irrésistible Diane aux yeux verts. Son père à elle, PDG multicartes, figurait en tête de la liste des invités. Elle trouva formidable d'y aller avec lui, n'était-elle pas chargée du développement des filiales de leur groupe pour la Méditerranée ? Impossible de ne pas emmener « son Wandrille », qui jusqu'alors fuyait toute idée de tournée officielle avec papa. Il avait réfléchi et n'avait pas dit non. Il avait même trouvé ça drôle – en insistant noblement pour que le voyage soit à ses frais.

Une semaine en Égypte, c'était enfin le voyage que Pénélope et lui avaient toujours évoqué et à chaque fois reporté – problèmes de calendrier, missions qu'il faudrait organiser un an à l'avance, chantiers de fouilles interminables et pénibles, ils ne s'étaient jamais décidés à passer des « vacances » dans ce pays que sa petite conservatrice préférée voyait comme son « domaine de recherches ».

Avec Diane, tout devenait par magie simple et agréable. Pas besoin de tout savoir pour apprécier – son père était de son avis. Il y a du bonheur à n'être qu'un touriste. On allait tout leur faciliter, leur montrer les sites, les loger peut-être deux nuits à l'ambassade puis dans les plus célèbres palaces. Pénélope n'en saurait rien, d'ailleurs elle ne voulait plus le voir. Elle avait fait une scène horrible quand elle avait compris que c'était fini. Il était parti, l'installation chez Diane avait été immédiate.

Diane est parfaite, elle organise tout, prévoit tout, leur choisit leurs soirées, trouve les meilleurs restaurants, fait livrer des homards avec du montrachet et du champagne, lui fait découvrir des musiques et des séries, elle n'a pas seulement cette peau bronzée, ces yeux verts, cette mèche blonde absolument naturelle, elle inspire tout de suite le bonheur.

Pénélope, qui l'avait croisée dès la première soirée au ministère de la Culture, avait vu le danger, sur le mode du « mais qu'elle est fade, une blonde stéréotypée, qui n'a rien à dire, qui va finir par grossir ça se voit, qui porte écrit sur le front le chiffre de la fortune de son père, l'arrogance naturelle de ceux qui baignent dans le fric depuis toujours. Je la hais. Elle suinte le cliché. Regarde-moi ça ».

Wandrille n'avait pas vu les choses sous cet angle, Diane l'avait emmené en week-end à Milan pour qu'il l'aide à choisir ses robes, lui avait fait découvrir les vignes de Château-Jaloux – ça ne s'invente pas –, premier cru classé que son père venait de rafler aux Japonais, avait commenté avec lui les projets du nouveau chai commandé à un architecte finlandais lauréat du Pritzker Prize. Il se laissait emporter par ce tourbillon, ravi d'être avec elle – il prenait même plaisir à fréquenter les cocktails du ministère, avec des écrivains bien en cour, des actrices de qualité française et Stéphane Bern dressant des listes de monuments historiques à sauver.

À chaque fois qu'il entendait « Louvre » ou « conservateur », il sortait boire un verre sur la terrasse qui domine le Palais-Royal, et tout allait pour le mieux. Pénélope, qui aurait pu avoir une infinité de reproches à lui faire, après tant d'années ensemble, avait le bon goût de ne pas se manifester – autrement que par les sacs-poubelle. Il n'avait pas trop envie d'avoir à se justifier. C'était ainsi. La vie peut surprendre. Tout le monde autour de lui avait l'air de trouver ça bien et d'aimer Diane. Que la fille d'un des plus grands patrons français sorte avec le fils du ministre de la Culture, ça n'était pas encore dans les journaux, mais c'était plutôt sympathique. Sa mère était à peu près contente, son père moins – il appréciait Pénélope et se méfiait du père de Diane –, mais à partir d'un certain âge on peut se passer de demander l'avis de ses parents.

L'orage éclate. Il se sert son hérésie préférée : un vieux Lagavulin avec des glaçons. Quand il est certain qu'aucun vrai amateur de whisky ne pourra le voir, il fait ça, il ose, sa petite transgression favorite depuis qu'il a quinze ans – pour horrifier son père. On a les révoltes qu'on peut s'offrir.

Diane appelle pour dire qu'elle passera quand même. Rien ne l'arrêtera, surtout pas l'orage. Wandrille sourit : elle prévoit vraiment tout. Elle pense à tout. Elle a toujours une solution. Elle déteste les imprévus.

Son sourire au moment où arrive cette idée, une Diane infaillible et toute-puissante, se brouille un peu, il baisse le son des Pirouettes et referme ses hautes fenêtres qui donnent sur les tilleuls de la place. Il ne fait pas si chaud.

## 15

## La vérité sur les Bonaparte

*Paris, samedi 14 avril 2012*

« Vous avez conscience, professeur Leduc, que si vous faites à la face du monde des révélations pareilles, vous ne pourrez plus jamais aller passer vos vacances en Corse. Ils vont vous cueillir dès l'aéroport ! Adieu la plage du Liamone, finis, les glaces de chez Geronimi, les ombrages des grands arbres du cours Napoléon pour le café du matin, terminés, les petits beignets au brocciu ! Ça va être la carabine ! »

La princesse de Salerne, comtesse de Bénévent, cousine des Bourbons et des Habsbourg – mais sans aucune parenté avec les Hohenzollern-Sigmaringen, elle y tient –, se sent rajeunir. Le tourbillon des siècles glisse sur elle et la réchauffe, elle se revoit à dix-sept ans sur cette route de Basilicate, sur son scooter, son premier baiser avec son prince, qui était alors le plus charmant et le plus fauché de la Botte. Elle avait résolu de se l'offrir. Elle transforma son prénom de Veronica en Viktoria-Eugénie. Elle ne le regretta jamais. Elle aimait le poids de l'Histoire.

L'homme qu'elle craignait le plus au monde, ce professeur Leduc, sorte de cryptorévolutionnaire qui conservait avec fierté son prénom de Gérard, cauchemar des dynasties en tout genre, terreur de la noblesse, liquidateur sans quartier de toutes les généalogies – l'homme en blouse blanche des reportages, qui fait blêmir jusqu'aux équipementiers automobiles, empereurs des pâtes alimentaires, parrains de l'immobilier de la Côte d'Azur, tous ces gens qui, comme les royalties, ont l'habitude de passer les clés au fils aîné –, vient de lui apporter sur un plateau de vermeil la tête moustachue et calamistrée de celui qu'elle hait le plus, Napoléon III.

Cet imperator de carnaval qui avait traité de « principule » l'auguste Ernest-Ranuce VII, prince souverain de Salerne, aïeul direct de Leopoldo, son cher époux, menacé de déportation s'il ne cédait pas ses terres à la nouvelle monarchie unitaire, ces chiens venus de Savoie, rustres et avides, voilà qu'il était à leur merci. Elle avait le secret des Bonaparte.

Leduc a trouvé dans un manoir anglais une mèche de cheveux coupée par une admiratrice sur la tête du napoléonide vaincu par la guerre de 1870 et exilé, réfugié en Grande-Bretagne après le désastre de Sedan. Gourmandise absolue pour le spécialiste de génétique moléculaire, il n'y avait pas besoin de microscope pour voir qu'il restait dans cette relique un certain nombre de pellicules, le régal du détecteur d'ADN, sa dégoûtante gourmandise.

Le professeur a comparé avec une autre mèche, conservée dans un médaillon que l'impératrice Eugénie portait autour du cou, contenant des cheveux revenus du Zoulouland, prélevés sur le cadavre de leur fils, le prince impérial, ce pauvre jeune homme qui ne fut jamais Napoléon IV que pour une poignée de partisans, Loulou, héros mort à vingt-trois ans sous l'uniforme britannique, percé par les Zoulous de vingt-trois coups de sagaie, « tous reçus de face ».

Tout concorde. Loulou était le fils de son père. La légende demeurait intacte. L'impératrice Eugénie n'avait pas fait de bêtise. Mais pourquoi arrêter l'enquête en si bon chemin ? L'identité des deux ADN prouvait l'authenticité des deux échantillons de cheveux. Sur cette base, l'enquête Bonaparte pouvait continuer.

Leduc est allé ensuite trouver les descendants du comte d'Orx, réputé issu d'un fils bâtard de Napoléon III : confirmation éclatante, grande fête chez eux dans les Landes, séquence ADN identique.

« Professeur, vous n'êtes tout de même pas venu nous donner la liste des descendants par la main gauche de cet usurpateur.

— Je pense, *principessa*, que vous me voyez venir. Nous détenons désormais un ADN confirmé de Napoléon III…

— Un Corse aux cheveux gras, ça ne m'étonne pas.

— Gras oui, mais corse ? Ces analyses préliminaires vont me permettre de répondre à une vraie question : était-il réellement le neveu de Napoléon I^er ?

— Ah, ça, c'est passionnant. »

Elle s'installa dans un plus large fauteuil, abandonnant pour mieux suivre sa petite chaise Chiavarina dont elle faisait dangereusement crisser le dossier doré en se disant que c'est du petit bois qui flambe bien.

« Au moment de sa conception, fin 1807, il est établi que sa mère, la belle et volage Hortense de Beauharnais, fille du premier mariage de Joséphine avec un coquet général que Robespierre avait envoyé à la guillotine, comme vous le savez, madame, n'avait plus guère d'occasion de voir de près Louis Bonaparte, frère de Napoléon, roi de Hollande, le triste mari qui lui avait été imposé par la politique.

— Je vous vois venir. On a beaucoup dit ça en effet, mais sans preuves. Pour les historiens sérieux, ce sont des ragots.

— Vous allez me voir triompher. On n'a pas encore trouvé d'ADN de Louis Bonaparte, il faudrait ouvrir son tombeau dans la petite église de Saint-Leu. C'est à côté de Malmaison.

— Aucune amoureuse n'avait de médaillon avec ses mèches ?

— Rien de sûr. En revanche, on a des mèches de Napoléon I^er^ en assez grand nombre, qui ne sont pas toutes fausses, et les descendants de son autre frère, Jérôme, qui composent la famille impériale d'aujourd'hui m'ont fait très bon accueil. Ils veulent savoir. »

La révélation était imminente, la princesse de Salerne se trémoussait et observait l'écran depuis son « confortable » en velours de Gênes rouge. Le professeur Leduc démontra alors, avec quelques mots simples prononcés sur un ton pondéré, quelques images de séquences ADN, que Napoléon I^er^ et

Napoléon III appartiennent sans aucun doute possible à deux familles absolument différentes.

« Leurs ADN n'ont vraiment rien en commun. Aucune parenté. Oh, on le savait à l'époque. Souvenez-vous du fils de Jérôme, le bon gros prince Napoléon qu'on surnommait Plon-Plon et qui n'était pas bête du tout, son portrait trône au musée d'Orsay, il disait à Napoléon III, au palais des Tuileries, devant témoins : "Regarde-toi, tu n'as rien de l'Empereur !", et son soi-disant cousin répondait : "Hélas si, j'ai sa famille…"

— Il avait de l'esprit, ce qui en effet l'exclut a priori du clan Bonaparte, gens sans humour. Nous nous serions donc fait voler notre royaume par un usurpateur, un aventurier, un sorti de rien, allié à ces autres grands voyous, Garibaldi et Victor-Emmanuel, la lie…

— Hortense avait un certain humour, la fille de Jérôme, la princesse Mathilde, était très drôle, ne les jugez pas aussi vite ces Bonaparte… Certains savaient qu'Hortense avait un autre fils, Charles Demorny, en un seul mot, du nom d'un vieil officier de la garde d'honneur de Joséphine recruté on ne sait trop sur quels critères, à qui on avait donné une petite pension pour qu'il endosse la paternité. Ce demi-frère de Napoléon III, devenu Charles de Morny, puis le comte de Morny, puis le duc de Morny, a été un des hommes les plus brillants du Second Empire. Le vrai père de ce personnage interlope était le comte de Flahaut, un officier qui portait beau et collectionnait les maîtresses.

— Ce pourrait être lui, le vrai père de Napoléon III ? Il serait le frère de Morny, et pas son demi-frère ? Ce que vous me dites est merveilleux. Il faut le faire savoir. Ce sera pour mon mari, et pour moi, une revanche historique ! Les Bonaparte sont foutus de chez foutus. Vite, un livre !

— Je n'ai pas encore tout démêlé. J'aimerais en apprendre plus sur ce comte de Flahaut, j'enquête. Il était né un peu avant la Révolution, en 1785, mais je n'en sais pas grand-chose, je cherche quelle autre famille il aurait pu laisser. Je sens que c'est lui le plus mystérieux de tous. Vie trop romanesque pour ne pas cacher autre chose : il avait servi Napoléon Ier, il n'avait pas été de l'expédition d'Égypte, mais dès la seconde campagne d'Italie, on le voyait partout auprès de lui, mollet avantageux, uniforme chamarré. C'est Talleyrand qui encourage le début de sa carrière.

— Ne me parlez pas de celui-là ! Le pire de la bande !

— On s'est interrogés bien sûr. On a dit que si Flahaut était aussi bien vu par Talleyrand c'est qu'il était son fils. On a même dit que Flahaut considérait le Diable boiteux comme son père, et qu'ainsi ce fin diplomate qu'était Morny était son petit-fils et tenait de lui.

— Le talent de la diplomatie et de la fourberie serait génétique ? Une autre enquête pour vous. Si vous arrivez à me détruire comme cela, un par un, tous mes ennemis historiques, je vous prends à mon service ! J'offre des brosses à cheveux. On va vous faire chevalier de notre ordre de

Saint-Balthazar-le-Grand. Vous aimeriez ? C'est un ruban vert tendre. Ça vous ira. Qui était la mère de l'individu nommé Flahaut ?

— La comtesse de Souza, ou du moins on l'appelait ainsi, née d'une des courtisanes qu'on éduquait au Parc-aux-cerfs, le vivier des maîtresses de Louis XV à Versailles. C'est presque trop beau. Ça ajouterait, encore une fois par la main gauche, à Morny, et à Napoléon III peut-être, une ascendance royale bourbonienne…

— Des bâtards, des bâtards partout, des bâtards de bâtards. Mon mari va être aux anges.

— Que voulez-vous dire ?

— Mais rien… C'est drôle, voilà tout.

— Mais très certainement, madame… Les bâtards dans l'Histoire sont plutôt chanceux et talentueux, plus que tous ces ennuyeux fils légitimes. Dunois, le bâtard d'Orléans, a aidé Jeanne d'Arc, et Guillaume le Bâtard, duc de Normandie…

— Tout le monde sait tout ça par cœur.

— Flahaut parade parmi les officiers dans la suite de Louis Bonaparte, c'est là qu'Hortense remarque ce beau cavalier. Mais ce qui est intéressant c'est qu'il a vécu très vieux.

— C'est intéressant, ça ?

— Napoléon III le fit sénateur, ambassadeur à Londres, grand chancelier de la Légion d'honneur, incarnant une sorte d'autorité morale sur toute la France, quand on y pense, veillant à l'équité dans la distribution des décorations et des dignités, et il est mort, je crois, le jour de la bataille de Sedan, qui vit l'écroulement du Second Empire et la reddition de

Napoléon III qui remit son épée aux Prussiens. Une vie de roman.

— Napoléon le Petit ! Quel déshonneur. Faites ouvrir le tombeau du comte de Flahaut ! Mort le jour de l'abdication de son fils ! Mort de chagrin !

— Il est au cimetière de Montmartre, c'est scellé, je ne vais pas devenir profanateur de sépultures. La loi l'interdit. Quant au caveau Morny, au Père-Lachaise, il a eu comme ultime pensionnaire la plus sympathique de cette microdynastie, Mathilde de Morny dite Missy, qui fut la fameuse maîtresse de Colette et qui ne dédaignait pas, vers 1910, d'apparaître costumée en Napoléon avec la mèche, l'uniforme de chasseur, le petit chapeau en castor et la redingote grise. C'était saisissant de ressemblance. On a des photographies, qu'elle dédicaçait. Elle apposait ses armoiries sur des affiches de café-concert, avec délice et effronterie. Elle n'est morte qu'en 1944. C'est Sacha Guitry qui paya son enterrement, un peu comme s'il était le véritable auteur de toute cette aventure, ce film qu'il n'avait pas tourné, *Si les Flahaut nous étaient contés*. »

# 16

# Meurtre avec couronne

*Entre Paris et Le Caire, lundi 16 avril 2012*

Pénélope a changé de place dans l'avion. Elle a trouvé plus convenable de demander à être « déclassée ». Comme sa directrice de département l'a laissée partir à sa place, c'est elle qui mène le petit groupe des fouilleurs du Louvre. Olga Vanhuyssum avait pris une première et laissé tout son monde à l'arrière. Il paraît que c'est courant et que la présidente de Versailles a même fait cela avec un groupe de journalistes qu'elle cornaquait à la Cité interdite, en leur disant avec un sourire crispé digne de la reine des abeilles observée au microscope qu'elle « avait hélas à travailler ». Pénélope tient à sa réputation de brave fille.

Elle en a fait des voyages en Égypte, ça a commencé avec le groupe de spécialité de l'École du Louvre, quinze jours pour tout voir. Puis elle est revenue pour quatre ou cinq colloques au Caire, et depuis qu'elle est au Louvre elle a eu droit à deux convoiements, des statuettes à aller chercher pour des expositions. Jamais de croisière, que du travail. Elle connaît à peu près tout, et elle a comblé ses lacunes avec des fiches. « Tu es une livresque », lui disait toujours Wandrille. Elle ne connaît pas de visu chaque tombeau de la vallée des Rois, mais elle en maîtrise les plans et l'iconographie, sans risque d'erreur.

Elle n'a jamais pris le temps de découvrir l'Égypte, de s'y perdre, d'errer sans qu'on lui dise où elle doit aller. Elle a envie de voir enfin Baouît. Elle ne peut pas dire à l'équipe qu'elle dirige qu'elle ne connaît ces paysages qu'en photo. Cela dit son collègue des peintures du XVII^e^ siècle, un vieux baron du Louvre qui a fait la grande exposition historique sur Charles Le Brun, a osé lui avouer, mi-honteux mi-fier, qu'il n'était jamais allé à Vaux-le-Vicomte et qu'il ne connaissait les plafonds que par les « excellentes photos en noir et blanc qui sont dans les boîtes à la doc. De toute manière, on ne peut vraiment juger d'une peinture que par le noir et blanc, tous ceux qui ont un œil vous le diront ». Toute honte bue !

L'hôtesse a tenu à apporter à Pénélope un magnifique plateau de nourriture sous cellophane, coquillettes bourguignonnes et macaron surgelé, qu'elle refuse avec un sourire, et tous les journaux, qu'elle feuillette machinalement pendant le décollage jusqu'à ce qu'un article attire son regard.

Il est question du musée du palais du Tau, avec une grande photo de cette cour pavée qui borde la cathédrale des rois de France et de ce monument qu'elle a réussi à ne jamais visiter de sa vie, encore une lacune…

Au moment où elle part s'enterrer à Baouît, c'est à Reims qu'il y avait un mystère ! C'est là qu'il fallait qu'elle aille. Sa directrice le lui avait bien dit, avec l'instinct des directrices. Encore raté…

*Meurtre au musée : Arsène Lupin s'attaque à Néfertiti*

*Un crime vient d'avoir lieu à Reims, dans le sanctuaire qu'on imaginait le plus sacré : le trésor des rois de France. La victime, Yvonne Jubinal, était la plus ancienne des agents de surveillance, elle devait partir à la retraite à la fin de cette année. Cette femme d'expérience, en poste au palais depuis plus de trente ans, était de permanence ce dimanche-là. Elle a été retrouvée au sol, tête fracassée, d'horribles plaies au visage. L'arme du crime ? La couronne de Louis XV, qui a explosé sous le choc, avec ses diamants, ses rubis, ses saphirs, sa monture lourde aux griffes de métal. La plus grosse pierre s'est détachée, un diamant rectangulaire qu'on appelle le Régent, et qui a été retrouvé à quelques mètres du cadavre.*
*Le drame n'a pas été difficile à reconstituer, et la gendarmerie de Reims a aussitôt communiqué les premiers résultats de son enquête. À côté de la cathédrale des sacres, le Tau contient des merveilles. La salle du trésor cache sous ses lambris une armature de métal qui en fait un coffre-fort. Le meurtre semble être une sorte de bavure au milieu d'un incroyable cambriolage perpétré dimanche matin, pendant l'office. L'archevêque, qui passait comme chaque année quelques jours de vacances dans une pension de famille tenue par des religieuses à Menton, est revenu dans la nuit. C'est pendant la première messe, vers 8 heures du matin, que les événements ont eu lieu. À l'époque de la monarchie, une porte mettait en communication le palais épiscopal, devenu aujourd'hui*

*monument-musée, et la cathédrale. C'était par là que le roi passait en fanfare lors de la cérémonie du sacre. Cette porte est ordinairement fermée, sauf qu'il n'est pas rare que l'administrateur du palais, qui en a la clé, « pour des raisons de sécurité » a-t-il déclaré aux enquêteurs, en fasse usage. Ce dimanche matin, cet homme qui ne fait pas mystère de son engagement catholique était passé par ce chemin direct « pour aller à la messe ». Avait-il omis de refermer ? L'enquête le dira, mais il est certain que le cambrioleur s'est introduit par le passage royal, est allé droit à la chambre forte qui était en cours de modernisation et fermée au public. À cette heure-là, le palais du Tau est désert. Une vitrine était plus vulnérable que les autres, celle qui avait été débarrassée la veille de sa structure en chêne pour qu'on puisse changer le mécanisme de protection. Celui-ci était apparent, il a suffi d'un pied-de-biche pour le faire sauter. Les caméras de surveillance fixées au mur avaient été désactivées.*

*Une seule pièce a disparu, ce qui suscite de nombreuses interrogations : il y avait dans cette vitrine centrale le très précieux calice dit de saint Remi, le célèbre talisman de Charlemagne offert par l'impératrice Eugénie très âgée après les bombardements de la guerre de 1914 et la couronne de Louis XV. Le cambrioleur, qui ne devait pas être armé, s'en est saisi quand il a vu qu'il était « dérangé » par Mme Jubinal, qui effectuait une ronde de routine. Il la lui a jetée au visage. Elle s'est effondrée. Un second coup a été porté : comme la victime, à terre, devait se débattre et crier, il a ramassé l'objet et l'a projeté violemment, une seconde fois. Le joyau historique a explosé. Le coup a été mortel, l'homme s'est enfui sans avoir le temps de ramasser une seule pierre précieuse. L'équipe de l'accueil arrivait. C'est un bijou égyptien, connu sous le nom de « chevalière de Néfertiti », qui l'intéressait : seule cette pièce manque.*

*Que faisait cette bague gravée de hiéroglyphes dans le trésor de nos rois ? Il semble qu'elle ait été apportée elle aussi par Eugénie, qui l'aurait reçue en cadeau lors de l'inauguration du canal de Suez, à laquelle elle avait assisté avec Ferdinand de Lesseps. Le mystère mérite d'être éclairci, car, déclare l'administrateur, « l'origine de cet objet bien connu et absolument invendable, qui peut-être avait appartenu à l'épouse d'Aménophis IV dit Akhenaton, le Pharaon- Soleil, explique sans doute les raisons de l'intérêt qu'il constituait pour le cambrioleur. Rien ne justifie la perte de la meilleure de nos agents de surveillance. Nous sommes effondrés ». La police enquête, mais celui qui se sent, avec le désespoir dans la voix, le responsable involontaire de ce fric-frac, a alerté aussi, de son côté, le département des Antiquités égyptiennes du musée du Louvre.*

## 17

## Turbulences de l'équipe du Louvre dans l'avion

Tout est à moitié faux dans cet article. Pénélope fait passer son journal dans les rangs. Ses soldats se passionnent. Ils savent bien que ce n'est pas parce qu'une bague porte le nom de Néfertiti – on dit dans le jargon « est inscrite au nom de Néfertiti » – qu'elle a été « la chevalière de Néfertiti » avec laquelle elle aurait cacheté ses lettres les plus brûlantes. Ces bagues portant des noms royaux sont nombreuses en Égypte, ce sont plutôt des bijoux d'homme. Le fonctionnaire ou le dignitaire qui portait celle-ci appartenait à la reine ou à l'administration de son palais. Pénélope prend la parole. On l'écoute : elle est en charge du catalogue des bijoux. Elle s'exprime bien, elle a tous les exemples en tête. Elle va mieux. Ça a été instantané.

La petite équipe se compose de quatre personnes, deux garçons en grand débraillé archéologique, un minet style École du Louvre en polo mauve et une fille plus soignée avec un sac en toile de la Fondation Custodia, le genre sérieux.

« D'abord, dit Jonathan, le gandin de la troupe, une simple recherche en ligne permet à n'importe quel journaliste de savoir que la couronne de Louis XV est au Louvre, dans la galerie d'Apollon. Qui ne sait pas ça ? Le Régent n'a jamais été à Reims, en tout cas pas depuis le sacre de Charles X en 1825. Au palais du Tau, il y a une copie, mais qui peut faire mal, c'est du quartz, de la verroterie, du métal. Projeté à la vitesse d'un ballon de rugby, ça ne pardonne pas…

— L'article est scandaleux. Il évoque Arsène Lupin, ajoute la jeune fille sérieuse, qui s'occupe des relevés des rapports de fouilles du département depuis cinq ou six ans. Le gentleman cambrioleur ne tue pas, et il laisse sa carte de visite. Celui qui a fait cela est un salaud, un porc, pas Lupin…

— Mais l'assassin était plus au courant que le journaliste : il savait, lui, qu'il n'y avait aucun intérêt à ramasser ces cailloux, et que la couronne qu'il a pulvérisée sur cette pauvre dame Jubinal était en toc. Il avait peut-être eu le temps de lire le cartel. Triste fin pour la pauvre femme… »

Pénélope prend enfin la parole, à moitié retournée sur son siège comme si c'était un prie-Dieu. Le Louvre possède un de ces anneaux au nom de la célèbre reine, dans une des vitrines du rez-de-chaussée. L'histoire de l'impératrice Eugénie recevant des babioles égyptiennes en hommage n'a rien d'invraisemblable, mais que savait-on de Néfertiti et d'Akhenaton sous le Second Empire ? On parlait de Ramsès, de « Toutmès », on avait déchiffré déjà beaucoup de choses, mais on n'avait pas encore fouillé Tell el-Amarna, la capitale nouvelle créée par les adorateurs du dieu unique, Aton, et le fameux buste de Néfertiti qui est à Berlin n'a été découvert qu'en 1912. La bague avait dû s'échapper lors d'une fouille clandestine.

« Il est faux, le buste de Néfertiti, déclare le plus jeune des fouilleurs.

— On n'en saura jamais rien. Les collègues allemands seraient prêts à envahir l'Alsace et la Lorraine si on le leur démontrait. Les analyses en thermoluminescence ont prouvé…

— Que les matériaux sont de l'époque, je sais, les pigments, tout ça, mais forcément, ils étaient en train de fouiller l'atelier d'un sculpteur… Ils avaient tout le matériel sous la main. Vous en connaissez d'autres des bustes de ce genre-là, style vitrine de grands magasins 1900, dans l'art égyptien ?

— Bon c'est fini, le débat est vieux comme le monde, et ça n'est pas le sujet, revenons à cette bague.

— Bien, mademoiselle Pénélope. »

Même ceux qui doivent être pendant quelques semaines sous ses ordres se moquent d'elle dès le décollage de l'avion, cette mission va être très amusante. Elle les écoute, leurs analyses sont pertinentes. Des égyptologues qui dissertent sur un cadavre, ça ne doit faire peur à personne.

Les journalistes de Reims travaillent trop vite. Ils n'ont pas Google. Une vieille photo de cet anneau est accessible en ligne. L'un des fouilleurs de l'équipe de Pénélope se souvient même d'avoir rédigé la notice d'une bague similaire qui se trouve au Louvre pour la base en ligne des collections égyptiennes des musées de France. Pénélope fait comme si elle était au courant…

Le garçon se souvient qu'il s'était intéressé alors à la bague de Reims, vraisemblablement offerte à Joséphine ou à sa fille par Dominique Vivant Denon. Il l'aurait trouvée au cours d'une historique séance de « débandelettage de momie ». La momie était arrivée on ne sait trop comment chez cet excellent homme dans son appartement du quai Voltaire. Ces rendez-vous mondains étaient très à la mode en France et en Angleterre. On poussait des exclamations de frayeur et de joie quand apparaissait un doigt de pied ou un hippopotame bleu. Le talisman était décrit en effet pour la première fois dans les collections de la reine Hortense, fille de Joséphine, qui l'avait offert à son fils, le futur Napoléon III. Voilà pourquoi l'impératrice Eugénie l'avait légué au trésor de la cathédrale de Reims, car il faisait partie des joyaux secrets de la famille Bonaparte, avec le fameux talisman de Charlemagne. Elle avait fait porter au musée les deux pièces ensemble.

Le talisman de Charlemagne est tout aussi romanesque : lorsqu'au Moyen Âge l'empereur Otton avait exhumé l'homme à la barbe fleurie, il s'était saisi du médaillon que son illustre prédécesseur avait autour du cou. Ce pendentif, pièce maîtresse du trésor de la cathédrale d'Aix-la-Chapelle, avait été offert à Joséphine Bonaparte par un clergé désireux d'être bien en cour. La petite histoire veut qu'elle l'ait porté sous sa robe le matin du sacre et sur elle le jour de sa mort, que son petit-fils ne s'en séparait jamais…

« Son petit-fils ? demande Pénélope, égarée.

— Oui, explique le jeune rédacteur de notices, visiblement passionné de trésors, c'est pourtant plus facile que les dynasties des pharaons. Napoléon III est le neveu de Napoléon Ier mais il est aussi, par sa mère, le petit-fils de Joséphine. C'est pas bien compliqué… Zone de turbulences, ceintures.

— Je crois que je vois. Hortense, fille de Joséphine, femme de Louis Bonaparte, mère de Nap' III. Et alors, il en a fait quoi de ce talisman ?

— Il l'avait dans une boîte à thé, avec la bague égyptienne, quand il séjourna au fort de Ham après une de ses conspirations ratées. C'étaient ses porte-bonheur. Il a commandé ensuite un superbe reliquaire pour présenter le tout dans sa chambre aux Tuileries, qu'il emporta dans son exil en Angleterre…

— Il aurait pu faire un don au Louvre, on aurait eu la bague.

— Eugénie, dont on disait en effet, l'article n'a pas tout à fait tort, qu'elle portait cet anneau au doigt quand elle était allée inaugurer le canal de Suez, a voulu faire un don symbolique à la France meurtrie par la Première Guerre. Au fond, elle avait été royaliste toute sa vie, sans oser trop le dire, elle avait choisi non pas le Louvre de la République mais le trésor de Reims. Voilà pourquoi la bague au nom de Néfertiti s'est retrouvée là au milieu des fanfreluches et des accessoires de théâtre du couronnement de Charles X…

— Mais qui sait ça ? Toi ?

— Ah non, vous n'allez pas me soupçonner ! Tout est public, c'est dans ma notice. Vous me voyez réduisant en bouillie la tête de Mme Jubinal ? J'ai horreur du sang. »

Le jeune homme féru de généalogies royales : style répandu parmi les étudiants d'histoire de l'art et d'archéologie, il y en a toujours un dans un groupe. Rien qui explique, pense Pénélope, pourquoi on a cherché à voler cet objet incongru. Si les vitrines blindées avaient été déverrouillées, le système d'alarme débranché, autant se servir, il y avait le choix : le reliquaire de la sainte ampoule, les objets d'or et de vermeil… Ou évidemment ce talisman de Charlemagne, merveilleux bijou historique, à la provenance multi-impériale et peut-être même authentique. Au moins, depuis une heure, Pénélope n'a pas une seconde pensé à Wandrille. Le traitement commencerait à agir. Elle enrage de ne pas être à Reims.

Elle synthétise : le voleur n'était pas pressé, il avait eu le temps d'observer les lieux, de guetter le meilleur moment, il a donc choisi d'emporter ce pour quoi il était venu. Il ne cherchait pas de l'or à vendre au poids. Ni des joyaux importants. Il se moquait des souvenirs royalistes – ça aurait été beau un partisan de Louis XX, emportant de quoi faire sacrer son prétendant au trône dans une petite église abandonnée de Bretagne ou de Vendée, mais ce n'était manifestement pas cela.

Il voulait cette pièce égyptienne, certes intéressante mais pas unique, pas exceptionnelle – si ce n'est par cette provenance Bonaparte qui la rendait incomparable. Il n'avait pas volé « la chevalière de Néfertiti », il avait plutôt pris le talisman égyptien de Napoléon III et d'Eugénie. Mais pourquoi alors n'avait-il pas aussi emporté le pendentif carolingien, qui d'après la photo du journal se trouvait dans la même vitrine ? Aucun doute : le voleur, pour une raison qu'il allait falloir expliquer, s'intéressait à la relique parce qu'elle était à la fois napoléonienne et égyptienne, pharaonique et impériale. Un mystère lié à la fascination des Bonaparte pour les pharaons. Pénélope sait que le marché secret des objets napoléoniens, plus ou moins authentiques, est aussi développé que celui des antiquités égyptiennes. Pour le moment, aucun indice et difficile d'aller plus loin…

Le train d'atterrissage venait de sortir. Il était évident qu'on en savait plus dans cet avion, où l'enquête était parvenue à ces premières conclusions, qu'au commissariat de Reims et dans les journaux.

Un criminel s'intéressait à l'aventure égyptienne des Bonaparte, de la campagne de 1798 à l'inauguration du canal – au point de commettre un vol aussi spectaculaire, au point de tuer. Pénélope voyait les faux diamants, le crâne ouvert de la victime, les rubis dans la mare de sang. Il fallait qu'elle comprenne pourquoi avait eu lieu cette scène atroce, qu'elle avait manquée.

## 18

## Les dangers de l'aéroport du Caire quand on est encore amoureux

*Le Caire, soir du lundi 16 avril 2012*

Wandrille était là, face à Pénélope, devant le tapis roulant des bagages. Une hallucination du désert. L'apparition d'un vieux chameau quand on attend l'oasis.

Pénélope a le courage de parler la première :

« Mais… tu es venu pour…

— C'est une visite officielle de papa, on va nous montrer le nouveau musée. On est sur un vol régulier bien sûr, papa a rempli l'avion, on a dû partir en même temps que vous, mais on nous a tous fait passer par le salon d'honneur à Roissy… On était sur Air France, vous EasyJet ? Comme quand on allait à Venise ? C'est dingue, Péné, cette rencontre… Tu es envoyée par le Louvre…

— Mais non, enfin oui, pas du tout. Je suis là pour le Louvre, mais rien à voir avec le nouveau musée. On fouille à Ba… Pas vraiment une fouille, on a quarante hectares à cartographier pour repérer ce qui pourrait être intéressant pour l'avenir… »

Pénélope se tait. Se reprend. Hésite entre « Amuse-toi bien » et « Bon voyage ». Elle n'a pas le temps. La suite ministérielle se déploie et l'encercle. Elle n'ose pas regarder, de peur que Wandrille soit accompagné de sa blonde aux yeux de marécage.

Les fouilleurs, d'instinct, sentant passer des ondes négatives, se sont groupés autour d'elle. Personne ne connaît ce jeune homme à grande mèche attendant sa valise Goyard avec l'air de celui qui ne s'inquiète pas qu'on ait pu lui voler sa valise Goyard. Le jeune spécialiste des pierres précieuses le mangerait bien tout cru. Pénélope note que Wandrille plaît toujours. Elle le lui laisse.

La climatisation doit être en panne, tout le monde ruisselle dans cet aéroport. En deux secondes les voici entourés de costumes bleus et gris, avec de temps en temps quelques tailleurs moches. L'aéroport du Caire doit être bien mal organisé pour qu'un voyage ministériel se retrouve en débandade dans le hall des bagages avec le commun des mortels…

Le ministre vole au-devant de l'équipe du Louvre. Il veut tous les saluer. Pénélope n'a pas le temps de se cacher, il a son bon sourire habituel, il ne se force pas pour être sympathique et direct :

« Mais je vous ai vue en premier. Wandrille ne m'avait pas dit que vous seriez là. Pénélope, ça me fait vraiment plaisir. Le programme va être chargé de notre côté, mais si vous avez envie de venir avec votre équipe à la réception de demain à l'ambassade, ou je crois bien qu'on a aussi une soirée à l'opéra, vous êtes les bienvenus, toute la petite bande. Combien êtes-vous ?

— Nous ne voudrions pas nous imposer dans une soirée à l'opéra… Nous sommes en guenilles.

— Vous êtes parfaite et les autres aussi. Je demanderai au conseiller culturel de laisser cinq places à l'entrée au nom du musée du Louvre. Quelle coïncidence magnifique !

— J'ai bien peur, monsieur le ministre…

— Ah non, pas de ça, continuez à m'appeler par mon prénom comme au bon vieux temps ! Allez, c'est promis, je compte sur vous ? Mon homologue va m'attendre, nous ne pouvons pas rester plus, mais vraiment je veux que vous veniez tous. Ça vous fera du bien avant le chantier une soirée à l'opéra ! Nous n'irons pas voir vos fouilles cette fois-ci, mais sachez tous que je veux faire de l'archéologie une des grandes priorités de mon ministère. L'archéologie, c'est la jeunesse, c'est l'Europe, c'est la France, c'est une main tendue de chaque côté de la Méditerranée. »

Wandrille et sa valise ne sont plus là. Il a dû disparaître dans la foule, tant mieux. Pénélope se demande si le ministre n'en a pas fait des tonnes pour qu'il puisse s'échapper en douceur, pour cacher celle qui peut-être l'accompagnait. Elle n'a pas voulu chercher des yeux cette silhouette qu'elle identifierait entre toutes… Elle ne saurait jamais. Elle s'en fichait. Tant mieux ou tant pis. Les autres ne doivent pas se rendre compte qu'elle est émue – elle leur dira qu'elle a vaguement déjà rencontré le ministre dans une vie antérieure, ça ne peut pas nuire à son prestige, ça sera rapporté à la directrice du département qui a bien un ou deux espions dans la troupe.

Aucun n'a osé demander à l'autre dans quel hôtel il descendait. Ni combien de temps durait son voyage. « Pourvu que je ne le croise plus », a pensé Pénélope. Baouît est loin de tout, aucun danger de voir ce grand dadais stupide arriver là-bas, il risquerait de rayer sa belle valise toute neuve. C'était peut-être la dernière fois de leurs vies qu'ils s'adressaient la parole, c'était bien comme ça, pas un mot de trop, tout était dit : « le salon d'honneur de Roissy », pauvre dindon ! Sa grand-mère, à Villefranche-de-Rouergue, disait toujours : « Les gens viendraient du fin fond de la Chine pour vous casser les pieds… » Pénélope n'entend pas le plus jeune des fouilleurs, le spécialiste des généalogies et gemmes historiques, dire aux autres : « Cette soirée à l'opéra du Caire, on y va, dites ? »

## INTERMÈDE 1

# Comment on débandelettait les momies chez le baron Denon

*Paris, mercredi 12 avril 1820*

L'appartement donne sur la Seine et le Louvre, les meubles sont à la dernière mode, style « retour d'Égypte », avec un grand médaillier à tiroirs qui ressemble à une pyramide à degrés, et au milieu de tout cela des œuvres d'art inattendues : le *Gilles* de Watteau entre deux fenêtres, acheté pour rien, qui n'en vaut guère plus, mis à la place d'honneur, un portrait de Molière par Mignard, un Chardin à côté d'un tambour sculpté venu d'Afrique, l'écritoire envoyée par Frédéric II à Voltaire, le masque mortuaire de Robespierre, une proue de pirogue des antipodes, un reliquaire gothique contenant la moustache d'Henri IV prélevée sur son cadavre le jour où les révolutionnaires ont pillé les tombeaux des rois à Saint-Denis, un pied de momie sous une cloche de verre… Avec cela, on peut raconter l'histoire du monde et le roman de la vie du baron Denon.

Par les hautes fenêtres ouvertes, Dominique Vivant Denon peut contempler ce qui a été son chef-d'œuvre : le plus grand musée que le monde ait jamais connu, qui fut sa création, le résultat de ses « collectes » au nom de l'Empereur, dans toutes les collections, les églises, les galeries de l'Europe conquise. Ses ennemis ont parlé de rapines. Peu importe, après Waterloo, il a fallu tout rendre, ou presque, et le Louvre est resté un musée, qui ne s'appelle plus « Musée Napoléon », mais que le vieil homme continue d'aimer, son enfant blessé.

Au centre du salon sur une table, dans la lumière, une momie est allongée. Denon ne l'a pas rapportée du Caire, il l'a achetée il y a peu. Après la mort de l'ancienne impératrice Joséphine, en 1814 – la pauvre avait pris froid en recevant chez elle, en robe de mousseline transparente, le tsar de Russie vainqueur de son ancien mari –, ses deux enfants, Hortense et Eugène, avaient vendu, en 1819, quelques pièces des collections de Malmaison. Denon avait réussi à avoir la momie. L'idée d'organiser une mémorable séance de « débandelettage » lui était venue aussitôt. Il avait en ce domaine une petite expérience, puisqu'il s'y était livré en Égypte, sur une momie d'ibis sacré, et qu'il était sorti des lanières de lin toute une collection d'amulettes bleues et vertes qu'il avait fourrées dans ses poches et qu'il possédait encore. Cela se pratiquait beaucoup, on voulait comprendre la momification, et ces trouvailles, les bijoux de l'éternité, conservés au plus près des corps, étaient une aubaine.

Qui se trouve là ? Talleyrand en personne, plus engoncé dans sa cravate blanche que la momie elle-même. On reconnaît Pozzo di Borgo, rival corse de Bonaparte du temps des combats, qui n'a pas encore fui en Russie, sa patrie d'adoption, et qui parade en vainqueur dans le Paris du roi Louis XVIII. À ses côtés, ce jeune homme avantageux, nez busqué et bouche gourmande, aux grands yeux bleus, s'appelle le comte de Flahaut. Talleyrand le couve du regard. Tout le monde dit que c'est son fils.

Denon raconte sa campagne d'Égypte. Il montre les vitrines d'acajou, avec ce qu'il a rapporté, peu de choses en somme, et ce qu'il s'est procuré ensuite. Des babouches, un grand scarabée de marbre rose également acheté à la vente de Joséphine, une foule de petits objets, mais aussi, dans la salle à manger, de grands cercueils de bois placés debout et une horrible momie de fœtus, qui couperait l'appétit à n'importe qui. La collection Denon peut faire peur, rares sont ceux qui sont admis à la visiter, et ont le privilège de l'avoir pour guide, ce petit homme voûté qui a tout vu et qui garde tant de secrets.

À voix basse, Denon donne ses instructions à Harriet Cheney, une jeune dessinatrice anglaise qui a promis qu'elle immortaliserait la séance par une gravure : surtout qu'on ne reconnaisse pas trop les personnes présentes… On l'accuserait de comploter contre ce bon Louis XVIII – dont il a par précaution placé un buste en évidence.

Entre une femme de trente ans, ou sans doute un peu plus, élégante dans son châle de cachemire avec ses boucles d'oreilles en saphir assorties à son regard. Le valet enturbanné annonce à voix presque éteinte : Mme la comtesse de Saint-Leu. Tout le monde sait qu'il s'agit d'Hortense de Beauharnais, « la reine de Hollande », belle-sœur et belle-fille de « l'usurpateur », incognito, que Denon a voulu convier. Rien ne lui interdit de séjourner en France, mais elle y vient peu, préférant vivre au bord du lac de Constance au milieu de ses souvenirs. Talleyrand lui baise les mains. Elle s'approche du comte de Flahaut, il s'incline, mais elle, en riant presque, s'incline aussi, retrouvailles de deux anciens amants ? Les autres détournent le regard. Denon se fait comprendre de la Britannique avec un battement de paupières : ces trois-là ne doivent pas se trouver dans son dessin.

L'opération commence. Elle va durer des heures. Denon, aidé de son neveu, s'y attaque avec la précision d'un chirurgien de la Grande Armée. Il a retiré la perruque, qu'il ne porte plus guère, mais il a revêtu, pour donner à cette circonstance un ton solennel, son habit de membre de l'Institut avec ses décorations, ce qui n'est vraiment pas pratique. À chaque fois qu'apparaît une figurine de faïence, des petits hiéroglyphes, une Isis, les cris fusent. Peu à peu on devine les formes de la momie : une jeune femme à qui on a donné l'attitude de la Vénus pudique, la main droite cachant son sexe. Denon explique qu'à l'époque des grands pharaons, bien sûr, la statue de la Vénus pudique n'existait pas encore… Avec une parfaite courtoisie, il offre ces babioles aux dames présentes, comme on donne les oreilles et la queue dans une corrida.

Un anneau d'or glisse dans sa main. Il le garderait volontiers, mais comme il est fin politique, et que nul ne sait de quoi sera fait l'avenir en ces temps de conquêtes et de révolutions, il se tourne vers Hortense et le fait glisser à son doigt. La reine se récrie, cherche à enlever la bague, fait mine qu'elle n'y parvient pas. Tous osent applaudir. Elle murmure : « Ce sera un souvenir de ma mère, le plus précieux des talismans. » Les hiéroglyphes sont beaux, gravés dans l'or pur, hélas toujours indéchiffrables.

Denon a pourtant reçu il y a peu la visite d'un jeune homme de Figeac, très bien élevé, de belle allure, un peu exalté, savant, capable de s'exprimer en copte, qui voulait admirer ses collections. Il l'a gardé tout un après-midi. Il a oublié de l'inviter, c'est dommage, ça l'aurait intéressé de voir déshabiller une princesse d'il y a trois mille ans. Le charmant Jean-François Champollion habite à quelques rues de là, c'est idiot, tant pis ! Il n'est pas le premier à essayer de comprendre tous ces textes que l'Égypte nous a légués, les plus impénétrables des mystères.

Il le lui a dit en le quittant : s'il trouve quelque chose un jour, même un balbutiement, il faudra qu'il envoie une lettre officielle au cher M. Dacier et qu'il vienne la lire à haute voix, en séance, à l'Institut… Ce n'est pas son académie, lui, Denon, il est des Beaux-Arts et Dacier, si savant, est des Inscriptions et Belles-Lettres, mais il viendra entendre cela, la communication du petit Champollion, si Osiris, Apollon, Jésus et la Sainte Vierge sans oublier l'Être suprême de Robespierre lui prêtent encore un peu de vie et s'il n'est pas momifié avant – il marchera à petits pas jusqu'à la coupole du palais Mazarin, en longeant la Seine, les mains dans le dos, comme un homme heureux.

## 19

## Soir de gala à l'opéra du Caire

*Le Caire, mardi 17 avril 2012*

Pénélope et l'équipe doivent passer deux jours au Caire, c'est dans la feuille de route : salamalecs à l'ambassade, rendez-vous au vieux musée où se trouve encore la direction des Antiquités, entretiens divers à l'École française. Elle se réjouit de saluer, comme elle l'a fait à chacun de ses courts séjours, le buste du baron Denon, celui de Jean-François Champollion et, dans la cour, la statue de Mariette Pacha. Elle continue leur œuvre.

Les « experts » du Louvre apprécient autant qu'elle cette série de réunions au musée, où il y a de moins en moins d'œuvres depuis que le grand déménagement vers les pyramides est amorcé, mais toujours autant de bureaux. Ils espèrent bien couper à la visite du chantier du futur temple de l'égyptologie qui n'en finit pas de grandir sur le plateau, orgueil de l'Égypte de demain – si l'Éthiopie ne bloque pas l'arrivée de l'eau et ne déclenche pas une guerre digne du temps des Ramsès. Le musée de la démesure n'intéresse pas grand monde : tous sont impatients d'arriver à Baouît.

Pénélope a tout de même tenu à déclarer à ses troupes pour les galvaniser que le nouveau site serait capital, même s'il ne serait pas bien beau et vite paralysé par son gigantisme, qu'il fallait absolument y aller, ce serait un partenaire naturel du Louvre, la coopération scientifique à venir…

Elle s'est surtout décidée à en profiter pour aller retrouver Wandrille. Aucune raison qu'elle le laisse dans les griffes de « cette femme ». Elle sera glaciale, méprisante, montrera qu'elle est si heureuse maintenant, fera l'éloge de la vie de bohème et de la liberté – car c'est évident, cette Diane le caporalise et lui, bonne bûche, se laisse emporter par le courant. Elle a répété tout un couplet sur son nouveau professeur de yoga, elle l'a baptisé Aslan, un bonbon délicieux, des muscles tellement naturels et harmonieux, qui lui apprend aussi à réfléchir sur elle-même, à laisser parler son corps et à ne plus brider ses sensations, un philosophe antique à sa manière – et c'est tellement nouveau pour elle… Wandrille sera comme fou, c'est mathématique.

Ce couple incohérent devrait s'écrouler de lui-même. Il faut qu'elle montre bien qu'elle s'en fiche et qu'elle a trouvé mieux ailleurs. Les conseils de Léonard seront suivis à la lettre. Cette psychologie à trois sous lui fait du bien, c'est déjà ça. Elle se coiffe dans sa chambre en imaginant la découverte du chantier, enfin un vrai terrain, du concret, une mission, un rapport à rendre dans sa spécialité.

Le compte Twitter du ministre de la Culture le montre sur une terrasse reconnaissable entre mille, Mena House, le palace de Gizeh – dans une pose très Blake et Mortimer. Il a même tweeté une photo prise à l'aéroport : « Avec les équipes du musée du Louvre, sur place au Caire. »

Ils doivent tous loger au Mena, bonne auberge – autre chose que ce médiocre petit hôtel au bord de l'autoroute urbaine qui longe le Nil, construit vers 1970, où rien ne fonctionne et où le personnel est désagréable. En apparence un cinq-étoiles, à l'intérieur taches d'humidité, carrelages montés par des artisans myopes, pannes électriques à répétition, climatiseur qui goutte… Le charme des petits appartements des barres de la banlieue parisienne au prix d'un hôtel du centre de Londres ou de Madrid. Pénélope écoute les plaintes des uns et des autres, elle n'en a cure.

Elle va inventer quelque chose, elle a envie de lui parler. À moins qu'elle ne vienne ce soir avec les autres… C'est le plus simple. Foncer vers l'objectif. Elle a osé envoyer un texto au ministre sur son téléphone portable, ce qui a impressionné tout le monde. Il a répondu tout de suite : des places ont bien été réservées pour le soir même, un spectacle de ballet.

*

L'opéra du Caire, malgré les projecteurs qui tentent d'en embellir la façade entre des palmiers rendus rachitiques par la pollution, n'est pas un chef-d'œuvre d'architecture. Il ressemble à leur hôtel, même style sans âme. Ils avaient tous imaginé une bonbonnière à l'italienne datant de Ferdinand de Lesseps, un palais Garnier en réduction, un décor rescapé des fêtes de l'inauguration du canal. Pénélope tente de faire passer la déception, explique au groupe que l'Opéra-Bastille ça n'est pas fameux non plus… À l'entrée, des soldats en armes contrôlent les passeports. Un vigile arrête le plus jeune de l'équipe : il a cru bon de faire des élégances, il a mis le nœud papillon que tout archéologue débutant emporte dans sa valise pour les photos. Pénélope avait prévenu les autres : cravate obligatoire.

Le ton monte, dans un anglais aussi mauvais côté français que côté égyptien : « Vous n'avez jamais vu de nœud papillon, mon pauvre vieux ? Faut sortir plus. Ce costume en tergal, ça doit vous tenir chaud, c'est ici qu'on achète ça ? Il boudine un peu, non, vous en pensez quoi, les autres ? »

Le vigile regarde les billets réservés avec le tampon officiel et laisse passer, l'air excédé. Pénélope fronce les sourcils tandis que le jeune marquis de l'École du Louvre murmure : « On savait bien que ce ne serait pas Glyndebourne… » Et il évoque l'inoubliable soirée à la Fenice, dans *Sissi*, quand toute la noblesse de Venise a donné ses places aux cuisinières et aux valets de pied. Les autres finissent par le faire taire, il en fait trop, mais ça amuse tout le monde. Pénélope a été happée par le petit cortège officiel.

Quand elle arrive, elle tombe sur le ministre, au centre d'un vestibule à ciel ouvert qu'on a tenté d'orientaliser avec des sculptures de scarabées géants en bronze : « Oh mais ça me rappelle les monstruosités en acier patiné qu'il y a dans les cours intérieures de Bercy, je revis ma grande époque ! Pardon, je ne peux pas m'empêcher de faire ces remarques idiotes, si quelqu'un enregistre ça et balance tout sur Twitter, ce qui me tient lieu de carrière s'arrête tout net. Je peux avoir confiance en vous, Péné ? J'aime quand vous me souriez comme ça ! »

Ils entrent ensemble dans la salle, trop illuminée. Wandrille n'est manifestement pas venu. Pénélope aurait tant aimé ne pas se retrouver seule face à sa rivale. Elle la regarde. Diane ne voit personne, assise plus loin ; dans un tailleur de lin bleu pâle, elle fait semblant de s'intéresser au programme. Les chefs d'entreprise français bâillent un peu. On sent bien qu'ils ont envie de partir à l'entracte. Pénélope trouve que ça manque encore beaucoup de femmes. Son équipe est ravie qu'on les ait placés avec eux, dans les premiers rangs. Honneur au Louvre, Pénélope s'est retrouvée à droite du ministre, qui lui parle sans détour – mais exclusivement de politique.

« Voyez-vous, Pénélope, nous nous laissons gentiment manipuler. Au soleil, ça n'a rien de désagréable, ça me fait des vacances. Ce voyage est bidon, personne n'est dupe. Je vais m'employer à signer quelques contrats, pour faire plaisir à tout le monde, mais quelle grosse boîte européenne irait s'enliser dans ce bourbier ? Eux, ils attendent de nous des touristes. Ils n'en ont plus. Mais bon, depuis vingt ans qu'ils les accueillent comme des chiens…

— Vous exagérez.

— À part les trois palaces du pays, où tout le personnel a été dressé à une servilité du temps des pharaons, l'Égypte est le pays où le touriste est le plus méprisé et maltraité au monde. J'y suis allé souvent. Ils nous ont pris pour des vaches à lait, maintenant ils jouent à nous tirer comme des perdreaux. Dès les premiers attentats, à Louxor, le tourisme est tombé. Les troupeaux de moutons ne sont jamais vraiment revenus, et ce n'est pas cette parodie de visite officielle qui va arranger les choses. Leur pathétique ministère de la Culture…

— Vous exagérez.

— À peine, leur ministère laisse fuiter de pseudo-découvertes archéologiques pour créer des événements qui n'existent pas…

— Ça c'est juste : les nouvelles pistes pour retrouver le tombeau d'Alexandre, la preuve par l'ADN que Néfertiti était je ne sais trop qui… ça n'arrête pas, une nouvelle tombe dans la vallée des Rois, alors qu'elle a été fouillée dès 1934, des vestiges du port d'Alexandrie trouvés par des plongeurs, alors qu'il y en a des milliers dans la rade, une autorisation pour passer une sonde entre les pierres de la pyramide de Mykérinos pour savoir si elle n'aurait pas, elle aussi, son cagibi inconnu, à chaque fois les journalistes téléphonent au Louvre… On doit gérer ça, ces scoops qui n'en sont pas et que les autorités égyptiennes déclenchent en négociant un partenariat avec un grand hôtel désespéré. Ils offrent des billets d'avion, ça produit des dizaines de bons articles et un sujet au 20 heures pendant les périodes creuses. Jamais la moindre vraie découverte, le chantier du nouveau musée continue de s'enliser, il a des années de retard…

— Vous voyez ! Et tout ça pour quoi ? Parce qu'ils sont en train de ruiner leur pays avec ce machin, qui ne servira à rien et restera vide, et aussi pendant qu'on y est une nouvelle capitale qui sera en ruine avant d'avoir été terminée. Un sous-Guggenheim de Bilbao sans Frank Gehry, où tout sera mal fait. Tant que les vrais problèmes de ce pays n'auront pas été résolus… Ne me dites pas qu'il n'y a pas d'orchestre ? Vous avez vu ce programme, en plus c'est en anglais ? On va avoir droit à des ballets sur de la musique enregistrée ? On va filer à l'entracte, je vais dire que le voyage nous a épuisés. Je ne pensais pas vous imposer un pensum folklorique. Mon homologue n'est même pas venu. Sentez-vous aussi libres que moi, vous et vos amis, nous ne sommes tenus à rien. »

Pénélope aime bien cette conversation qui l'empêche d'avoir mal, de sentir à quel point elle se sent seule. Elle regarde dans le visage du ministre ce qui lui rappelle son Wandrille, ses yeux, ce sourire. Wandrille vieillira bien.

« Pénélope, arrêtons ce café du commerce. Parlons clair : je n'aime pas cette Diane. Wandrille doit revenir avec vous. Il est d'une naïveté, mon fils… Il n'a pas compris que déjà lui-même ne la supporte plus. Elle organise tout, veut tout régenter, il étouffe. Soyez patiente. Soyez confiante. Je suis de votre côté. Bon allez, c'est nul tout ça, on s'en va, on s'en fiche, même à Bernay, c'est mieux, ou chez vos parents au grand théâtre de Villefranche-de-Rouergue. Je plaisante, Pénélope, je les aime beaucoup vos parents, vous le savez bien. Évidemment. »

Pénélope le regarde dans les yeux. La magie des hommes politiques, ce n'est pas rien. Elle se sent une âme d'électrice. Elle sourit à nouveau. Elle vote pour.

# 20

# Baouît

*Village de Dashlout, jeudi 19 avril 2012*

La maison des fouilleurs a du wifi. Voilà comment se ruine l'Égypte. Si Cléopâtre avait eu du réseau, la bataille d'Actium aurait été gagnée par son amant Marc Antoine et la face du monde s'en serait trouvée changée.

Les six heures de taxi collectif, avec les interminables haltes pour montrer les passeports à la police, arrêts aux boutiques de tapis et autres tentatives de séductions touristiques, n'ont pas été si pénibles que cela. C'était même drôle : les faux objets égyptiens, pour la plus grande joie de l'équipe, démontraient ce que le plus jeune du groupe appela « une totale méconnaissance des collections des musées ». Ce n'était sans doute pas bien difficile de réaliser de fausses statuettes en terre cuite, des ouchebtis vernissés, de jolis pendentifs, mais là, des boîtes en métal avec des vieilles photos d'un motif du trône de Toutankhamon, des colliers en verroterie qui n'avaient rien de commun avec les bijoux antiques, c'était vraiment pousser loin le mépris du tourisme de masse – d'ailleurs personne n'achetait rien et la poussière couvrait depuis longtemps les petits chameaux en paille tressée.

Les vendeurs insistaient. Pénélope veillait à ce que sa troupe se rembarque sans encombre. Leur demeure se situe à l'entrée du site, une zone mal définie où quelques maisons subsistent au milieu des murs ensablés des oratoires. Certains abris de pierres sèches ressemblent à des dunes, d'autres ont disparu presque entièrement. Baouît est un site archéologique resté trop longtemps à l'abandon. Il faut le redécouvrir.

Dix messages attendent Pénélope sur son ordinateur. Léonard a le tact de ne pas lui demander comment elle va. Il lui raconte que le vieux Mathieu Graville, profitant de l'amitié renouée devant *La Joconde*, se montre particulièrement « gourmand » pour les demandes de prêts qu'il envoie au Louvre. Aucune raison de ne pas soutenir les projets de Chantilly, mais on ne peut pas dépouiller la Grande Galerie pour lui. Sa directrice veut tout savoir de l'installation, demande si les passeports diplomatiques ont été utiles, si un seul « taxi-brousse » – elle est charmante – a été suffisant. Une femme de terrain. Mais surtout, il y a une dégoulinade de vingt-trois messages sur le même sujet, soit directs, soit relayés par le service de la communication du musée. La France profonde veut tout savoir sur la bague volée à Reims.

Comme si cela avait le moindre intérêt. On mélange tout : la malédiction de Toutankhamon, les secrets des pyramides, le buste de Berlin dont on recommence à dire, éternel refrain, qu'il peut être un faux, Néfertiti ça plaît toujours. « Mais pitié ! » dirait Olga Vanhuyssum. Le talisman qui a été volé est d'une insigne rareté, lit-on dans *Le Figaro* ; Pénélope se dit qu'il ne faut surtout pas faire savoir qu'il y en a un autre exemplaire, à peine différent, dans ses collections, et qu'on en a bien repéré une dizaine, absolument similaires, avec le cartouche entourant le nom de la reine. Il y en a même en vente libre sur eBay, un bijoutier américain en fait à toutes les tailles et en « *gold plated* ». *L'Union* de Reims réclame l'avis de la spécialiste des bijoux pharaoniques, Pénélope met trente secondes avant de comprendre qu'il s'agit d'elle. Elle ferme les yeux. Debout, pieds nus sur le carrelage blanc – du grand luxe, mais est-ce que cela suffit à écarter les scorpions pendant la nuit ? –, elle ressemble à une statue d'Isis désireuse d'apparaître à la fenêtre, nue et à peine voilée par la moustiquaire.

La beauté de Baouît au coucher du soleil, elle n'en avait jamais rêvé. Pour elle, ce site se traduisait en rapports de fouilles, en modélisations 3D, en plans et élévations. Elle regardait les dunes avec les quelques herbes qui signalent l'oasis, les vestiges à demi dégagés, les ombres sur les couleurs des sables. Elle aurait eu envie de peindre. Wandrille aurait pris leur boîte d'aquarelle commune, ils se seraient installés contre un muret, ils auraient été si heureux.

*

Tout le monde est bien à l'abri dans la maison, un ancien hôtel déglingué où personne ne vient jamais, que le Louvre loue pour rien, une dizaine de chambres à côté du site. Pénélope veille sur ses loyaux sujets : les cinq qui étaient déjà sur place – un Italien, deux Allemandes, deux Provençales formées à la balayette sur le site de Glanum – et qui ont passé l'aspirateur avant l'arrivée des gens du Louvre, cela fait un groupe plutôt agréable. Le jeune homme au nœud papillon est apparu avec un sac Gucci contenant tout un pique-nique et une thermos de thé Mariage, on n'a plus osé se moquer.

Elle a pris la chambre dont personne ne voulait, celle du rez-de-chaussée. Chacun sait exactement ce qu'il doit faire. C'est l'avantage des missions du Louvre : elles durent peu et le plan de vol est aussi précis que celui d'une expédition dans l'espace. Relevé topographique utilisable, identification des structures en place et photographies faites avec le drone qui est bien arrivé après trente questions à la douane, car ce dispositif est normalement interdit sur le territoire égyptien. On commence dès l'aube.

L'imprévu, c'est la douceur. Le vent si chaud le soir. Le rythme des dunes quand les ombres s'allongent, comme une musique. Cette Égypte-là est authentique, personne ne va la voir, personne n'a envie de visiter Baouît, c'est un pays éternel qui, intact, a traversé les âges.

Pénélope pense à tous ces petits moines qui priaient là, jour et nuit, dans la béatitude, ils n'avaient pas mal choisi leur décor pour s'ensabler vivants en chantant la gloire du Créateur.

# 21

# Voyage à Reims

*Reims, jeudi 19 avril 2012*

Un petit homme précautionneux franchit la porte monumentale. Il fait celui qui n'ose pas entrer dans la cour du palais du Tau. À droite, la police a barré l'entrée du musée, l'enquête se poursuit. Il a téléphoné à l'administrateur pour s'annoncer mais personne ne vient à sa rencontre. Il plaint ce pauvre fonctionnaire, son confrère, qui dirige un musée cambriolé, où il a laissé mourir, à cause d'une inattention de sa part, une porte laissée ouverte ou mal refermée, sa plus ancienne surveillante… Comme s'il avait le temps de recevoir des collègues, il faut le comprendre. Mathieu Graville lui téléphone tout de même. L'administrateur apparaît à une fenêtre, fait de grands signes, descend.

Graville le trouve vieilli de vingt ans, pas coiffé, les lunettes de travers, une petite barbe négligée. Le directeur de Chantilly a expliqué qu'il avait un travail urgent à finir à la bibliothèque municipale, des manuscrits du XVe siècle qui n'ont jamais été confrontés à ceux qui se trouvent dans ses collections. Il a expliqué au directeur du Tau, qu'il connaît depuis si longtemps, qu'il serait ravi de le voir un instant, de le soutenir dans son épreuve, de lui changer les idées.

L'administrateur, qui se désespère que le Centre des monuments nationaux le laisse sur place depuis sept ou huit ans – les administrateurs des cent monuments changent d'ordinaire aussi vite que les préfets –, n'a pas modifié ses habitudes quand son restaurant favori, La Table des Rois de France, est devenu une pizzeria après avoir été repris par des étudiants de l'école de commerce. On y boit toujours du bon champagne, l'endroit est un peu caché, dans une cour, propice aux entretiens discrets : à la carte, la Marie-Leczinska aux herbes de Pologne rivalise avec la Marie-Thérèse au pata negra et la Médicis aux champignons. Pour le digestif, les tenanciers osent même proposer la vodka Veuve Capet, idéale pour le dernier verre.

« Il manque l'Anne de Kiev au caviar, je leur ai déjà suggéré, notre seule reine russe. Vous comprenez, Mathieu, jamais je ne me serais attendu à un cambriolage. J'avais enfin obtenu les crédits pour rénover le trésor, la mise aux normes électriques était faite, on allait avoir le système de sécurité le plus moderne de France. Imaginez des gens qui entrent à la Tour de Londres et qui, au lieu de voler le Koh-i-Noor, prennent juste les éperons du roi Édouard VII, vous comprenez pourquoi, vous ? C'est cambrioler la Voûte verte, le trésor de Dresde, en dédaignant le diamant vert du Watzdorf-Kabinett pour n'emporter que le noyau de cerise sculpté aux cent quatre-vingt-cinq visages. La police évidemment ne trouve rien. Ils m'ont fait tout fermer pour occuper la presse. Ça marche d'ailleurs, j'ai des articles comme jamais. Vous vouliez voir les photos, je vous les ai apportées. »

Mathieu Graville, dans le petit milieu patrimonial, jouit d'une excellente réputation. Son affabilité, sa gentillesse de grand érudit lui attirent la sympathie – alors qu'il dirige un des rares musées français qui n'a pas le droit de prêter. Il a coutume de dire : « Je suis le seul qui ne dit jamais non. » L'administrateur du Tau n'est pas un de ses amis, mais il le connaît depuis des années. Graville avait offert son expertise pour la rénovation du trésor. À Chantilly aussi, il a fallu tout sécuriser, après le vol du diamant rose, mais en conservant les anciennes vitrines. Le triomphe de Graville, c'est la nouvelle présentation des porcelaines. Avec les années, alors que tant d'autres tourneraient en bourrique à Chantilly, sa passion pour la potiche s'est affirmée – alors que son goût le portait, à l'origine, vers les manuscrits et la peinture. Il parle avec gourmandise du livre qu'il prépare, qui témoignera de toutes les visites qu'il a faites depuis vingt ans en Europe : *Au pays des chinoiseries. Cabinets et châteaux de porcelaine dans l'Europe du premier XVIII^e^ siècle*. Il y aura des amateurs. Ce n'est pas tout à fait fini. Ce qu'il apprécie dans les potiches c'est qu'elles ne servent vraiment à rien, elles affectent parfois une forme d'urne ou de vase, mais on ne les utilise pas. Elles sont là, sur une console, sur une commode, comme des morceaux de pure beauté.

Comment n'aimerait-on pas un homme aussi exquis, avec ses petites taches d'eau de Cologne sur les mains, ses mocassins à pampilles et ses cravates bleu marine en soie tricotée ?

En apôtre du bon goût il avait suggéré de faire disparaître de Reims le mobilier blindé des années 1970 et de réhabiliter les dressoirs et les étagères de l'époque du sacre de Charles X, le dernier à avoir utilisé tout cela – en ajoutant bien évidemment vitres blindées, détecteurs de variations calorimétriques, hygromètres, qui n'étaient pas faciles à adapter aux exigences du chêne sculpté néogothique. Graville avait gentiment donné les coordonnées de l'entreprise capable de mener à bien le chantier, des Belges hors de prix mais très compétents. La réouverture allait être une surprise pour tout le monde, tout devait être en place cette semaine, bien éclairé… Et puis ce meurtre, ce vol absurde… Au lieu d'inaugurer il faut malgré tout retrouver ce stupide anneau égyptien, traquer le criminel, quel ennui.

« Comme c'est gentil, j'avais vraiment envie de voir de près à quoi ressemble l'objet, de savoir s'il avait été analysé. Je me suis dit, mais bon, je suis un peu bête, je me fais des films, que peut-être cet anneau a un double-fond, un chaton qui tourne, une cavité qui se révèle quand on appuie sur un des hiéroglyphes avec une pointe d'épingle. Ne faites pas cette tête, je me doute bien que vous avez inspecté chaque pièce du trésor, mais je préfère que vous me le disiez vous-même.

— J'avais tout regardé à la loupe, oui, à mon arrivée, vous confondez l'anneau au nom de Néfertiti et la bague à poison du pape Borgia !

— C'est tout ce qu'il y avait dans le dossier d'œuvre ?

— Vous êtes adorable de vous intéresser à mes petits cauchemars. Vous croyez que je peux être incriminé ? La présidente du Centre des monuments nationaux me convoque en centrale, dans son bureau de l'hôtel de Sully, la semaine prochaine, je tremble un peu. Elle m'avait à la bonne, mais là... Elle va me nommer administrateur de la forteresse de Salses, une sorte de prison dans les Pyrénées, loin de tout, ça appartient à l'État, des tours, des cellules...

— Au moins c'est bien défendu, vous n'avez qu'à en faire un hôtel de luxe.

— Personne ne viendrait.

— Trente écrivains en résidence, des colloques universitaires, vous allez trouver. Vous vouliez vraiment revenir à Paris ? Administrateur de l'Arc de triomphe, c'était de tout repos, c'est devenu dangereux depuis les dernières manifestations. C'est sommaire votre petit dossier, mais que pouvait-on espérer d'autre ?

— Oui, rien que nous ne sachions. La date du dépôt par la vieille impératrice Eugénie après la Première Guerre était déjà connue. Elle nous laisse ce jour-là – elle n'est pas venue en personne, son secrétaire a agi en son nom après sa mort – le talisman de Charlemagne, un incroyable objet, qui aurait dû tenter n'importe quel voleur, et cette bague à laquelle

elle tenait beaucoup mais qui ne vaut pas grand-chose au poids de l'or. On l'a photographiée comme vous voyez, pesée, confrontée à d'autres, ça tient en une petite page, j'ai montré ça aux flics, ils n'iront pas plus loin que vous et moi.

— Je ne sais pas lire les hiéroglyphes, ma science commence avec la paléographie médiévale et l'héraldique, mais je suis capable d'identifier les principaux noms des grands pharaons. Ici aucun doute, c'est Néfertiti.

— Oui, j'ai cherché à avoir au téléphone la conservatrice qui s'occupe des bijoux, au Louvre. Elle s'appelle Pénélope Breuil, charmante et sympathique m'a-t-on dit. Mais elle n'est pas là. Je suis tombé sur Olga Vanhuyssum. Vous la connaissez, Mathieu. Une tornade, je n'ai pas pu placer un mot et elle ne m'a rien dit. Son adjointe est en mission en Égypte. Je pensais qu'elle serait la seule à pouvoir nous dire pourquoi cette bague est importante. J'ai appelé Le Caire, l'Institut français d'archéologie, l'ambassade, j'ai obtenu son numéro de portable. Impossible à joindre. Elle est en plein désert.

— Redites-moi son nom… Je crois que je la connais, je me demande même si je ne l'ai pas croisée la semaine dernière. Une mignonne qui ne sait pas se mettre en valeur.

— Tout au contraire de sa directrice ! Pénélope Breuil, jamais vue, un nom facile à retenir.

— Olga Vanhuyssum vous a dit quand elle revenait ? Je l'ai invitée à Chantilly, je serais ravi de la revoir… Pénélope…

— Pas avant un mois, c'est une mission importante, je n'ai pas bien compris où, un monastère copte au fin fond du pays. Rien à voir avec Néfertiti, ni avec Eugénie, qui n'était pas allée plus loin que Suez lors de son mémorable voyage.

— Sous le Second Empire, Néfertiti est encore totalement inconnue. L'impératrice meurt en 1920. La découverte de la tombe de Toutankhamon, c'est en 1922. Elle a pu comprendre la valeur de la bague, mais elle ignorait évidemment le lien entre Toutankhamon et le couple Aménophis IV-Néfertiti.

— Alors là, Mathieu, vous me décevez. Si vous aviez pu mêler le cambriolage de Reims, l'impératrice Eugénie et la malédiction de Toutankhamon, vous auriez toutes les télévisions.

— Le Ciel m'en préserve ! Si l'impératrice avait vécu quelques années de plus, elle aurait pu aller dans le château de Lord Carnarvon, vous savez, là où a été tourné ce machin si célèbre, comment est-ce que cela s'appelle déjà, avec des domestiques partout ? Il y a, dans la cave, ce qu'on ne montre pas dans le film, des salles entières de collections égyptiennes, pas très bien étudiées je crois. Quand la bague aura été retrouvée on pourrait malgré tout proposer une exposition ; je ne sais plus quoi inventer vous savez pour mon pauvre palais du Tau… L'Égypte plaît toujours beaucoup.

— Ne m'en parlez pas, si vous saviez comme je rame à Chantilly pour essayer de renouveler l'intérêt, je n'ai guère que quatre ou cinq bibelots pharaoniques à montrer aux gens. Je n'ai que l'esquisse des *Pestiférés de Jaffa* du baron Gros, dans le genre répulsif…

— Vous exagérez. Vous n'avez que des chefs-d'œuvre ! »

## 22

## Baouît à vélomoteur

*Entre Le Caire et Dashlout, vendredi 20 avril 2012*

Wandrille n'a pas été long à tout savoir de cette affaire du bijou volé. Il s'est installé avec son ordinateur sur la terrasse de la suite. Le Mena House lui plaît bien, et Diane semble se trouver à son aise dans l'ancienne demeure du khédive Ismaël. L'époque lointaine où sir Arthur Conan Doyle y était venu en vacances a laissé des traces, entretenues avec art par la direction qui serait presque prête à faire remonter la généalogie des illustres clients jusqu'au pharaon Ménès – à qui l'on ne doit pourtant pas la construction de la barre de chambres « Pyramid View ».

L'appartement qui est en face du leur, dans le bâtiment d'origine, est celui qu'on avait attribué à Lord Carnarvon, mais comme personne ne le choisissait jamais, il est devenu un petit musée qui a l'avantage, a dit Diane, de se visiter en trois minutes.

Après une rapide inspection des bassins, du parcours de golf – son père y est déjà –, Wandrille a détecté la piscine parfaite, entourée de rangées de chaises longues disposées en gradins – il ne déteste pas l'idée d'avoir à se donner en spectacle devant de vieilles Américaines quand il fait ses longueurs. Leur chambre donne sur le plus beau des panoramas et on leur sert sur le balcon des petits déjeuners de carte postale.

Même dans ce palace, la foule des heureux du monde ne se presse pas, Wandrille aimerait bien savoir combien de chambres sont occupées. Il faut juste prier pour qu'aucun journaliste du *Canard enchaîné* n'assiste à cela, les vacances en famille du ministre de la Culture, avec estimation de la note écologique de la plus onéreuse des oasis, climatisation, arrosage, empreinte carbone… La connexion Internet est aussi moderne que l'indispensable spa, où Diane n'a pas tardé à disparaître dans des baignoires dignes de l'Antiquité tardive et couvertes de pétales de rose. Une des amies de Pénélope avait écrit toute une thèse sur « l'innovation dans l'Antiquité tardive ». Wandrille sourit. Diane n'a même pas fait la scène attendue au sujet de « cette Pénélope qu'il a fallu qu'on retrouve même au Caire ». La vie a pris des allures agréables.

Jusqu'à ce que Wandrille découvre, plus grave à ses yeux que la crise économique égyptienne, l'affaire du cambriolage de Reims. Le palais du Tau, il connaît, il y est allé pour un reportage sur les derniers royalistes, il voit très bien comment est disposée cette salle du trésor années 1980, avec le bois apparent et les vitrines malcommodes où tout était entassé – jusqu'à un portrait de l'archevêque du sacre de Charles X, accroché là sur un vieux velours au milieu de son orfèvrerie. Bien évidemment, il fallait refaire tout, mais comment a-t-on pu ne pas mettre les objets au coffre pendant les travaux ? Une bague de Néfertiti, cela ne doit pas valoir si cher. Le fait qu'elle ait appartenu à Napoléon III et qu'elle soit arrivée à Reims grâce à Eugénie, est-ce vraiment une plus-value, dès lors que l'objet n'est plus présenté avec le reste du trésor ? Les voleurs fétichistes de l'impératrice ne sont pas légion : même les Corses les plus exaltés sont assez froids à l'évocation de l'Espagnole. Dans la série des impératrices, elle arrive loin derrière Sissi, Charlotte du Mexique et Joséphine. Il va falloir qu'il raconte toute cette affaire à Diane, ça peut l'amuser. En réalité, il n'en est pas certain : ce genre de mystères historiques ne l'intéresse pas beaucoup.

Pénélope devrait être à Paris pour répondre à la presse, vivre son heure de gloire. Il doit absolument lui proposer une place dans l'avion du retour, qui n'est pas plein. C'est dans deux jours, les chaînes auront envie d'un petit rebondissement dans cette affaire et un avis de la plus jolie conservatrice du Louvre est une aubaine. Il y a trois mois encore il aurait pris en charge sa communication.

À la réception, Wandrille s'est fait regarder de travers. On vend des excursions à dos de chameau, des balades à Saqqara, des croisières sur les pas de Peter Ustinov – client de l'hôtel, il a une suite à son nom –, mais Baouît ? Le concierge habitué à toutes les demandes de visites, capable de réserver un avion privé pour Abou Simbel et de conseiller les plus beaux sites pour la plongée sous-marine en mer Rouge, n'en a jamais entendu parler. Wandrille a essayé d'expliquer qu'il s'agit d'un ancien monastère chrétien, ou plutôt de plusieurs petits lieux de culte dispersés, mutisme absolu. Il a fallu demander une carte. Ici Assiout, un peu plus au nord, à moins de cent kilomètres, le village de Dashlout, c'est là. Wandrille commence à être exaspéré, il montre au concierge que cette information se trouve sur Wikipédia, que ça n'a rien de secret, que c'est un site très célèbre pour les visiteurs du Louvre, que le Louvre est le plus grand musée du monde. Il faut savoir sortir de ta routine, mon vieux, tu dois aider tes clients, c'est un établissement international ici, allez un effort pour s'adapter… L'homme lui a tourné le dos. Il répond, mi-miel mi-lotus, à une des Américaines de la piscine, qui cherche un vendeur de bijoux.

*

Dehors, un taxi attendait, direction la gare du Caire. La « gare Ramsès » est un des palais les plus méconnus des touristes, mais les Cairotes l'utilisent à longueur d'année, une des rares choses bien faites du pays. Wandrille l'a déjà vue dans un film de Youssef Chahine. Le hall est grandiose et peu adapté, mais ce sont des souvenirs de la première ligne, celle de 1856 qui n'allait qu'à Alexandrie. C'est là qu'il faudrait installer l'opéra et utiliser l'opéra comme gare. Il pourrait faire aussi gare routière, tellement c'est moche – lui a dit son père. Si on le laissait être ministre du Tourisme ici, Wandrille aurait une bonne idée par minute.

Déception, horreur, catastrophe : on lui propose le train de nuit. Palabres de dix minutes, révélation : il y en a un autre, une sorte de flèche du désert, qu'on cherchait à lui cacher parce qu'il part dans douze minutes et que la confection d'un billet nécessite treize tamponnages. Cette fois il se sent un héros d'Agatha Christie – toutes les suites de l'hôtel vont défiler. Les palmiers géants peints sur les murs s'inclinent avec déférence quand on lui délivre le billet couvert de sceaux administratifs – phénomène de temps long, héritage de la domination des scribes, l'administration égyptienne. Phénomène de temps bref : huit minutes de course olympique, Wandrille est assis dans le train qui démarre impeccablement à l'heure, fidèle aux commandements du colonel Nasser, refondateur de la gare. Loué soit-il.

Au moins c'est plus rapide qu'une croisière nunuche, le pèlerinage n'a pas le temps d'imposer ses clichés : les petits ânes bibliques, les travaux des champs « inchangés », le triporteur avec des caisses de dattes, toute cette Égypte de pacotille et de chadoufs que le pays n'arrive plus à fourguer.

À l'arrivée, Wandrille a loué un vélomoteur – il n'y avait pas de MG dans le petit garage local. Il a quand même tenu à poser la question. Il faut passer une sorte de douane, avec un policier qui veut contrôler son passeport, l'espèce de document plié en quatre qui a été remis à tous les membres de la délégation française semble faire son effet. Déjà le jour baisse. C'est le titre d'une des cantates de Bach que Pénélope affectionne, il la fredonne, le refrain l'a toujours amusé, « Reste avec nous, reste avec nous », et enchaîne avec *Que ma joie demeure*, ce qui est un rien exagéré, mais bon, c'est un tube.

Il risque cent fois de se perdre, couvert de poussière, suant, épuisé, le dos cassé et les mains douloureuses, il a imprimé un plan des quarante hectares qui sont la zone de fouilles, le camp de base du Louvre devrait se deviner de loin. Il ne voit rien. Sur le bord des routes, dans ce pays jonché de tas d'ordures à ciel ouvert, seuls les marchands de légumes semblent encore procéder avec ordre et méthode : les aubergines, les tomates, les oignons, les choux énormes sont rangés pour former des mosaïques admirables. Wandrille prend des photos : enfin de jolies choses. Il reprend vie.

Il arrive sur le chantier plus vite que prévu. Il attendait un caravansérail, un village de tentes, ils sont une vingtaine, tout au plus, qui bavardent en faisant des photos, pas très loin de la grille qui protège la zone, totalement défoncée, perforée, inefficace. Mais qui chercherait à venir là pour des fouilles non autorisées ? Une relique du saint abbé Ména, au marché noir, ça ne doit pas valoir grand-chose, même si c'est une icône ou une sculpture…

*

Les fouilleurs sont encore au travail. Pénélope n'est pas parmi eux. Le jeune esthète qui donnait des leçons d'élégance aux vigiles devant l'opéra était en train de servir du thé dans une thermos décorée des armoiries de Charles et Camilla de Cornouailles. Il se montre féru d'héraldique, science peu pratiquée sous ces latitudes. La pauvre femme, expliquait-il, comme elle n'avait pas de *coat of arms* de famille, on lui a attribué comme emblème une tête de sanglier avec les dents bien jaunes, sans doute une demande personnelle de la reine – mais il s'interrompt, voyant qu'un nouvel arrivant l'écoute, tout sourires.

Le jeune savant prend un air extrêmement cérémonieux en se tournant vers lui. Wandrille constate avec un rien de satisfaction que même sale et couvert de boue il fait toujours son petit effet. Le fouilleur le regarde les yeux dans les yeux, affectant le plus grand sérieux :

« Personne ne nous avait dit qu'on pouvait recevoir des visites au pénitencier. Vous voir arriver tout pétaradant est une incroyable surprise. On vous a déjà aperçu à l'aéroport, vous avez de la constance, c'est beau l'amour ! Elle le mérite, elle est notre patronne et c'est la meilleure, et ses cours sont top, une perle rare. Je vous sers une tasse, vous devez être épuisé si vous êtes parti du Caire ce matin, tenez, c'est du mélange Marco Polo. Redites-nous votre prénom, nous avons mal compris quand on vous a vu aux bagages. Moi c'est Arthur. Les tasses et la thermos viennent de la boutique du château de Windsor, série limitée, bien adaptée à cette élégance naturelle du désert d'Égypte. Mlle Pénélope est partie, ce matin. »

# TROISIÈME PARTIE

## Les brasiers du Caire

« Ma rivale m'échappe, elle est sauvée. Les prêtres vont venir et Radamès attend la peine aux traîtres réservée. Un traître ! il ne l'est pas. Pourtant des secrets de l'État gardien infidèle, il voulait fuir ! Fuir avec elle. Ah ! pour tous ces traîtres, la mort ! Ah ! qu'ai-je dit ! Je l'aime, hélas ! Je l'aime encore ! »

Aïda de VERDI
*(livret d'Antonio Ghislanzoni,*
*d'après une intrigue d'Auguste Mariette),*
*air d'Amnéris, IV$^{e}$ acte*

# 23

# L'attentat

*Le Caire, quartier copte, dimanche 22 avril 2012*

Au Caire, quartier copte, la messe n'a pas encore commencé. Pour participer à ce rite qui ne doit rien à Rome mais tout à l'antique Église d'Alexandrie, la ferveur est à son comble. L'office est dans une heure, les fidèles arrivent déjà, en famille, par groupes d'amis. Parmi eux, beaucoup de jeunes, des deux sexes, avec des livres sous le bras, qui plaisantent, s'apostrophent, s'embrassent. Ils résistent avec humour, communauté persécutée – Wandrille les trouve courageux. Il les suit dans le dédale des maisons blanches. Au moins ici pas de foule bruyante, pas d'embouteillages de taxis, c'est un des rares coins un peu calmes du Caire.

Pour entrer dans ce secteur de la ville, depuis les derniers attentats, il faut passer une barrière avec détecteur de métaux et subir le regard buté de deux soldats en uniforme, pas plus mal. Wandrille, chino écru et chemise blanche, passe sans peine. On arrête tous ceux qui n'ont pensé à rien et qui ont des sacs. Ce quartier copte, Pénélope a si souvent dit qu'elle le lui ferait découvrir. Les offices sont très beaux, disait-elle. Il s'est dirigé d'instinct vers les ruelles, il est certain que c'est là qu'il va la retrouver. Il ne sait pas trop ce qu'il va lui dire.

Pour la première fois depuis des semaines, l'idée lui vient qu'il n'a pas bien agi avec elle – et il se dit qu'il est vraiment un monstre de ne pas avoir pensé à cela plus tôt. Il s'en voulait vaguement, mais il s'était senti si libre, rajeuni, heureux... Depuis deux jours un démon vient de l'envahir : le scrupule. Il a voulu chasser ce genre de pensées, mais cette fois, seul, dans ce coin si beau de l'immense ville, elles l'accompagnent. Il se laisse aller à une mélancolie dont il n'a guère l'expérience.

Pourquoi Pénélope a-t-elle voulu quitter Baouît ? Elle venait à peine d'arriver. Ses amis fouilleurs ont été formels : elle a reçu un message, elle est repartie aussitôt pour Le Caire. Elle n'a rien expliqué, rien emporté de ses bagages, elle a appelé un « taxi-brousse » et elle a repris le train.

Quand Wandrille a appris la nouvelle, il s'est précipité pour la rejoindre. Il a pris le train de nuit, sans couchettes et très sale. Pas le temps de faire du tourisme, c'est terrible d'arriver à Baouît qu'on n'a jamais visité et de ne rien en voir, ni aucun des temples qui jalonnent le parcours même en se penchant par les fenêtres – de quoi avoir aux trousses, en plus de tout le reste, la colère de Ramsès II.

Wandrille, à peine de retour dans les splendeurs du Mena House, s'est senti inquiet. La douche, les habits propres, le rasoir, un nouveau parfum en série limitée, rien de ce qui en temps normal aurait suffi à le remettre de bonne humeur n'a de prise sur lui. Si Pénélope est revenue au Caire, c'est à la cathédrale copte qu'elle est allée. Il en a la certitude. Pour ne pas perdre de temps avec l'organisateur des excursions qui continue de trôner dans le hall d'entrée, dignement muré dans sa routine, Wandrille regarde en ligne : la grande cathédrale n'a aucun charme, elle est loin, il vaut mieux qu'il aille vers le quartier traditionnel, là où il y a Sainte-Marie, l'« église suspendue », avec sa façade claire au-dessus des maisons.

*

À peine Wandrille a-t-il franchi le portillon de sécurité qu'une camionnette blanche, comme celle de tous les vendeurs d'oranges, arrive à toute vitesse. Il a le temps de s'abriter dans l'embrasure d'une porte.

Les deux gardes font feu, la camionnette continue. Il s'est accroupi. D'instinct il protège sa tête avec ses mains.

C'est l'explosion. Impossible de croire que ça arrive vraiment.

À dix mètres de lui, un long mur vient de s'écrouler. C'est une des églises, on voit dans la poussière les bancs de bois, les travées. À l'intérieur, il semble qu'il n'y ait personne.

Trop tôt, heureusement. Seconde explosion, c'est la camionnette : le terroriste a tout fait sauter. Wandrille est projeté à terre. Autour de lui, hurlements, personne n'ose bouger, se relever. On attend. Ce n'est peut-être qu'un premier coup.

Wandrille n'est pas blessé ; il a pensé d'abord à Pénélope. Ensuite, il a eu le temps de se dire : c'est donc cela un attentat. Ce grand bruit. Le souffle qui vous jette au sol. Le silence ensuite. Le moment où on ouvre les yeux en se disant qu'on est vivant, l'instant qui suit on regarde si on est blessé, on agite ses jambes, ses bras, à peine, juste pour vérifier. L'odeur de brûlé.

Ils sont peut-être encore là. Il faudrait faire le mort. Il se relève un peu, sur ses deux coudes. Il regarde.

Où est-elle ? Était-elle entrée dans l'église ? Tout le monde hurle. Ça flambe.

C'est elle qui court vers lui. Il se relève d'un bond. Elle est en jean et en veste noire, cheveux tirés en arrière ; il la regarde, elle a de nouvelles lunettes. Il rit. Elle parle en premier, elle lui pince les bras, lui touche le torse, lui donne deux claques sur les joues, pour vérifier qu'il n'est pas en morceaux :

« Tout va bien. Si je m'attendais à te voir là. Au moment où je t'ai reconnu, tout a explosé. »

Il va la serrer dans ses bras, mais il n'a pas le temps. Elle prend sa main, se force à avoir une respiration régulière :

« Viens, je sais comment sortir. Surtout pas par l'entrée qui va être bloquée dans trois minutes, il y a un chemin derrière les églises pour quitter la zone. Pas de mort, pas de blessé. Pas vu en tout cas. Personne n'a hurlé, personne n'est en sang. À croire qu'il y a un bon Dieu de temps en temps. Je crois que cette fois-ci ils ont raté leur coup. »

*

Dix minutes plus tard ils sont dans un taxi, bloqué dans l'embouteillage de la place Tahrir, le chauffeur participe à l'insoutenable tintamarre et il a mis à fond, dans l'autoradio à cassette, des prières qui tournent en boucle.

D'abord, ils ne parlent pas. Ils osent à peine se regarder. Pénélope baisse la tête, elle a l'air de bouder, mais elle ne détache pas ses yeux des doigts si fins de Wandrille, elle les a tant aimés, avec ses ongles impeccables, ses petits poignets avec le chronomètre Breguet dont il est aussi content que de son sourire. Quel crétin.

Elle imagine l'horreur, elle le voit broyé, en charpie. Quand on se dit que l'homme qu'on aime aurait pu être un cadavre, c'est qu'on est encore très amoureuse. Elle voit ce qu'aurait été le rapatriement du corps. Quelle pensée horrible. Mais pourquoi la chasser ? Elle s'y vautre, deux minutes, pas plus. L'accueil à l'aéroport, elle avec le cercueil, la messe d'enterrement, assise avec la famille. Bon ça suffit. Pénélope ouvre les yeux, regarde le profil de ce grand dadais imbécile qui vient d'échapper à la mort.

Pénélope, à voix lente, rassure Wandrille, c'est lui qui tremble :

« C'est gentil comme tout d'avoir eu l'idée de venir me chercher. Moi qui te prenais pour un lâche. Tu sais que tu as été parfait ? Depuis le temps que je voulais te faire découvrir ce coin un peu secret de cette ville que j'aime tant.

— Très réussi, merci. Le premier contact est un vrai choc.

— Tu vois ce haut mur, c'est le bon vieux musée. Il faut absolument qu'on y aille avant ton départ. Il va fermer bientôt, tout est déjà à moitié déménagé, tu ne peux pas ne pas avoir vu ce joyau avant sa disparition. J'ai reçu l'ordre du Louvre de quitter Baouît pour aller saluer le directeur des Antiquités, j'avais cru pouvoir m'en dispenser. Cela ne sert vraiment à rien. J'ai obéi.

— On ne peut pas lui demander d'éteindre ses sérénades ? Je ne t'entends pas ! Tu crois que si je demande gentiment au barman de l'hôtel il nous trouvera du Lagavulin ? J'ai dû changer de champagne tu sais, ils n'ont que du Moët, eh bien figure-toi, je le trouve excellent, pas aussi moelleux que je le craignais, très bien, vraiment, on va demander une bouteille bien fraîche…

— Wandrille, je préférerais que tu ne dises plus rien.

— Tu comprends, le tourisme, je n'ai pas l'habitude, moi je viens de Baouît, j'ai fait l'aller-retour, j'ai besoin d'un peu de temps pour me reprendre… »

*

Wandrille a pris le prétexte d'une blessure au genou, qu'il n'a pas eue, pour rester en Égypte. Il a expliqué à sa mère que l'hôpital du Caire lui avait prescrit une immobilité absolue de dix jours, sinon il risquait de rester paralysé à vie. Il est apparu en chaise roulante – le vieux palace en a des stocks – devant son écran, son père lui a recommandé de ne rien dire pour que la presse n'envenime pas tout :

« Le fils du ministre de la Culture français victime de l'attentat du quartier copte. »

CNN a osé parler d'un « attentat de routine » : pas de victime, si le kamikaze était arrivé trente-cinq minutes plus tard, c'était un carnage. Les dommages patrimoniaux sont immenses : une des quatre petites églises, parmi les plus anciennes et les plus précieuses, est éventrée. Un des murs de la nef a été pulvérisé, les photos de l'édifice béant, avec ses peintures, ses chandeliers, les poutres du toit calcinées jonchant le sol sont partout dans les journaux. Les messes désormais seront tristes et sous haute sécurité. Les militaires de surveillance ont eu de la chance, la camionnette les a épargnés. Ils viennent d'être reçus par le président de la République. Wandrille éteint sa télévision, il en a assez vu.

Toute la délégation officielle française est partie, dans un avion du Glam, avec une demi-journée d'avance sur le programme, livrant la piscine du Mena aux deux vieilles Américaines, ses admiratrices. Son père n'a même pas eu le temps de prononcer un de ses merveilleux petits discours, la poudre d'escampette ayant été jugée préférable à la poudre aux yeux.

La divine fiancée de Wandrille n'a pas eu elle non plus la patience de l'attendre, il l'aurait parié. Elle a repris l'avion avec le ministre et les grands patrons. Elle a enregistré un message sur son répondeur : il y a à Paris le conseil d'administration de la fondation de son père en faveur du patrimoine en péril, dont elle est la présidente, et elle veut évidemment y être. Elle doit soutenir un « magnifique projet », la restauration de toutes les passementeries des rideaux du château de Chantilly. Tout ça tombe en poussière. Si on peut être utile à quelque chose…

Elle n'a pas essayé de le cuisiner, elle ignore qu'il est allé à Baouît, c'est déjà ça. Elle semble avoir oublié qu'il était parti sans la prévenir. Aucune urgence à régler la situation dans l'immédiat.

Wandrille se sent comme un soldat de Bonaparte venant d'apprendre que le général en chef a repris le bateau, file vers son destin, vers Paris, vers le coup d'État du 18 brumaire qui va faire de lui le Premier consul – comme son père qui va gagner ses galons de défenseur de la grande culture internationale. Le voici seul en Égypte. Il a eu deux verres de whisky, et surtout une petite collation avec Pénélope, durant laquelle tous les sujets qui fâchent ont été évités.

Il ne peut s'empêcher de revoir ce mur qui tombe, juste en face de lui, il a en tête le bruit de l'explosion, les voitures, les hurlements, son visage à elle, sa veste noire, son expression de noctambule en arrivant vers lui, ses premiers mots si clairs et directs. La bouteille de Moët « Brut impérial » est toujours dans le seau à champagne, ils n'y ont pas touché.

Voilà, Pénélope est là, installée sur le canapé-lit de la « junior suite vue pyramides » : elle dort tout habillée.

## 24

## En Corse, dans une bergerie de grand luxe

*Alata, dimanche 22 avril 2012*

L'anneau de Néfertiti brille sur la paille. La bergerie est si éloignée de la route, si difficile d'accès que personne n'ira jamais y chercher le trésor dérobé au palais du Tau, ni celui qui a commandité ce fric-frac qui s'est terminé dans le sang. Il ne se cache même pas, il vit au grand air et au soleil, planifiant sa prochaine opération.

Il n'y a que les journalistes habitués aux « points presse » de la préfecture pour croire encore que ceux qui sont en délicatesse avec la loi, en Corse, se planquent dans des « bergeries », avec des pierres sèches, des vieilles dames en fichu chargées du ravitaillement et que ces rebelles passent leurs journées à siffler les chèvres. Les bergeries sont aujourd'hui cartographiées, village par village, on en connaît les accès dans toutes les gendarmeries de l'île.

Ici la paille sert simplement à garnir la petite boîte en carton qui a protégé l'anneau pendant le transport. Pour le reste, le décor est digne d'un souverain.

Giandomenico Sébastiani est en débardeur et en jean, il n'est pas là pour faire des élégances. Il regarde en souriant les reflets du soleil dans la haute bibliothèque Empire ornée de bronzes représentant des allégories des planètes. Il a enlevé ses espadrilles. Il se sert un cognac – un Hennessy Napoléon millésimé décanté dans la jolie carafe gravée de la cave à liqueurs qui est ouverte sur sa table. Il se renverse dans le grand fauteuil estampillé Jacob pour regarder les moulures du plafond et les cristaux du lustre à la mode de Venise. Tout cela lui convient. Il est des bergeries plus rustiques. Celle-ci correspond à l'image qu'il se fait de son rang dans les grandes puissances secrètes de l'île.

Personne n'ira le chercher là. Personne ne sait qu'on peut encore habiter dans ce décor d'un autre temps, que ce palais, incendié quelques années plus tôt, existe toujours et qu'on y a aménagé une chambre pour lui et un bureau. Les jeunes Corses ignorent qu'une telle construction, digne de l'ancienne Russie ou des châteaux anglais, se trouve dans leur île, et les vieux ne s'en soucient plus guère. C'est inaccessible depuis si longtemps. Le château, perdu dans les forêts, le domaine, les écuries, tout appartient au département, c'est un bien public – mais qui a gardé toutes les apparences d'une demeure privée.

Sébastiani est le petit-fils du dernier régisseur. L'administration a hérité de ses services avec l'ensemble du domaine. Les derniers ducs l'ont donné avec la terre. Un grand panneau indique « Danger de mort. Chutes de pierres. Interdit à la visite ». Il a les clés depuis qu'il a cinq ans. Du dernier étage, la vue est sans doute une des plus belles du monde, à égalité avec le golfe de Rio quand l'urbanisme ne l'avait pas encore défiguré.

Giandomenico est déçu. Cette mise en scène de lui-même ne lui procure plus aucune satisfaction, il est habitué. Il n'allume même pas un petit cigare. Il réfléchit.

L'anneau aurait dû avoir un secret. Il l'a regardé à la loupe, il l'a pesé : il est en or massif, aucun indice, aucune marque cachée ni cavité secrète. Ce talisman ne lui dira rien de plus – et ne le protégera pas des investigations de la police.

Tout a commencé par les recherches que son fils prétendait mener, pour une vague thèse de doctorat – sujet déposé à Genève, où les dépôts, tous les détenteurs de coffre le savent bien, peuvent être de très longue durée – sur l'histoire du bonapartisme. Simple couverture : le but qu'ils se sont assigné, son fils et lui, c'est de vendre aux deux grands collectionneurs rivaux qui se partagent le marché de la relique napoléonienne le plus de raretés possible, au besoin en les fabriquant un peu, jamais complètement. Un faux n'est réussi que s'il possède une part d'authenticité. Ils ont transformé une vieille culotte de chasseur en ajoutant les traces du sang de l'Empereur quand il fut blessé devant Ratisbonne avec une étiquette cousue qui l'atteste signée par l'aide de camp. Ils ont à peine transformé l'anneau épiscopal du pape Léon XII della Genga, qui portait un écu « d'azur à l'aigle d'or », sans aucun rapport avec l'aigle de l'Empire, en prétendue bague du couronnement de Napoléon donnée par le pape – pour justifier la présence d'une petite tiare gravée un peu gênante. Tout le monde y a cru, surtout celui à qui ils l'ont vendue. Ils ont ajouté des N couronnés sur des ménagères entières de couverts portant le poinçon de Biennais, orfèvre officiel de la cour, prix de chaque fourchette multiplié par cent. Ils ont utilisé trois fauteuils authentiques pour faire un trône que les experts ont jugé très vraisemblable et payé deux spécialistes du mobilier impérial, un Anglais et un Canadien, pour l'authentifier et écrire que s'il ne portait aucune marque de grande demeure c'est qu'il s'agissait d'un « trône volant », que Napoléon emportait dans ses campagnes.

Pour le moment, ils n'étaient pas encore allés jusqu'au vol dans un musée, mais il leur avait semblé, après de grandes discussions dans la bibliothèque aux lambris d'acajou, que le jeu cette fois en valait la peine. Son fils avait en effet découvert, dans les réserves du château d'Arenenberg, en Suisse, un élément que les historiens avaient négligé. Ce fut le point de départ de toute cette histoire.

Le travail d'attribution des trésors relève d'abord d'une solide documentation. C'est cela qui donne un prix infini à toutes ces babioles, au livre – provenant du collège de Brienne, avec le nom du jeune Buonaparte, vrai ou faux, sur la page de garde – ou au pliant assez quelconque mais « à l'antique » – sous lequel on découvrait fort à propos l'étiquette, apposée sur le bateau, du mobilier qui était parti pour Sainte-Hélène. Rien n'était jamais entièrement faux, cela n'était pas toujours vrai – la famille Sébastiani s'enrichissait, depuis plusieurs décennies.

C'est le père de Giandomenico qui avait eu l'idée de commencer cette coupable industrie lors du bicentenaire de la naissance de Napoléon en 1969, avec un petit chapeau porté à Iéna qui avait battu tous les records aux enchères et sortait d'un château en Provence qui avait appartenu à un des officiers d'ordonnance de Napoléon. Peut-être était-ce le couvre-chef du garde-chasse, il avait suffi pour le vendre de faire retisser la petite marque légendaire de Poupard, fournisseur attitré… « Car c'est d'un chapelier que la légende part. Le vrai Napoléon, en somme… c'est Poupard ! » : Giandomenico peut réciter par cœur des scènes entières de *L'Aiglon* d'Edmond Rostand.

La recherche, cette fois-ci, avait été très longue, et il y aurait eu de quoi faire une thèse pour de bon : à côté du domaine d'Arenenberg, où la reine Hortense éleva son fils pour qu'il devienne le futur Napoléon III, se trouve un ancien bunker – en Suisse, c'est aussi courant qu'en Albanie. En Corse il y en a aussi quelques-uns et la police cette fois ne les connaît pas tous. On trouve, dans cette cache helvète, les réserves des collections, avec en particulier la bibliothèque d'étudiant du jeune homme qui rêvait de monter sur le trône. Quand son fils lui avait parlé de tous ces documents méconnus et inexplorés, Giandomenico avait voulu le dissuader. Mais il s'était emballé, encouragé par le cousin chic, ce vieux schnock de Mathieu Graville qui dirige Chantilly, un historien respecté celui-là. Qui dirait, en les voyant, que Graville et Sébastiani sont cousins germains, que la mère de l'un est la sœur du père de l'autre ? L'un roule des mécaniques et exhibe ses tatouages dans les clubs de voile, l'autre alterne vestes de chasse et costumes d'été en seersucker, avec des panamas ridicules… Mais bon, dans l'île, on n'abandonne jamais la famille – et il peut encore rendre des services, ce raseur qui présente si bien.

La bibliothèque d'Arenenberg constituait la preuve que Napoléon III avait été une sorte de surdoué d'avant la mode des surdoués : des traités en anglais, en italien, en allemand, de l'astronomie, de la balistique, des mémoires de diplomates, les grands auteurs latins, et tout cela broché, corné, annoté… Le jeune Sébastiani était tombé sur un volume de l'édition originale du *Voyage dans la Basse et la Haute-Égypte* de Vivant Denon, qui raconte la découverte des monuments – une main avait écrit, à l'encre noire : « C'est durant l'expédition que fut mise à l'abri la bague qui, pour qui saura la lire, dit qui doit monter sur le trône de France. »

Dès que son fils lui eut envoyé la photo, Giandomenico comprit que c'était l'écriture même du Premier consul et pas celle du futur Napoléon III. Une bague, en Égypte, laissée là-bas, et qui avait à voir avec l'Empire, de quoi rêver.

Napoléon III, qui possédait donc cet exemplaire de l'édition originale que Denon avait envoyé à Bonaparte, savait que cet objet existait. C'était trop beau. Restait à savoir de quoi il s'agissait. Si l'on pouvait encore trouver quelque part cette relique, les deux collectionneurs rivaux allaient se battre et la petite famille Sébastiani pourrait acheter au moins toute une colline.

La recherche suivante prit trois secondes. Giandomenico avait tapé « Napoléon bague Égypte » et il avait vu apparaître Néfertiti et le palais du Tau. En quoi une bague portant le nom de la plus célèbre reine d'Égypte pouvait-elle recéler un secret historique lié à la France ? Il fallait comprendre comment cet anneau était arrivé à Reims. La provenance Eugénie cadrait assez bien avec la phrase écrite dans ce livre que son mari se souvenait forcément d'avoir lu à Arenenberg, dans les heures les plus incertaines de sa jeunesse. Elle était allée en Égypte, voyage difficile à cette époque, même pour une souveraine nantie d'un navire à vapeur, elle avait porté ce talisman.

Il n'y a pas de doute. L'impératrice était la dernière héritière du secret de Napoléon I$^{er}$ – que cette bague permettait de comprendre – et elle avait choisi avant de mourir de le planquer dans le trésor de la cathédrale de Reims. Ce n'était pas un hasard. Reims, c'est là que viennent ceux qui doivent « monter sur le trône de France ». Sébastiani a depuis longtemps son opinion sur la dernière impératrice. Eugénie n'était-elle pas bigote, sournoise et royaliste, veule et arrogante ? Il voulait avoir cet anneau sacré entre les mains – pour le revendre discrètement et au prix fort à un fou de l'Empire qui ne le montrerait à personne. Au-delà des deux collectionneurs les plus connus, Sébastiani avait une liste de dix noms, jusqu'en Inde, en Chine et au Japon.

L'organisation du fric-frac de Reims exigeait une prise de risques et avait coûté pas mal d'argent. La pègre bruxelloise avait, une fois de plus, été efficace. Il aurait fallu, selon les instructions, embarquer quatre ou cinq objets de plus, le calice de saint Remi et le portrait de Mgr de Latil, pour noyer le poisson. Là, toute la presse ne parlait que de l'anneau… Les gens allaient vouloir l'étudier. Personne n'imagine l'érudition dont sont capables tous ces toqués de napoléoneries. Dans *L'Union*, le journal de Reims, l'administrateur du palais du Tau, un petit gros à l'œil rond, donne des interviews désespérées. Une photo de lui prise devant une devanture de pizzeria n'améliore pas sa crédibilité. La famille de la victime a porté plainte contre lui. L'enquête heureusement piétine.

Sébastiani avait tout misé sur cette hypothèse. Les annotations de la main de Bonaparte dans les marges de ses livres devaient toutes être prises au sérieux. Mais maintenant, avoir cet objet avec soi devient compromettant, même dans ce domaine inatteignable au milieu des montagnes qui domine Ajaccio. Surtout, la question qui hante désormais le voleur est toute simple : si cette bague n'était pas la bonne, si ce n'était pas à celle-ci que Bonaparte faisait allusion ?

L'anneau est beau. Giandomenico veut l'essayer, mais il est trop petit. Il a peut-être été porté par Joséphine, et Napoléon, qui avait de minuscules mains. Éclatante confirmation, que personne n'avait soulignée avant les Sébastiani : il figure, bien reconnaissable, sur un grand portrait de la reine Hortense accroché dans cette demeure d'exil, Arenenberg. Elle le porte à l'index de la main gauche. Mais cela ne suffit pas à prouver qu'il permet de posséder un secret destiné aux souverains français.

Giandomenico griffonne les deux ou trois choses qui sont avérées dans cette histoire, il fera ensuite une liste d'hypothèses – même si, pour le moment, rien n'est probant. L'anneau a été offert à Eugénie par Napoléon III, sans doute un présent de noces. Pour les bonapartistes, cet objet est prêt à devenir un mythe, mais il faudrait comprendre pourquoi il est peut-être si important. Impossible de savoir si Eugénie le portait lors des fêtes de l'inauguration du canal de Suez. Les gravures qui la montrent en crinoline devant les autorités locales en burnous ne sont pas assez précises.

Il devient aujourd'hui un objet volé dont la possession est compromettante. Car il ne cache rien, hélas : l'inscription est bien le cartouche royal de l'épouse d'Akhenaton. Les hiéroglyphes ne bougent pas, l'objet est massif, la radiographie faite à l'hôpital d'Ajaccio par un médecin de la famille ne donne rien, il est au bon poids d'or, aucun double-fond, pas de secret.

Sébastiani hésite un peu. Quel dommage, il va sans doute être obligé de faire fondre la pièce. Peut-être devrait-il tout de même la montrer à un vrai égyptologue, pas au Louvre, c'est trop dangereux – on lui a donné le nom de la conservatrice qui a entrepris le catalogue des bijoux, une certaine Pénélope Breuil –, mais pourquoi pas au musée du Caire. Si l'expertise ne donne aucun vrai résultat, on sacrifiera l'objet.

L'ordre règne au Caire, il y a un marché noir des antiquités dont tout le monde semble satisfait. On croit qu'il fonctionne encore comme au XX^e^ siècle, grâce à la vente discrète d'objets provenant de fouilles non autorisées. En réalité, aujourd'hui, il est surtout alimenté par le commerce de pièces égyptiennes volées dans des collections européennes, arrivées en Italie, en France ou en Angleterre vers 1850, à destination de tout un nouveau marché asiatique. Au Caire arrivent maintenant de plus en plus de Chinois, de Japonais, de Sud-Coréens, qui veulent acheter des bijoux ou des statuettes, et la dispersion du patrimoine égyptien sorti du sol est très sévèrement punie par la loi – alors que des pièces volées en Europe qui ont transité par Bruxelles sont comme blanchies et peuvent être vendues à Alexandrie. Elles sont anciennes, authentiques, il suffit de faire croire qu'elles proviennent de fouilles non officielles récentes. Sébastiani est décidé à se rendre au Caire. Il regarde distraitement les horaires d'avion.

# 25

# Le Louvre a peur.
# La rue de Valois est rassurée

*Paris, lundi 23 avril 2012*

Le ministre a fermé la porte du bureau de Malraux, pour être seul. Wandrille vient de l'appeler. Le bilan est très positif : il n'est ni mort ni blessé. Aucun journaliste ne sait que le fils du ministre de la Culture a échappé de justesse à un attentat. Son enfant n'est pas une mauviette : il est resté sur place jusqu'à l'arrivée de la police, pour voir s'il n'y avait pas des gens à qui il aurait pu porter secours (de l'utilité du brevet qu'il l'avait obligé à passer l'année du bac). Wandrille est actuellement avec Pénélope. Diane est revenue à Paris sous un prétexte un peu vague, grand bien lui fasse. L'attentat n'a fait aucune victime cette fois. Le retour précipité de la délégation a permis d'éviter au moins dix ennuyeuses visites et autant d'entretiens à mener au Caire. Tout cela fait qu'il est ravi. Il a réuni quelques journalistes choisis pour une petite conférence à Paris consacrée au rôle de la France pour combattre la circulation des œuvres d'art volées, en particulier pour ce qui concerne les objets égyptiens. L'ambassadeur d'Égypte était là, rien de décisif n'en est sorti, mais le ministre estime qu'il a « fait le job ».

Il se félicite surtout d'avoir choisi ce bureau, qui convient bien à son sens de l'histoire. Ces boiseries peintes sont si jolies. Il y a deux beaux bureaux dans ce ministère un peu à l'étroit entre la rue de Valois et la cour intérieure du Palais-Royal : il a bien fait de laisser l'autre, plus vaste, mieux conçu, avec son décor un peu lourd et gras au directeur de cabinet que le Premier ministre lui a imposé.

Il ouvre ses dossiers : le British Museum souhaite un prêt de longue durée de la tapisserie de Bayeux, l'affaire des faux meubles de Versailles semble prendre de l'ampleur, on lui demande de venir accueillir son homologue japonais à Giverny dans la maison de Claude Monet, tout va bien. Qu'elle est belle la vie de ministre de la Culture et du Patrimoine, comme il a eu raison de refuser d'être « et de la Communication » ! Pour Bayeux, il faut savoir si l'œuvre est transportable, il se réjouit déjà d'appeler Pénélope, à laquelle il aime rappeler que c'était son premier poste à la sortie de l'école, quand elle pensait encore que les trésors du Louvre seraient pour elle à jamais inaccessibles… Au Louvre, impossible de ne pas donner un nouveau mandat à la présidente Lalouette, après tout elle est très capable. Et si on ajoutait Olga Vanhuyssum dans la liste des prochains décorés ? Ce serait pour sa présidente une petite contrariété, un nuage planant sur son décret de renomination – quel mot horrible… Trois minutes plus tard, le ministre, heureux et paisible, s'était endormi pour profiter du quart d'heure qui le séparait de la visite de son amie l'ambassadrice de Grèce…

*

La directrice du département des Antiquités égyptiennes a donné l'ordre de retour immédiat à la mission Baouît. L'attentat a failli lui coûter sa petite Pénélope. Quel besoin avait-elle d'aller se promener dans le Vieux Caire, aussi ? Tout le monde sait que le quartier copte est une cible. Elle n'est toujours pas allée faire la visite protocolaire au directeur des Antiquités de l'Égypte dans son bureau du « vieux musée », c'était pourtant la première de ses obligations, elle n'avait pas cessé de la harceler à ce sujet. Elle ne devait pas filer immédiatement à Baouît. Désormais, pas de question, a dit Mme Lalouette en réunion de direction, si les attentats reprennent encore dans ce pays, on arrête tout.

Sauf que Pénélope est injoignable. L'équipe est en route vers l'aéroport du Caire, le petit marquis de l'École du Louvre, l'archéologue camionneuse, les ingénieurs geeks avec le drone, mais évidemment elle n'est pas avec eux, cette tête de mule incontrôlable. Après l'attentat, elle a appelé pour dire qu'elle avait tout vu mais qu'elle n'avait rien, qu'il ne fallait pas se faire de souci pour elle, et depuis, plus aucune nouvelle.

Elle avait dû rester au Caire, mais où ? Nul ne l'a vue à l'Institut français d'archéologie orientale, le port d'attache naturel de tous les chercheurs, rien à l'hôtel où le Louvre a ses habitudes et ses tarifs – cet excellent cinq-étoiles plein de puces et de moustiques, Olga connaît –, rien à l'ambassade. L'attaché culturel lui a juste raconté que la fin du voyage du ministre de la Culture et des chefs d'entreprise avait été hâtée et que tout le monde venait de repartir. Pas le moindre contrat signé. Un avion pour rien. Il faudrait vérifier si la jeune conservatrice n'était pas dans ce charter du retour, puisqu'on l'avait vue placée à côté du ministre lors de la soirée de gala à l'Opéra du Caire, « qui avait été éblouissante » ajoutait la voix pommadée, incapable d'en dire plus, flatté sans doute de parler à la grande archéologue du Louvre qu'il avait vue si souvent dans l'émission « Secrets d'Histoire ».

Olga raccroche : cette Pénélope, est-ce qu'on la paye pour aller à l'opéra ? Une mission de trois semaines à Baouît c'est une mission de trois semaines à Baouît, avec gros rapport au retour. Assise à côté du ministre ! Elle se dit qu'elle était bien trop bonne d'avoir eu peur pour cette enfant. Elle s'en sortira toujours sans elle. Tout le département s'inquiète, et jusqu'au directeur de Chantilly, qui a dû s'enticher de la petite, qui n'arrête pas d'appeler pour prendre des nouvelles… Il insiste pour la revoir, demande où elle est, aucune pudeur, celui-là c'est une honte pour les vieux.

Comme Pénélope n'est décidément pas à la hauteur de sa tâche, Olga Vanhuyssum a repris le « dossier d'œuvre » de la bague au nom de Néfertiti que possède le Louvre, la jumelle de celle du Tau. Elle a demandé que nul ne la dérange et s'est installée, comme elle le fait quand c'est important, devant le bureau de Champollion dont elle fait dangereusement crisser l'abattant. Le dossier ne contient pas grand-chose, des demandes de prêts à des expositions, des précisions sur l'origine de l'objet, acquis sur le marché des antiquités lorsque c'était encore possible de trouver ce genre de jolies choses sans être ennuyé, à une date où les pièces de l'époque d'Akhenaton en circulation étaient assez nombreuses. C'est important aussi qu'elle soit bien au courant de tout cela, si la télévision avait l'idée de venir l'interroger. Elle a mis ses perles. Elle a ouvert la fenêtre : de l'autre côté de la Seine la coupole de l'Institut, où siège l'Académie des inscriptions et belles-lettres, brille comme une promesse.

La dernière page du dossier n'est ni un papyrus ni un rapport de fouilles, mais un papier épais du début du XIXe siècle, qui n'a rien à faire là : une lettre de Vivant Denon qui ne figure pas dans sa correspondance publiée. Elle vérifie aussitôt, elle a toujours les volumes sous la main. Un oubli bien pardonnable : qui a vraiment ouvert ce dossier ? Tout ce qui concerne les bijoux doit être absolument reclassé. Pénélope n'a même pas commencé. Il y a un dessin de la bague, très finement exécuté – mais évidemment à une date où personne ne savait lire le nom de Néfertiti et où on ne connaissait rien de son histoire, de l'instauration du culte solaire, tout restait à déchiffrer. Denon la décrit à une de ses correspondantes, peut-être son égérie vénitienne avec laquelle il a échangé des missives toute sa vie, et raconte comment il l'a trouvée entre les bandelettes de lin d'une momie. C'est amusant, mais ce ne peut pas être la même bague. Si ça se trouve, la lettre de Denon concerne l'objet volé au palais du Tau. Il explique qu'en découvrant cet anneau, il a pensé aussitôt à celui qu'il avait vu porter au général en chef en Égypte, « une bague qui n'avait rien d'égyptien » et du récit que Bonaparte lui avait fait à ce sujet, un soir, tard, sur le bateau, en regardant leurs bonnes étoiles. Il n'avait pas tout dit, mais Denon qui était malin avait cru comprendre qu'il s'agissait d'une sorte de talisman qui lui avait été confié, avant le départ de Paris, par le citoyen Talleyrand.

Un secret historique peut somnoler longtemps dans une boîte d'archives, surtout si elle a fini dans le haut du placard de l'un des bureaux les plus en désordre du musée du Louvre, encore plus si le document a été mal classé. Talleyrand avait envoyé Bonaparte en Égypte. Tous les historiens avaient cru comprendre pourquoi : pour lutter contre l'Angleterre, laisser le Directoire s'épuiser en querelles fratricides, peut-être aussi pour l'éloigner du magma politique et laisser croire, à son retour, qu'il sauverait le pays auréolé d'une incontestable gloire. Peut-être bien…

Mais ce que cette lettre montrait, c'est que si Bonaparte était parti aussi loin c'était aussi pour y cacher un secret. De quoi s'agissait-il ? Un secret qui concernait la France, qu'il avait mission de placer dans un lieu inviolable, et qui le rendrait maître du monde – et sans doute Talleyrand avec lui.

Ce secret, il l'avait peut-être confié à l'Égypte – impossible de ne pas penser d'abord aux pyramides ou au Sphinx –, mais visiblement il en avait fait bon usage, puisqu'il était devenu consul puis empereur. Il le devait à son audace, à son assurance, peut-être aussi au calme intérieur que lui procurait un talisman symbolique dont Talleyrand lui avait expliqué le fin mot.

C'était bien flou tout cela, bon pour les amateurs de petite histoire et de complots… Denon finissait sa lettre en disant : « J'ai observé qu'après Jaffa le général avait cessé de porter cette bague, et je n'en ai jamais su plus à ce sujet. »

Personne n'a jamais travaillé sérieusement sur les soldats de l'armée d'Égypte à Jaffa. Olga ne sait même pas ce qui reste là-bas, dans ce qui est devenu un quartier de Tel-Aviv, de l'armée de Bonaparte. Il faut qu'elle pose la question à Léonard, son collègue des peintures, il a entrepris de faire restaurer et d'étudier le tableau d'Antoine Jean Gros. Il sait peut-être des choses. De mémoire, aucune bague visible sur la toile au doigt du général. Si elle voit son sympathique jeune confrère tout à l'heure à la cantine, il ne faudra pas qu'elle oublie de lui en parler.

## 26

## Où l'on voit revenir la princesse de Salerne et l'ambassadeur Acattabrigha

*Paris, ambassade d'Italie, lundi 23 avril 2012*

Aucune nouvelle du professeur Leduc. Que fait-il ? Il devait donner ses résultats. L'ambassadeur d'Italie a cette fois réquisitionné la table de la salle à manger de son palais parisien pour étaler des livres. Il a invité la princesse de Salerne qui est prête à financer toutes les recherches qu'on voudra. Elle essaye, elle aussi, d'appeler le professeur sur son portable : « Allô, cher Gérard, rappelez-moi, voulez-vous ? Je vous courtise, mais ne le méritez-vous pas ? »

L'ambassadeur a tout reconstitué de la vie du comte de Flahaut. Il est même parti à la chasse aux cheveux sur Internet. Il a deux pistes sérieuses, dans des châteaux de province où ce mirliflore avait dû laisser bon souvenir, il y aurait des médaillons. La mère de Flahaut était déjà une figure très romanesque, elle s'appelait Adélaïde et elle était une des plus célèbres romancières de son temps, connue sous le nom de son second mari comme « Mme de Souza ».

« Connue, vous en avez de bonnes. Vous avez vu comme toutes les femmes qui écrivent sont oubliées ?

— Elle était très connue, à mi-chemin entre Christine Angot et Janine Boissard. Qui la lit encore aujourd'hui ? »

Si Mme de Souza était fameuse, c'est aussi parce qu'on racontait que sa mère avait fait partie de ces jeunes filles qu'on cachait à Versailles dans cet hôtel dit du Parc-aux-cerfs et que son père n'était autre que Louis XV. Voilà qui pourra se vérifier aussi par l'ADN dès qu'on aura une mèche de Charles de Flahaut, puisque l'ADN de Louis XV a été identifié, il avait laissé des traces partout.

Le premier mari de cette talentueuse jeune femme avait plusieurs décennies de plus qu'elle, il avait servi de dépannage, et s'appelait Charles-François, comte de Flahaut de La Billarderie, intendant des Jardins du roi. Il avait en effet fallu la marier en hâte, avant la naissance de son fils, en 1785.

Le vrai père était semble-t-il un jeune abbé de bonne famille, Charles Maurice de Talleyrand-Périgord, enfin c'est ce qui se dit car la preuve n'en a jamais été apportée. Là encore, un petit travail sur les mèches de cheveux allait être indispensable. Pouvait-on trouver, par exemple au château de Valençay, de l'ADN utilisable – sans aller jusqu'à fracturer la chapelle sans crucifix où repose le Diable boiteux ?

« C'est celui-là qui serait le père du duc de Morny ?

— Son vrai père, aucun doute ; Morny se savait fils de Flahaut, il se pensait petit-fils de Talleyrand, il connaissait bien toute cette histoire et aimait dire devant ses amis : “Dans ma lignée, nous sommes bâtards de mère en fils depuis trois générations. Je suis arrière-petit-fils de roi, petit-fils d'évêque, fils de reine et frère d'empereur.”

— Fils de reine puisque Flahaut, bâtard de Talleyrand, fricotait avec Hortense, reine de Hollande. Ça se comprend. Le roi, c'est Louis XV, et l'évêque, Talleyrand, qui régnait sur le diocèse d'Autun avant la Révolution, tout le monde sait ça, même moi. Je vous suis bien Acattabrigha, j'aime quand vous devenez précis. C'est très amusant votre histoire, encore plus si c'est ça la vraie famille de Napoléon III... Vous avez vu que ce M. Graville de Chantilly nous relance pour une visite, ça vous amuserait, un week-end, on irait aussi voir des chevaux ? Il veut me mettre en relation avec un de ses cousins corses qui possède peut-être des documents authentiques sur la famille de mon mari et la façon dont elle a été spoliée par Bonaparte, et qui aimerait les vendre, je me méfie un peu, j'ai demandé à voir.

— Emmenons le professeur Leduc, il y a là-bas des chevaux et des cheveux, des dizaines de médaillons de famille, des miniatures avec les yeux bleus de la dynastie des Orléans, de quoi illustrer un exposé complet sur les gènes récessifs et ce genre de choses...

— Prudence. S'il venait à trouver des mèches de la princesse de Salerne de cette époque-là. Mais vous avez raison, ce serait drôle et je suis certain que le vieux Graville et le professeur Leduc s'entendraient à merveille, mettons-les en présence et regardons ce qui se passe... »

L'ambassadeur sentit que sa cote était au plus haut. Ce Graville était un malin, capable de détourner au profit de Chantilly la donation du Botticelli tant espéré par le Louvre. Après tout pourquoi pas, Chantilly c'est princier.

Il poursuit son récit enluminé. La princesse le regarde, éblouie. Le comte de Flahaut a toujours été protégé. Il était devenu, adolescent encore, aide de camp de Bonaparte en Italie, d'une manière étonnante. Il aurait dit : « Mon général, je n'ai que seize ans, mais je suis fort. Je sais trois langues assez bien. Trop jeune pour être soldat, j'ose vous demander d'être votre aide de camp. Soyez sûr que je serai tué ou que j'aurai justifié de votre choix à la fin de la campagne. »

Celle qui s'inquiète souvent au sujet du jeune garçon, c'est Joséphine, au point d'exaspérer le conquérant du monde : « De l'esprit ? Qui n'en a pas comme cela ? Il chante bien ? Belle qualité pour un soldat, qui, par état, est presque toujours enroué. Ah ! il est joli garçon, voilà ce qui vous touche, vous autres, femmes... Eh bien ! Je ne lui trouve rien du tout d'extraordinaire. Il ressemble à un faucheux avec ses éternelles jambes. » Mais au fond, au fil des années, Napoléon s'est attaché à Flahaut. Le dandy aux longues jambes a fait toutes les guerres, à la suite du petit tondu aux petites jambes et au petit chapeau, toujours bien en vue, courageux, jusqu'à Waterloo.

Talleyrand le raye ensuite de la liste de ceux que Louis XVIII restauré veut bannir de France en disant : « Pour une seule raison, qui les vaut toutes : parce que c'est mon fils. » Il le protège et lui dit de se faire un peu oublier.

Flahaut reste alors en réserve, mène une vie plus discrète, faite de villes d'eaux et de mondanités, évitant Paris sous Louis XVIII et Charles X. Mais après 1830, le roi Louis-Philippe lui donne des postes diplomatiques, à Vienne en particulier. Le bel officier devenu plus mûr a su inspirer confiance une nouvelle fois et triomphe enfin sous Napoléon III. Après la réussite imprévue de ce jeune conspirateur sur lequel personne n'aurait misé dix ans auparavant, il mène grand train dans son hôtel des Champs-Élysées. La fonction de grand chancelier de la Légion d'honneur lui donne une sorte d'autorité sur le pays.

« Si c'était parce qu'il était le père véritable de l'empereur ? On le case là pour lui donner un rôle et le faire taire, ça pourrait s'expliquer.

— Oui, grand chancelier, cela fait de lui une puissance dans l'État. Il est à la source des honneurs et des distinctions, il impose le respect. Dix autres étaient en apparence mieux qualifiés que lui pour occuper cette charge.

— C'était le père, j'en suis certaine.

— Mais, madame, c'est ce que Leduc devait nous dire aujourd'hui. Je n'ai aucune nouvelle. Il y a un autre amant d'Hortense, qu'on a longtemps tenu pour le vrai père de Napoléon III, l'amiral Ver-Huell, un Batave qui avait joué un grand rôle quand Louis Bonaparte était devenu roi de Hollande…

— Un grand rôle ? Celui de le faire cocu ?

— Et Flahaut, yeux bleus et ronds, grand nez, larges cuisses, aurait eu aussi des histoires avec Caroline et avec Pauline, les sœurs de Napoléon Ier.

— Des ogresses toutes ces Bonaparte, les caricatures anglaises les montrent sous leur vrai jour…

— C'était pire au temps de la Régence ou des joyeuses orgies du Directoire. Il semble que Joséphine ait joué sa partie de manière très avisée en poussant sa fille, la charmante Hortense, dans les bras de Flahaut. Elle savait ce qu'elle faisait. Ils ont eu plus qu'une aventure.

— Louis Bonaparte était un monstre, fou, malade… La pauvre Hortense avait bien droit à un beau blond aux yeux bleus. Ça veut dire que Joséphine voulait rester proche de Talleyrand, qui traversait tous les régimes, s'enrichissait de manière insolente et utilisait comme des marionnettes tout ce qui comptait en France.

— À l'évidence. C'est du côté de l'alliance conclue dès le Directoire entre Joséphine et Talleyrand qu'il faut chercher un peu plus. Eux savaient certainement qui était le vrai père de Louis-Napoléon Bonaparte, ce beau bébé né en 1808.

— Bonaparte a été leur pion. Ces deux-là l'avaient fait empereur ! Ils auraient programmé aussi l'empereur suivant ?

— N'exagérons rien, Bonaparte avait tout de même des qualités, je pense. C'était un bon cheval gagnant. Il n'avait pas forcément besoin de Joséphine.

— Il n'avait pas le bon goût de respecter l'antique principauté de Salerne en tout cas. Je pense que le moment de nous venger de cette horrible famille est enfin venu. Ça va me faire plaisir. Que faudrait-il ? Une émission de télévision ? J'alerte nos amis de la RAI ? Ou on continue de mener l'enquête vous et moi ? Venez dîner, vous n'avez jamais vu nos tableaux. Il y a le Botticelli, bien sûr, celui-là est au-dessus de mon lit, je ne sais pas si je vous le montrerai, ma chambre est toujours dans un indescriptible fouillis, personne n'y entre, mais nous avons beaucoup d'autres peintures et de toutes les époques. »

# 27

## Les secrets du vieux musée du Caire

*Le Caire, mardi 24 avril 2012*

Des hommes en grenouillère blanche portant des masques sont en train de déménager, avec grandes précautions, et bien sûr devant une caméra, la momie de la « Young Lady ». Elle était dans un coin d'escalier, dans une vieille vitrine sans chichis fabriquée il y a soixante-dix ans, c'était admirable, cela avait du mystère, une princesse de la XVIII^e^ dynastie dont chacun pouvait se dire qu'elle était peut-être Néfertiti. À côté, un vieux téléphone marron avec un fil en tire-bouchon semblait une assurance de plus pour communiquer avec l'au-delà.

Des analyses ADN complémentaires vont être effectuées et elle aura une place de choix dans la salle des momies dernier cri du musée de Gizeh. Si l'ADN concorde avec les autres traces, on lui fera même une chapelle rien que pour elle. Là-bas, se dit Pénélope, cette pauvre jeune fille, princesse, reine ou femme de dignitaire oublié, n'aura plus aucune âme, aucun mystère. Quant aux analyses ADN sur des fragments exposés à tout pendant des siècles, gorgés de goudrons et de poussières, plus personne n'y croit en Europe…

À Gizeh, bien sûr on verra mieux les œuvres et les plus belles momies, mais rien ne donnera l'impression qu'il y en a d'autres à découvrir.

« Tu aimes cette architecture, Wandrille ?

— Dans le genre vieillot, je crois que je préfère la gare. Elle est bien cette gare, c'est pour le moment ce que j'ai vu de plus beau dans ce pays.

— Je sens que tout cela est ma faute. On aurait dû venir ici plus tôt. »

Bientôt l'édifice rêvé par Mariette Pacha ne sera plus qu'une annexe, un musée pour œuvres secondaires, un centre de recherches et d'interprétation, qu'on pourra visiter si on a le temps. Le désordre et l'incurie de la grande bâtisse inaugurée en 1903 étaient un atout, les grands moyens et la clarté pédagogique seront un terrible handicap.

Pénélope a voulu y aller dès l'ouverture, mais tout était fermé. Il a fallu téléphoner, expliquer : le déménagement de la « Young Lady » justifiait des mesures d'exception. Pénélope a maintenant une mission à remplir pour ne pas perdre définitivement l'estime de Mme Vanhuyssum : rendre compte auprès des autorités égyptiennes de son action à Baouît et de l'interruption inopinée de celle-ci – toutes choses dont, même au musée, à la direction des Antiquités, nul n'a rien à faire.

Redevenue professionnelle, elle explique à Wandrille qu'on a durant ces dernières années fait des fouilles à moindres frais dans les caves de ce vieux rafiot, qui contenaient, rien que dans les caisses jamais ouvertes, de quoi remplir au moins dix autres musées dans n'importe quelle autre ville du monde. Le résidu d'un siècle de chantiers conduits sans méthode et sans grand souci d'archives…

« Tu exagères toujours. Ces malheureux Égyptiens avaient surtout peur que les crocodiles européens dont tu es la petite dernière continuent de tout leur prendre !

— Au Louvre, on a pratiqué très tôt le partage des résultats des fouilles et la coopération. Aujourd'hui on aide l'Égypte autant qu'on peut, de manière très désintéressée… »

Les Égyptiens ont lancé un « chantier des collections » : tout inventorier, tout traiter, retrouver les sites dont proviennent les « artefacts », mettre les bois à l'abri des contaminations, ça a pris des années et ce n'est pas fini… Mais de là à mener aussi cet interminable chantier, en proclamant que « Toutankhamon est une star » et que c'est d'abord tout son trésor, enfin au complet, que les futurs visiteurs découvriront… Peu à peu, les caisses des caves prennent le chemin du grand laboratoire de Gizeh, des milliers de pièces, mais aussi les trésors qui étaient montrés dans les salles. Enlever au musée du Caire le masque d'or, le trône, les chars de guerre, c'est comme priver le Louvre de *La Joconde* ou du Scribe accroupi. Autour de ce lieu planait une aura, en cours d'évacuation. On la voit apparaître malgré tout : on y circulait bien, c'était une architecture pionnière, monumentale mais sans cloisons, sans « salles de musée », les ombres jouent encore entre les piliers. Wandrille ne peut s'empêcher de lever les yeux, admiratif, devant les statues colossales qui sont toujours en place : « Regarde, Péné, l'Égypte fonctionne, malgré tout ils continuent de repeindre les murs. Ça sera dans un an ou deux à peu près vide mais impeccable. Ils auront fini de rénover quand il n'y aura plus rien. »

Pénélope a vite compris la situation : Diane chasseresse est partie, mais Wandrille reste très engagé avec elle. Le musée du Caire est un décor romanesque comme il y en a peu au monde – il faut être aveugle, comme le ministère égyptien des Antiquités, pour ne pas avoir compris cela. Elle l'aime bien, ce temple qu'on abandonne, elle y est venue souvent pour des missions d'études. Elle va prendre le temps de le lui faire découvrir. Wandrille, lui, même s'il ne se l'avoue pas, se sent apaisé : tout lui semble plus calme maintenant. Diane ne répond pas au téléphone, elle doit s'occuper de sa fondation, il lui racontera tout ce soir. Tout va bien.

« Tu te rends compte, Wandrille, comment peut-on montrer ça aux visiteurs ? Regarde tous ces socles vides, ces vitrines sans rien, et là une rangée de caisses au milieu du passage. Tu veux venir voir Toutankhamon ? Il en manque la moitié, on va lancer une centaine d'objets dans une grande tournée mondiale avec l'espoir de collecter des fonds. Ça va rapporter, mais je ne sais pas si cela suffira. Rien n'est cohérent : ils ont fait rénover des espaces ici, et à côté tout est dans la poussière, en attendant l'ouverture de l'autre musée, aux normes internationales. Ils visent les touristes chinois, les Japonais. Tu sais qu'ils viennent, par charters entiers, ce soir on peut aller dans un restaurant comme à Shanghai si ça t'amuse, une grande cantine, très dépaysante.

— Tu dois absolument revenir en France, Péné, je ne plaisante pas. L'affaire du Tau c'est une chance pour ta carrière, tu dois répondre aux interviews. Ta directrice va tout faire à ta place ! J'étais parti te chercher à Baouît pour te convaincre. Tu ne m'écoutes pas. On n'est pas là pour visiter ce rafiot. »

Le texto du Louvre qui s'affiche sur le portable de Pénélope au même instant ne lui fait pas peur : alerte attentat maximale, nouvel ordre de rapatriement impératif avec effet immédiat. Sa directrice ne plaisante pas.

« Rentrez à Paris. Le Louvre ne peut pas garantir votre sécurité. Votre équipe sera de retour dans quelques heures. On vous cherche, Pénélope. »

Une seconde plus tard, Olga Vanhuyssum téléphone, soulagée de pouvoir enfin lui parler.

« Oui, madame la directrice. Je sais. Je n'aurais pas dû. Vous ne voulez pas que je rentre ? Mais je croyais, votre texto à l'instant… »

Sa directrice, en parfaite contradiction avec le message qu'elle vient de lui envoyer, a changé d'idée : elle a l'intention de l'utiliser sur place.

« Tu n'imagines pas ce qu'elle me demande. Elle veut que j'aille à Jaffa.

— Elle t'écarte de Paris, c'est bien ce que je disais. La stratégie du Directoire.

— Elle a l'air de suivre l'itinéraire de la campagne de Bonaparte. On peut y aller ? Il faut un visa, tu crois, quand on décolle d'ici et qu'on veut aller à Tel-Aviv ? Elle a enquêté de son côté, elle aussi, figure-toi. Il y a bien, dans l'histoire des Bonaparte, une énigme liée à l'Égypte, mais elle ne sait pas exactement quoi. La bague impériale volée au Tau serait, d'après elle, une fausse piste, un vol par erreur. Elle m'a dit qu'au fond puisque j'étais dans le coin et que j'aimais ce genre de mystères…

— Ne l'écoute pas, elle est à moitié folle.

— Je ne sais pas trop si elle se moque de moi, ni si elle m'a tout dit. Le monastère arménien de Jaffa, sur le port, ça te dit quelque chose ? Tu m'accompagnes ? Je te donne un indice : c'est le décor d'un tableau célèbre. »

# 28

## Diane aux yeux verts

Wandrille, attendant que Pénélope soit sortie des bureaux de la conservation, se promène parmi les stèles, les statues trop lourdes en attente de chariots élévateurs, les socles où subsistent seulement des rivets métalliques et les vitrines abandonnées. Cette Égypte à demi absente arrive enfin à le charmer. Il pense à sa nouvelle fiancée, sans parvenir à imaginer ce qu'elle fait, ni où elle est…

Diane ouvre les yeux. Diane s'agite. Elle se croyait en acier. Ce coup de téléphone de Wandrille, la veille, est le pire qu'elle ait reçu. Dans aucune de ses histoires d'amour elle n'avait été rejetée à ce point. Bien sûr, c'est elle qui est repartie pour Paris, mais il le fallait. Il l'avait compris sur le moment. Bien sûr, il lui dit qu'il l'aime, qu'il est impatient de la revoir, qu'il a plein d'idées pour décorer l'appartement, qu'elle a changé sa vie. Paroles endormantes, dont elle n'a que faire.

La vérité c'est qu'il est resté en Égypte pour cette Pénélope. Évidemment, il ne pouvait pas la laisser, il est encore attaché à elle, comme à sa meilleure amie, dit-il. Elle écume, elle veut repartir. Elle a commis une faute enfantine : abandonner le terrain, sans voir qu'elle avait sur place sa rivale. Elle l'avait évitée à l'aéroport, à l'opéra elle était restée à sa place, alors qu'elle aurait pu se lever et aller la saluer. Elle aurait dû l'affronter, la regarder, la faire parler. Elle avait cru qu'elle était délicate en agissant ainsi.

Diane se sert un verre du Lagavulin de Wandrille, respire le parfum fort et tourbé, sans arriver à en boire une gorgée. Elle le vide, dans le pot qui contient le petit oranger qu'elle lui a offert avant leur départ. Elle se redresse. Il faut qu'elle l'appelle, sans hésiter. Pas pour se plaindre, ni lui faire la morale. Elle devrait lui donner des idées. Il aime les mystères, les enquêtes, elle aussi est capable de l'aider, autant que la fille à lunettes.

Diane réfléchit, elle détruit, pour le plaisir, toutes les hypothèses de Wandrille. Tout ce dont il lui a parlé hier. Une bague, un meurtre pour rien, un secret en Égypte préservé depuis Napoléon : rien ne tient debout. Il faut qu'elle arrive à voir clair dans cette histoire, et qu'elle l'appelle. Wandrille est capable de rapporter à Pénélope toutes les idées de Diane, sans donner sa source : ce sont de bonnes suggestions, qu'il aurait pu avoir, lui, comme il le fait toujours, avec son regard extérieur qui lui permet de tomber juste, à l'instinct. Elle va trouver la solution, mais elle ne lui dira rien.

*

Dans le couloir des bureaux, au premier étage de l'immense musée, Wandrille attend. Son téléphone vibre dans sa poche. Le nom de Diane s'affiche. Il ne décroche pas.

Il sursaute. À côté de lui, un homme est entré, genre baroudeur de cinquante ans, mais avec une veste et une cravate, avenant, sûr de lui. Il ne l'avait pas entendu venir. La secrétaire de la conservation sort pour l'accueillir, elle l'appelle « Effendi », comme dans un vieux film : « Nous étions informés de votre visite, votre cousin a appelé hier… »

Souriant, sympathique, tendant la main, il se présente et Wandrille entend son nom : « Giandomenico Sébastiani. »

INTERMÈDE 2

# Ahurissante conversation dans le palais des Tuileries entre l'impératrice Eugénie et le duc de Morny, qui laisse prévoir d'incroyables révélations

*Paris, jeudi 24 avril 1856*

Il est rare que l'impératrice reçoive dans sa chambre. Elle a fait venir le lit qu'elle avait déjà à l'Élysée, une sorte de tente XVIII$^{e}$ extravagante en bois doré, sculptée comme un navire de parade et garnie de tissus verts, de franges, de passementeries, de dentelles et de plumes d'autruche. Un lit comme un théâtre. C'était joli dans ce grand salon doré, au centre de ce bel hôtel de la Pompadour, un grand lit. Mais cela ne convenait pas aux dignités nouvelles. Ce salon doré de l'Élysée, au milieu de la façade, avec la vue sur le jardin, on a dû en faire un bureau, quel ennui… Les Tuileries ont un décor plus austère, mais la grandeur doit accompagner le pouvoir des Bonaparte enfin revenus sur le trône.

Morny, c'est un peu la famille : le demi-frère de Napoléon III peut venir l'entretenir dans sa chambre des secrets de l'État. Il a récemment épousé une princesse Troubetskoï aussi jolie que son portrait par Winterhalter. Il a fondé Deauville. Il est richissime. Il est l'homme le plus agréable de ce nouveau pays agréable, la France.

« Ce que vous me dites là, mon petit Charles, me stupéfie et me ravit.

— Je n'en ai pas de preuves. Mais je sais que Bonaparte détenait le talisman qui l'atteste.

— Un talisman ?

— Un anneau d'or ou quelque chose du genre, il le portait. La preuve de notre filiation. Je ne sais pas trop ce que cela représentait.

— Il était le garant de votre origine en quelque sorte, un lord protecteur pour votre frère aîné et pour vous ?

— La reine Hortense, ma mère, aurait dit à l'empereur votre époux…

— Cérémonieux !

— J'aime ça, ça me réjouit, vous ne savez pas comme ça fait du bien quand on n'est pas né dans la pourpre. Notre mère a raconté que durant la campagne d'Égypte le général Bonaparte, craignant de ne pas survivre à l'expédition, avait confié ce secret aux sables du désert. Je le tiens de l'empereur.

— C'est un peu vague. Je ne peux pas tout tamiser…

— Vous devez y aller !

— Vous imaginez cela, l'impératrice des Français à dos de chameau, menant avec le puissant duc ministre son demi-beau-frère une enquête à travers les villages et les temples ? Personne ne me laissera jamais aller en Égypte. Quel voyage ce serait pourtant ! Avez-vous la santé ? Faites-vous du sport comme moi, des excursions, des courses en montagne ? J'ai failli faire mourir Mme de Metternich dans les Pyrénées. Moi je suis un cabri ! Vous vous essoufflez, Charles, je vous observe… »

Par les fenêtres, le jardin des Tuileries renvoie à l'impératrice une image d'elle-même qu'elle affectionne, avec ses fleurs, ses ombrages, cette élégance qui lui semble renouvelée du temps de Marie-Antoinette et de Versailles. Tout ce qui la faisait rêver quand elle était une petite fille espagnole qui voulait des châteaux en France. Pour décorer le salon vert, à côté de sa chambre, elle a puisé dans les collections des palais impériaux tous les meubles et les objets qui peuvent rappeler la reine guillotinée. La vieille monarchie a laissé des merveilles, les Anglais n'ont pas tout acheté à la Révolution. Elle voudrait vivre à Trianon et tremble en imaginant les derniers jours de la souveraine dans la prison du Temple.

Il y a aux Tuileries une immense pièce où le duc de Morny ne va jamais – il préfère le grand salon des Maréchaux, la salle de bal, l'escalier d'honneur –, c'est la bibliothèque. Il ne lit rien, pas le temps. L'impératrice lui propose de l'y accompagner. Dans cette salle oblongue, Napoléon III a ordonné qu'on apporte les plus beaux manuscrits de l'ancienne bibliothèque royale, les gros volumes des débuts de l'imprimerie, des livres simplement reliés mais sur tous les sujets utiles, une quintessence de toutes les bibliothèques de l'Empire. Quand il voit arriver l'impératrice et le duc, le bibliothécaire parvient à courir courbé en deux, tout bossu qu'il est. Elle a demandé ce matin qu'on sorte les volumes de la *Description de l'Égypte*, produit du travail des savants de Bonaparte, et aussi toute une série de grands armoriaux historiques avec les petits livres qui permettent de les déchiffrer. Le spécialiste a sorti pour elle quelques volumes de d'Hozier, la *Méthode du blason* du père Menestrier, les ouvrages de Hiérosme de Bara et les brochures d'Amédée de Foras, qui promet toujours de donner son grand livre. Pour Eugénie, la science des armoiries a beaucoup à voir avec celle des hiéroglyphes : ce sont des dessins qui correspondent à des textes et inversement. Un parfait va-et-vient entre des phrases et des symboles : à ce jeu, Eugénie de Montijo fille du comte de Teba est assez forte, Morny, roué, parvenu aux mains pleines, n'y connaît rien.

« Et pourquoi, madame, n'iriez-vous pas découvrir l'Égypte ? Vous êtes bien allée en Corse sur les pas de la famille Bonaparte, vous pourriez aller retrouver les souvenirs de la campagne du glorieux général en chef, vous montreriez votre attachement à l'histoire de la dynastie. Cette bibliothèque est grandiose, je ne soupçonnais pas qu'il y avait ce trésor dans l'ancien palais des rois.

— Vous plaisantez, c'est nous qui l'avons fait aménager, en lieu et place d'appartements de service qui ne servaient à rien. La grandeur, j'y veille. À Ajaccio aussi j'ai tout fait refaire. Ça n'était pas possible, cette maison minuscule, cette petite rue. Quand on pense au luxe de l'hôtel de ces Pozzo di Borgo ! Dans la maison de mes parents et de mes grands-parents, quel standing nous avions, en comparaison, vers

1780 ! Vous n'êtes pas allé à Ajaccio, moi j'ai voulu tout voir de mes propres yeux. Je n'ai pas fabriqué un palais, mais ça a déjà meilleure allure, il y a de jolis meubles, une petite galerie, c'est important d'avoir une galerie, même si elle ne mène nulle part, on y accroche ce qu'on peut, on ajoute une harpe et c'est un bon début. J'ai choisi des tissus et des papiers peints comme cela pouvait être sous Louis XVI dans une bonne famille noble et ancienne de la province. Les Bonaparte étaient importants. Mais à ce que je comprends ils l'étaient moins que vous aujourd'hui, mon cher… Je suis très impressionnée par ce que vous me dites ce matin. Je n'ose même plus vous parler.

— Je ne pourrai jamais le prouver ni le faire savoir. C'est un secret.

— Un secret qu'on m'avait caché et dont nul n'a cru bon de me parler depuis mon mariage. Il suffit de lire les armoiries que vous a concédées l'empereur. Lui sait tout, bien sûr. Il ne me parle pas, il peut rester des jours sans rien me dire. Vous vous y connaissez en héraldique ?

— Pas du tout. C'est un sport de vieux snobs, vous savez, ceux qui se passionnent pour la généalogie des autres, ou alors c'est bon pour des fous ésotériques amoureux de la pierre philosophale, de Nostradamus et de Nicolas Flamel, je n'ai pas encore l'âge. Je préfère étudier les nouvelles enseignes commerciales, les tôles peintes des compagnies de chemin de fer et des charbonnages. On y invente des symboles très jolis, c'est cela que notre époque léguera aux amateurs de parchemins s'il en est encore en l'an 2050. J'aurais voulu des armes avec une locomotive. Les chimères dont se gargarisent les prétendus descendants des croisés, avec leurs dragons qui crachent et leurs salamandres renversées, très peu pour moi. Vous, vous aimez ça ?

— C'est comme le jeu d'échecs. J'ai appris quand j'étais petite fille. En une heure on sait toutes les règles et ensuite il faut se perfectionner en pratiquant.

— Vanités !

— Vous allez voir que non. Vous entendriez ma très noble sœur, la duchesse d'Albe, sur ce sujet. Chez nos parents toute la cheminée était peinte avec les armoiries de nos aïeux, bisaïeux et tutti quanti, on savait réciter tout ça, les Mora, les Quinto, les Ardales, les Kirkpatrick, les Palafox, les Grévigné, les Lesseps… Regardez la chevalière que vous avez au doigt, on vous l'a donnée, comprenez au moins ce que ça veut dire. Vous portez "d'argent à trois merlettes mornées de sable"… On appelle cela une "description", je vous traduis. D'argent ça veut dire que c'est un fond blanc, facile, on commence toujours par le fond qui s'appelle le "champ". De sable signifie que les animaux sont de couleur noire, petit piège, ce sont des oiseaux, on dit des merlettes, vous voyez c'est enfantin, ça n'arrête personne…

— Ça je sais, "mornées", Morny : ce sont trois canards à qui on a coupé le bec. On a voulu me faire croire pendant des années que j'étais mort-né. On me l'avait déjà démontré, j'ai des armoiries "parlantes", qui disent mon nom, mais avec des volatiles qu'on a rendus muets. Vous avez raison, voilà toute ma vie résumée. Il y a une symbolique ? Moi je n'y crois pas. L'empereur s'y connaît ? C'est lui qui m'a donné ça, ce dessin, que j'ai fait reproduire sur ma vaisselle, Louis-Napoléon pas encore élu président de la République, il y a fort longtemps, m'a tendu un papier…

— Oui, en héraldique un lion "morné" c'est un lion à qui on a coupé la langue. Au Moyen Âge c'était un signe un peu infamant. Pour vous ça veut dire une chose…

— Que je dois fermer mon bec.

— Je pense, oui. Vous y arrivez mal. C'étaient, a-t-on dit, les armoiries bourgeoises de ce M. Demorny qui a reconnu être votre père pour arranger les choses au moment de votre naissance. La vérité c'est que ce jeu de mots est une coïncidence et que les merlettes étaient l'emblème de celui qui est votre véritable père, le comte de Flahaut dont vous venez de me parler…

— On aurait pu lui dessiner des oiseaux aux ailes coupées. Cela dit il a intérêt à ne pas jacasser lui non plus, avec la rente que la Couronne lui verse, que Louis XVIII et Charles X lui avaient déjà discrètement attribuée, et la vie tranquille qu'il mène de chasses en dîners. Il a réussi une belle opération en rencontrant ma mère, elle était si jolie en plus, si brillante. Mais que Votre Majesté est cruelle de me rappeler tout cela. Sur les portières de ma voiture, j'ai fait peindre une fleur d'hortensia, cela suffit à dire qui je suis et c'est plus joli que mes canetons.

— Que vous êtes bête, vous avez bien compris qu'on vous a attribué aussi, autour des merlettes, une bordure componée…

— Là je ne sais pas ce que c'est. Votre Majesté est si savante dans cette science qui ne sert à rien. Qu'Elle m'éclaire !

— Une bordure comme son nom l'indique fait le tour de l'écu et celle-ci est divisée en petits compartiments, avec des dessins qui alternent, c'est pour cela qu'on la dit "componée", il y a, regardez, prenez cette loupe, l'aigle impériale et…

— Les armes du Dauphiné, la province d'où venait l'excellent M. Demorny. Je crois qu'on m'a expliqué tout cela en son temps, j'ai oublié, vous voyez que je ne suis pas très féodal.

— Que vous êtes bête quand vous voulez. "Componée d'azur à l'aigle impériale et d'or au dauphin d'azur…" Il faut vraiment tout vous dire. C'est une symbolique pour débutants. Un secret qui est sous les yeux de tous. Je veillerai à faire sculpter cette composition sur votre fameux mausolée de Viollet-le-Duc au Père-Lachaise, ça ira bien avec tous vos clochetons et vos mâchicoulis en réduction, on m'en a parlé, vous faites construire un peu tôt…

— Moi, vous savez, tout ce Moyen Âge… C'est du théâtre, de la comédie ! Je ne finirai pas aux Invalides, vous croyez ? Si je le demande ?

— Lisez : vous êtes, si j'en crois le blason, et si j'ose employer une expression fautive, le dauphin de l'Empire… Le dauphin de l'Aigle. Vous tenez à la fois aux aigles et aux dauphins. C'est une façon de vous désigner. Les héritiers des rois, dauphins de France, portaient un écu écartelé, c'est-à-dire divisé en quatre, avec les lys de France et un dauphin. On vous a inventé une variante discrète, qui ne se remarque pas d'abord, mais pour qui sait lire, c'est une évidence. M. Demorny ne venait pas du Dauphiné, la police m'a dit qu'il était né à Villetaneuse.

— Notre bien-aimé Napoléon III m'a fait son dauphin ? Il aurait pu me le dire. Je l'ai croisé hier encore au Théâtre-Français, pas un mot...

— Quand il vous a donné des armoiries peut-être avait-il cette idée en tête. Mais le dauphin de l'empereur, ce ne pourra pas être vous. Mon petit prince impérial grandit, il aime tant porter ses jolis uniformes, vous l'avez vu avec son tambour et son fusil ? L'empereur est si fier de notre héritier.

— Jamais je n'ai imaginé succéder à l'empereur. Vous pensez que je complote ?

— Il vous faut un trône, Charles, je ne sais pas où... L'idée du Mexique n'est pas absurde. Il y a sur les rangs Maximilien de Habsbourg mais il est à moitié idiot, très vaniteux, avec une femme plus qu'à moitié folle. On dit qu'il serait un peu notre cousin, l'archiduc, un enfant caché de l'Aiglon, Napoléon II, le roi de Rome, qui avant de mourir, le pauvre jeune homme, aurait engrossé une archiduchesse d'Autriche sa cousine – c'est pour cela que la descendance n'est pas bien belle... Vous deviendriez notre agent à Mexico. Vous fumeriez les meilleurs cigares du monde, ceux de Cuba, vous iriez photographier les pyramides des premiers peuples qui étaient là-bas avant que mes ancêtres conquistadors ne les délogent.

— Paris me manquerait atrocement, et Deauville !

— L'empereur est quasi convaincu, nous allons y envoyer des troupes, bientôt. La puissance des

États-Unis devient trop forte, nous devons avoir aux Amériques un grand allié. Je ne dis rien de plus, on va encore m'accuser d'avoir une tête trop politique. En vérité, vous et moi nous nous comprenons parce que nous sommes tous les deux royalistes.

— L'empereur en plaisante !

— Charles-Auguste-Louis, duc de Morny, prince français, empereur du Mexique, ça aurait fière allure, avec une irrésistible femme russe tant aimée du tsar, qui ne goûte guère, lui non plus, les Américains… La face du monde peut changer, grâce à nous. Je vous soutiendrai, Charles.

— Je ne suis pas sûr de vouloir régner sur le Mexique. Je préférerais être duc de Normandie.

— Il vous faut le Mexique, je connais le secret, votre secret, celui de vos parents. Le prince de Talleyrand avait été le plus avisé des hommes quand il a imaginé cette solution. Ce qu'il a osé faire est impensable. Quel roman que votre vie ! Heureusement que nous sommes peu à savoir…

— L'empereur, mon cher demi-frère, le sait, vous l'avez dit, depuis toujours. Notre mère la reine Hortense ne nous a rien caché. Mais nous avons décidé de ne rien rendre public. Aucun écrit à ce sujet, aucun souvenir, aucune trace, sauf peut-être ce talisman perdu quelque part dans le désert ou scellé au milieu de la pyramide de Chéops. Ne compliquons pas encore plus l'histoire de France ! Qui croirait à une telle aventure ? La politique, c'est de la simplification.

— Je suis même prête, pour vous, à affronter des jours et des jours de mer et des heures de soleil au milieu des tempêtes de sable pour vous apporter cette preuve qui vous manque. Dans deux cents ans, sous le règne de Napoléon X ou XI, il n'y aura plus aucune raison de se taire. M. Fustel de Coulanges me donne des leçons d'histoire, vous savez, il faut garder les documents, les pièces, les inventaires, pour les générations qui viendront. Imaginez que ce palais des Tuileries brûle un jour, qu'il n'en reste plus qu'un tas de pierres sculptées, que saura-t-on de nous dans mille ans ? Après tout, cela aussi, votre secret, aussi étonnant que cela puisse sembler, votre histoire abracadabrante, c'est l'héritage des Bonaparte… »

*

Morny, spirituel et calculateur, n'a retenu de tout cela qu'une chose : l'examen de ses armoiries, qu'il avait toujours crues de la plus pure fantaisie, par cette haute spécialiste qu'est l'impératrice des Français, confirme son hypothèse. Mais cette révélation, il devra l'emporter avec lui dans son fameux tombeau, non sans l'avoir monnayée.

Cette preuve par l'héraldique, petit jeu d'esprit des puissants avant la Révolution, démontrait autre chose, qui l'intriguait encore plus. Sous Napoléon I$^{er}$, on lui avait trouvé un père nommé Demorny pour qu'il puisse porter les « merlettes mornées » ancestrales de son vrai géniteur, le beau comte de Flahaut de La Billarderie. Il avait donc fallu qu'un expert dans la langue du blason s'en mêlât, que quelqu'un eût cette idée – et sa pensée grimpait, tandis qu'il se disait tout cela à lui-même dans l'escalier des

Tuileries, au sommet de l'échelle des béatitudes du grand monde. Il s'arrêta devant une tapisserie des Gobelins montrant le triomphe de Louis XIV, pour allumer un cigare roulé exprès pour lui à Séville. Ni Napoléon Ier ni Joséphine ne s'y connaissaient vraiment dans cette science qui est aussi un art – la preuve, le premier empereur avait voulu cette aigle impériale un peu pesante. Son cher frère Napoléon III, surtout dans les années où il n'était pas encore sur le trône, s'en moquait un peu. C'est en 1849, quand ils s'étaient retrouvés, les deux frères, le légitime et l'autre, qu'il lui avait donné en riant un papier où ses armoiries étaient tracées à l'encre noire avec des petites hachures. Il aurait été bien incapable d'inventer tout seul une « bordure componée ».

Il avait fallu qu'on le conseille, avec finesse et talent. Mais qui ? Il y avait bien eu un esprit capable d'inventer cela, pour conforter cette mythologie et pour lui attribuer, aux yeux de tous – mais encore fallait-il savoir lire –, l'emblème de ce qu'il était. Un homme dont les deux empereurs avaient su qu'il connaissait le grand secret – et que, malgré tout, on avait laissé vivant. Le nom de celui-ci n'était guère difficile à deviner.

# QUATRIÈME PARTIE

## Le secret du général Bonaparte

« Oh, si j'étais mon petit-fils ! »

NAPOLÉON

« Dire que le mot de l'énigme est peut-être là, à portée de la main… Oui, tout me dit que cette montagne de pierre n'a pas livré tous ses secrets… »

Edgar P. JACOBS,
*Le Mystère de la Grande Pyramide*, tome 1

## 29

## Dans les réserves du musée du Caire

*Le Caire, mardi 24 avril 2012*

Pénélope sort avec grâce, remerciant, s'inclinant, minaudant presque, du bureau du directeur des Antiquités, qui la raccompagne sur le palier. Wandrille est appuyé avec nonchalance sur une statue-cube de la XX$^{e}$ dynastie.

« Si Mme Vanhuyssum vous demande d'aller à Jaffa, elle doit avoir ses raisons. Elle s'inquiète à tort. Le Caire va redevenir très calme, il l'est déjà ce matin. C'est toujours ainsi, je suis fataliste, les attentats nous en avons vu et nous en verrons. Je me fais fort de vous obtenir le visa pour Israël en urgence pour une somme modique, à moins que vous ne préfériez passer par l'ambassade de France. Par notre canal archéologique, je vous en trouverai deux pour demain matin. Si vous voulez aller faire un tour en bas dans les réserves, tout est ouvert, aujourd'hui nos équipes ne chôment pas, et il n'y a pas de visiteurs, ne vous gênez pas, c'est assez pittoresque, il n'y a presque plus rien... »

Wandrille remercie, se présente, sans faire très attention à cet homme arrivé quelques secondes auparavant qui fait antichambre et qui entre après eux dans le bureau. Étrange dégaine, avec sa veste de jean et sa cravate, un tatouage qui dépasse de la chemise au niveau du cou. Sébastiani ? Un nom corse. Il semblait attendu, recommandé. Il n'a pas pu ne pas entendre qu'ils partaient pour Jaffa.

*

Pour arriver dans le dédale souterrain des anciennes réserves il suffit de prendre une volée de marches. Dans certains corridors déblayés, seules quelques caisses signalent encore l'usage qui était celui de ces lieux jusqu'à ce que commence l'immense « chantier des collections ».

« Il y a de bons hôtels au Caire, Péné ? Tu veux qu'on change ?

— Il y a le Marriott, c'est l'ancien palais du khédive, enfin un des palais, on dit même que l'impératrice Eugénie y aurait séjourné. Il était tombé fou amoureux d'elle, racontent les Égyptiens… »

Se réconcilier avec Wandrille, c'est aller vite. Pénélope compte lui faire payer cher sa trahison.

Devant l'escalier s'édifie un rempart de caisses qui, elles, viennent d'arriver : les conservateurs, comme s'ils n'étaient pas assez débordés, font venir d'Assouan ou de Louxor des pièces archéologiques pour le musée de l'avenir et les stockent en attendant ici, dans un couloir. Ce n'est pas bien de dépouiller ainsi les musées de sites. Toutes les gaffes auront été faites sur ce chantier.

Wandrille réfléchit à haute voix. Il faudrait trouver d'où vient la bague de Bonaparte, déterminer ce que les archéologues appellent « le contexte ». Un peu comme ce que fait la mission de Baouît.

Il regarde, tandis que Pénélope se promène dans ces couloirs fantomatiques, le lot de textos qui viennent d'arriver : sa nouvelle petite fiancée ne peut pas comprendre pourquoi il n'est pas rentré. Elle insiste. Elle se déchaîne. Il semble que les chaînes d'information françaises dépeignent l'Égypte comme un pays en insurrection, ne montrent que des images de violences et d'incendies.

Personne ne soupçonne le pire : le seul véritable « coupable » croisé par Wandrille, et par Pénélope, n'est ni un islamiste ni un terroriste, c'est un Corse passionné d'histoire. Dans sa poche, il a l'anneau d'or volé à Reims, au musée du Tau, mais cela personne ne le sait.

## 30

## Sur le plateau de Gizeh

*Gizeh, soir du mardi 24 avril 2012*

« Pourquoi les associations de protection des animaux ne s'opposent-elles pas à ce qu'on fait subir ici à ces pauvres bêtes ? » Wandrille, consterné, vient de voir un cheval hors d'âge, tombé à genoux sur le bitume, et qu'un homme frappait à coups de canne. Les dromadaires sont faméliques, obligés de supporter le poids des rares Allemandes qui continuent à faire le circuit du temps de leurs grand-mères. Une cinquantaine de Chinois arrivent à l'heure du déjeuner, aucun répit pour les malheureux quadrupèdes qui se passeront de leur maigre ration.

« Si j'étais Napoléon, dit-il, j'aurais évidemment choisi la Grande Pyramide pour planquer mon affaire. On part demain, tu ne veux pas qu'on fasse le tour ? Dans deux heures tout sera bloqué par le spectacle son et lumière. »

Wandrille a pris l'affaire en main. Sa campagne d'Égypte à lui consistera à reconquérir Pénélope, sans qu'elle s'en doute. Il se démène. Elle garde ses distances, avec un sourire énigmatique directement étudié devant l'insurpassable modèle, dans la salle des États.

« Bon alors, c'est là que Bonaparte a dit : du haut de ces pyramides, quarante siècles nous contemplent ? On en est sûr ?

— Oui, car Vivant Denon, qui était présent, a noté la phrase.

— Il ne l'aurait pas plutôt écrite ? Ensuite intervient Gaspard Monge, le plus athlétique des savants de l'expédition, mathématicien de l'Académie des sciences. Bonaparte lui dit, en substance : "T'es pas cap ?"

— On l'entend d'ici.

— Je n'y étais pas, je ne garantis pas l'exactitude littérale ; Monge se prend au jeu et tout le monde le regarde grimper au sommet. Il a trouvé la voie au premier coup d'œil. Quand il arrive au haut, il fait des grands signes. On l'acclame, on s'inquiète : en montant il vient de calculer le nombre de pierres qu'il faut pour remplir une forme pyramidale, connaissant sa hauteur et son côté, et les dimensions moyennes des blocs qu'il vient d'escalader. Il sait aussi combien de litres d'eau il faudrait pour la remplir, si elle était creuse, ou pour la noyer, si on la plongeait dans un aquarium. Monge est un génie.

— Il est facile, voyant cela, de déduire que rien ne doit être caché dans un lieu aussi facile à connaître. Bonaparte décida d'emporter avec lui son MacGuffin et de poursuivre son offensive, qui le conduisit bientôt à Jaffa… »

Wandrille a préparé son sujet, il ne se laisse pas démonter par le raisonnement de sa compagne – il s'imagine qu'elle l'est redevenue, il se trompe – et raconte comment Flaubert, qui avait mis bien plus d'une heure, suant et soufflant, pour faire la même ascension, blêmit en trouvant au sommet la carte de visite de son chapelier de Rouen, preuve que le tourisme est désormais à la portée de tous les Bouvard et les Pécuchet de nos provinces. Puis il éclate de rire, comprenant que Maxime Du Camp, plus musclé, est arrivé avant lui et a voulu se moquer.

« Wandrille, si tu arrêtais un instant tes savoureuses anecdotes pour réfléchir au problème ? »

Les yeux au ciel, il sort de la poche de sa veste en lin une carte, qu'il déplie : les étapes de la campagne de Bonaparte.

Les cachettes de l'époque sont faciles à deviner : le monastère du Sinaï ? Jaffa ? Il l'avait noté lui aussi, avant cette alerte de la directrice de Péné. Bethléem ? L'oasis d'Amon ? La Grande Pyramide ? Une église copte ? Une mosquée ? Il faut procéder par élimination.

De quel type de secret pouvait-il bien s'agir ? Pour qui ce secret était-il important et pourquoi fallait-il le dissimuler aux yeux des hommes ? Qui savait ? Bonaparte bien sûr, mais Joséphine aussi – et d'une certaine façon ce secret les liait l'un à l'autre.

Wandrille prend des notes sur son ordinateur. En fond d'écran, il a mis un tableau de Maurice Orange, artiste oublié auteur d'une œuvre en son temps très célèbre : devant les pyramides, le général Bonaparte dialogue avec une momie au profil d'aigle qui vient d'être sortie de son cercueil et posée debout, en face de lui.

## 31

## Pénélope seule au spa, Diane archéologue

*Gizeh, mercredi 25 avril 2012*

Elle lui a expliqué que la momie, dans ce tableau qu'il aime tant, est celle de Séthi I$^{er}$, découverte à l'époque où Maurice Orange peint cette scène imaginaire, elle était inconnue du temps de Bonaparte. Il a été bluffé. Comme autrefois. Pénélope est décidée à trouver avant Wandrille. Elle trouve toujours. Il n'y a aucune raison que ce mystère lui résiste. Pour un peu, elle prendrait goût au Mena House et à la vie de palace. Ce sont de bonnes conditions pour réfléchir.

En 1798, le futur chef du pouvoir, persuadé sans doute qu'il va régner un jour, a choisi de s'éloigner en emportant un secret – un objet ? –, la clé pour prendre possession du pays dans ces années de l'après-Révolution. Un joker dans sa manche brodée de lauriers d'or. Son but était d'éloigner de la République, encore secouée par les souvenirs de la Terreur, les guerres aux frontières, l'insurrection sanglante en Vendée, un secret si sacré qu'il fallait s'assurer qu'il n'échapperait pas à l'histoire.

Pour Pénélope, chercher en Égypte ne mènera à rien. La solution est dans les lettres, les correspondances entre les membres de l'expédition. Elle aurait peut-être mieux fait de rentrer à Paris, de fouiller dans les archives. En deux secondes Olga avait découvert cette mention concernant Jaffa, qui n'était guère dissimulée…

L'autre face du secret, c'est le Second Empire. L'acte II des Bonaparte, qui connaît lui aussi son épisode égyptien. Eugénie a-t-elle été la dernière à connaître le grand secret ? Monarchiste, passionnée par Marie-Antoinette, elle est venue en personne en Égypte pour l'inauguration du canal de Suez. Il faudrait savoir qui elle a rencontré, ce qu'elle a vu, où elle s'est rendue, ce qu'elle a demandé à visiter, et qui était auprès d'elle pour la guider sur la terre des pharaons.

Pénélope a fait ses bagages, ils partent le lendemain – elle était prête à prendre une chambre au Mena House, histoire de ne pas rester sur le canapé de la junior suite de Wandrille. Sur le premier site de réservation en ligne venu, le tarif des chambres dans le mythique hôtel a encore baissé, comme à chaque attentat. Bientôt ce sera moins cher que celui où le Louvre les avait dépotés. Et puis il a besoin de cette seconde pièce attenante à la chambre pour faire ses pompes en musique le matin. C'est important. Pas question de l'en priver. Elle le sait. Elle le hait. Elle le laisse. Peu importe, ils seront ce soir à Jaffa. Pénélope ce matin-là se sent bien, elle a mis un peignoir blanc, elle descend au spa où elle a réservé un soin avec des pierres chaudes et des huiles essentielles.

À la sortie de l'ascenseur, au sous-sol, c'est une hallucination. Elle a aperçu une silhouette qui sortait d'une des cabines de massage tandis qu'elle cherchait des yeux la sienne. La jeune fille qui l'accueille s'est interposée avec un grand sourire pour lui demander le numéro de sa chambre, elle n'a pas eu assez de temps pour être certaine, mais elle sait déjà que tous les bénéfices du traitement qu'elle s'apprêtait à subir l'esprit libre et joyeux sont perdus : elle a entrevu une blonde, coupe au carré, avec les yeux verts.

Impossible que ce soit Diane. Peut-être une Anglaise en vacances qui aurait à peu près la même silhouette, ce genre de filles on en voit beaucoup. Une heure plus tard, toutes les cabines étaient vides, elle demande aux masseuses, qui répondent par signes – et Pénélope comprend en effet qu'une Anglaise était là tout à l'heure… Ça va… Il faut respirer lentement. Pénélope reprend l'ascenseur, assouplie, attendrie, le dos débloqué, déterminée à résister à Wandrille, qui va tout faire pour être pardonné – une félonie pareille, se dit-elle en mettant ses lentilles de contact, ne trouvera jamais d'excuse.

Son téléphone rallumé lui offre un message de son amie Léopoldine, toujours contente d'être désormais numéro deux à Chantilly, avec en perspective la succession du vieux Mathieu Graville – qui semble si âgé, il est là depuis tellement longtemps, mais qui n'est pas encore à la retraite. Pénélope rappelle. Léopoldine a une histoire amusante à raconter, rien ne peut faire plus de bien à Pénélope en ce moment.

La vieille amie décroche. Pénélope sait-elle qu'elle a un admirateur de plus ? Son patron, cet inoxydable

Graville, dans son antique imperméable mastic, ne parle plus que d'elle. Depuis la séance de travail avec le dessin de *La Joconde nue* au Louvre, il ne tarit pas d'éloges sur « la petite dernière du Louvre, votre Pénélope ». Il a invité pour demain une invraisemblable bande d'amis, l'ambassadeur d'Italie, une princesse italienne, un médecin légiste, il va leur faire la visite en personne, et il voulait à tout prix que Pénélope puisse se joindre à ce groupe, avec Léonard, le directeur du département des Peintures. Graville a tout expliqué à Léopoldine. La princesse italienne déteste Napoléon mais elle a demandé à ce qu'on lui montre tout ce qui est lié à lui dans les collections du musée. Elle est décidée à commencer une collection antibonapartiste, elle court les antiquaires, épluche les catalogues de ventes, Graville lui a même donné des noms de marchands spécialisés dans les reliques historiques et les souvenirs d'anciens combattants, il veut l'aider : la princesse de Salerne prépare un livre qu'elle imagine déjà adapté en film, en série, en émissions sur toutes les chaînes. Napoléon, sous le dôme des Invalides, doit trembler dans son tombeau de quartzite pourpre.

Pénélope n'écoute plus. Elle rêve de sable et de vent ; de l'autre côté du Fayoum, pas loin d'ici, s'étend le désert des Baleines avec ses fossiles, il faudrait qu'elle y passe une journée et cela irait mieux bien sûr… Au sud du Caire, avant les grandes stations balnéaires, elle aimerait aussi voir le monastère de Saint-Antoine, un édifice du IV$^{e}$ siècle, là où l'ermite a subi avec appétit les pires tentations du monde. Le lieu était entièrement clos, on montait par des paniers la nourriture des moines, une porte fut percée pour la visite du roi Farouk, grand protecteur des chrétiens qui voulait admirer les fresques. Cette porte, Pénélope veut la voir, passer un mois en Égypte, seule, rien que pour elle-même.

*

Elle est revenue, sans rien dire à Wandrille. Diane se cache dans une chambre dans l'autre aile du Mena, pour observer, savoir comment il se comporte quand elle n'est pas là, son grand dadais. Elle l'aime, pense à lui, veut l'aider dans sa quête : elle s'est informée auprès d'un ami de son père, expert dans une grande maison de vente, spécialiste d'antiquités égyptiennes. Le vieux savant, référence absolue depuis trente ans, lui a montré des photos de dix bagues portant le cartouche royal de Néfertiti. Ces objets ont été fabriqués en série, probablement au moment de l'instauration du culte solaire, pour les prêtres ou les notables qui travaillaient au palais ; de belles pièces, intéressantes, rares, mais qui ne méritent ni qu'on assassine ni qu'on entame une recherche planétaire pour les localiser, et surtout pas l'offensive médiatique à laquelle il était difficile d'échapper depuis quelques jours. La bague de Néfertiti a été vue sur toutes les chaînes d'info en continu, dans deux journaux de 20 heures, elle est cette semaine en couverture de *La Gazette Drouot*, le magazine que tout le milieu regarde avant les autres. Pour l'expert, c'est absurde. Il est évident qu'on ne peut rien dissimuler dans un anneau d'or aussi fin sans le fragiliser : cette bague ne cache pas de secret, c'est une évidence.

Wandrille au téléphone raconte tout à Diane, il ne prononce jamais le nom de Pénélope, il fait comme si lui seul menait l'enquête, Diane sent que cette rivale est partout et ne supporte pas l'idée qu'ils se soient retrouvés. Toute la vie qu'elle avait commencé à imaginer avec lui semblait se diluer dans le cours d'un grand feuilleton qu'ils vivaient eux deux, couple maudit, et dont elle n'était qu'une spectatrice privilégiée arrivée trop tard dans cette histoire. Ce matin, au spa, cette petite qui entrait dans une cabine, avec ses lunettes, ses taches de rousseur… Il va falloir la pulvériser. Pour cela, un seul moyen efficace. Rien de sexuel, rien de magique, rien de neuf ; simplement apporter avant elle la solution de leur petite énigme. Être meilleure qu'eux deux.

Elle a mis un chapeau de paille retenu par un voile, très archéologue des grandes années d'avant-guerre, une veste sable de la nouvelle collection Saint Laurent, des baskets sans marque issues du commerce équitable. Déesse écoresponsable, elle se dirige vers le sphinx, dans le décor du parc archéologique dont elle ne voit rien. Wandrille n'est nulle part, ni Pénélope. Elle s'attendait à les trouver là. Elle ferait peut-être mieux de les éviter et de ne pas partir à leur rencontre.

Diane sent qu'elle a pris trop de place trop vite dans la vie de son amoureux, elle avait tenté d'organiser ses journées, ses voyages, ses passions… Elle avait négligé Pénélope. En marchant vers la grande stèle qui trône entre les pattes du sphinx, la certitude qui s'est peu à peu établie dans son esprit s'affirme avec force : cette histoire de bague volée à Reims ne peut être qu'un leurre, ce n'est pas cela qu'il faut chercher. Ceux qui ont commis ce meurtre épouvantable, mis à mort sans hésiter cette femme qui n'avait eu que le malheur de se trouver là, sont des pieds nickelés, ils ont fait erreur. « J'ai vraiment bien fait de venir », conclut Diane, rayonnante.

## 32

## Dans le laboratoire de Leduc

*Paris, mercredi 25 avril 2012*

Gérard Leduc maltraite son assistante, Lydia, signe d'un petit esprit, elle n'y prend plus garde, car elle sait depuis longtemps qu'elle est plus intelligente que lui, ou tout au moins qu'elle est capable de réfléchir plus vite. Elle sourit quand il hurle : « Vous avez mis dans ce labo un souk infernal. Vous avez confondu les échantillons. Ne faites plus jamais ça. Je ne le redirai pas. »

Qui supposerait que dans cet immeuble du métro Château-Rouge, au dernier étage, on démêle les énigmes de l'histoire de France ? Ici, les mystères des filiations sont passés au peigne fin devant un coffre-fort rempli de cheveux de toutes les couleurs et de toutes les époques. Leduc aime quand on vient le filmer, dans cet appartement qu'il appelle son « laboratoire ». Il a retrouvé les descendants du coiffeur de Chateaubriand, la caisse de marionnettes de Nohant que le fils de George Sand avait fabriquées avec des mèches de Chopin et de Delacroix, la tresse de la grande-duchesse Anastasia de Russie. L'ADN est devenu pratique courante aux États-Unis ou au Canada, en France les gens vivent encore avec l'idée que cette sorcellerie coûte cher. Il a été le premier à mettre ses techniques, désormais bien au point, au service des plus grands mystères.

« Hallucinante découverte ce matin, monsieur le professeur, dit Lydia. Vous voulez un agrandissement de la séquence ?

— Je vous ai dit que le dossier prioritaire c'étaient les séquences des Bonaparte. Je veux être en mesure d'en parler à des spécialistes des plus grands musées, et notamment du Louvre, à Chantilly demain.

— Vous partez en excursion ?

— Chantilly, Lydia, c'est à vingt-trois minutes de la gare du Nord, j'ai connu des expéditions plus difficiles… Vous avez visité le musée ?

— Vous oui ?

— Pas encore à vrai dire. Il faut que je leur montre un déroulé complet de tout ce que nous avons trouvé, et vous me sortez les vieilleries de l'année dernière. J'avais tout reclassé depuis l'émission en direct de Saint-Denis, vous avez voulu faire des rangements, en vous trompant, comme toujours.

— Vous vouliez voir quoi ?

— Napoléon III, la mèche grasse, Napoléon Ier, les huit échantillons, les princes Bonaparte d'aujourd'hui, ceux qui ont si gentiment accepté qu'on procède à l'analyse, tout l'haplogroupe enfin voyons.

— Rien de neuf. Je sais comme vous tout cela par cœur : l'haplogroupe du chromosome Y (ADN-Y) de

Napoléon Bonaparte est E1b1b1c (E-M34). Celui de Louis-Napoléon dit Napoléon III est l'haplogroupe I (M170).

— Pour mes amis ça va être du chinois.

— Ils ne comprennent pas « haplogroupe » ?

— Enfin voyons, Lydia, ce sont des gens du monde, pas des laborantins.

— Haplogroupe : ensemble d'individus ayant un ancêtre commun, vous leur apprendrez quelque chose.

— Taisez-vous. Il faut que vous m'affichiez la séquence Morny. Il lui arrivait de se faire passer pour l'empereur les soirs de fête aux Tuileries, ils avaient la même mère, ressemblance classique, mais pour le reste, il va falloir préciser.

— Racontez-leur d'abord que la duchesse de Morny, née Troubetskoï, était peut-être fille naturelle du tsar. Il n'aurait pas pu se marier avec une femme qui n'aurait pas porté au plus haut, autant que lui, l'orgueil de la bâtardise. Une fois veuve, elle épousa le duc de Sesto, grand d'Espagne, exprès pour qu'Eugénie, qui avait été amoureuse de lui durant ses jeunes années à Madrid, soit folle de rage.

— Lydia, vous brouillez tout exprès. Tout le monde se fiche du duc de Sesto. Je veux que vous m'imprimiez les séquences Morny, Napoléon Ier-famille Bonaparte, et Napoléon III un point c'est tout !

— Mais c'est ce que j'ai fait, monsieur le professeur. Vous n'avez pas pris le temps de regarder, vous arrivez au bureau comme une furie, j'ai passé la matinée à tout préparer. »

Trouver l'ADN du duc de Morny sans éventrer son caveau avait demandé une patiente enquête. Lydia avait été impeccable et méthodique : Morny avait eu une descendance, avant son mariage, issue d'une liaison avec Fanny Mosselman, fille d'un célèbre banquier que Leduc avait désigné dans une note comme « un riche banquier », s'attirant l'inévitable remarque de son adjointe : « Vous en connaissez qui sont pauvres ? »

Fanny Mosselman avait fait reconnaître sa fille par celui qui devint son mari, et cette jeune beauté répondait au nom de Léopoldine Le Hon. Sous le Second Empire, on rimaillait : « Quel est donc ce visage blond / Qui ressemble à la reine Hortense ? / La fille de Monsieur Le Hon / Morny soit qui mal y pense. »

Cette Léopoldine, qui mourut en 1931 à l'âge de quatre-vingt-douze ans, a épousé un prince Poniatowski, et ils eurent une nombreuse descendance. Contactés un par un, les membres de cette sympathique tribu, fiers de leurs ascendants, furent assez nombreux à aimer l'idée de se prêter au test du professeur Leduc. Ensuite, Lydia a agi. On leur a distribué des brosses à dents et des cotons-tiges écologiques en bambou. Une séquence récurrente et cohérente était vite apparue, la marque héréditaire des Morny, aussi solide et facilement identifiable que leurs armoiries aux merlettes mornées.

« C'est ce que je viens de vous montrer, monsieur le professeur… Je voulais fêter cela avec vous, ne rien vous dire, vous faire plaisir, et vous me maltraitez… C'est une découverte ! »

Cette séquence ADN, Leduc a eu d'emblée l'impression qu'elle lui disait quelque chose. Il avait mis quelques minutes avant de comprendre ce que la jeune Lydia avait saisi aussitôt.

Maintenant, il allait falloir argumenter, comprendre comment un tel imbroglio historique avait pu se produire. Reconstituer l'enchaînement des épisodes qui conduisaient à cette vérité simple et claire, ahurissante, à laquelle personne jusqu'à présent n'avait pensé.

## INTERMÈDE 3

# L'inauguration du canal de Suez

« Aussitôt la déesse le transporta
dans une chambre nue.
Le roi vit le sarcophage d'Ahouri ;
et il reconnut son lourd masque d'or et ses cheveux
peints de bleu. Hathor s'accroupit en face de lui,
et ils firent mouvoir les chiens sur le damier rouge et vert.
Rampsinit perdit la première partie
– et Hathor mit le damier sur la tête,
et il entra dans les dalles de la nécropole
jusqu'aux cuisses.
"Oses-tu jouer encore ? dit-elle.
— Oui", répondit le roi. »

Marcel SCHWOB, *Rampsinit*

*Suez, mercredi 17 novembre 1869*

Les fusées retombent en panaches multicolores au-dessus des eaux vertes. Une clameur accompagne le feu d'artifice et le lent mouvement des bateaux. Les fêtes sont les plus grandioses qu'ait jamais connues le pays, le panorama digne des plus grands peintres. On a construit des pavillons qui semblent n'être qu'un amoncellement de drapeaux, d'aigles et de croissants. Les buffets associent les merveilles de la cuisine française et les produits les plus fins de l'Égypte, pâtés en croûte d'ortolans du Nil, sorbets aux fleurs de lotus… Pour les invités, on sert un excellent vin de Cahors, en hommage à Jean-François Champollion – le sous-préfet du Lot est là, avec les membres de l'Académie des inscriptions et belles-lettres. Ferdinand de Lesseps sait qu'il sera bientôt grand-croix de la Légion d'honneur. L'homme qui parade à ses côtés est le comte de Flahaut, grand chancelier de l'ordre de la Légion d'honneur, qui est réputé avoir l'oreille de l'empereur qui ne lui refuse jamais rien.

L'impératrice des Français inaugure le grand arc-en-ciel qui reliera pour les siècles à venir l'Orient et l'Occident, c'est le début d'une révolution maritime et commerciale qui va faire trembler le monde. Lesseps a la moustache haute et le front dégarni, il ne cache pas son bonheur. Il imagine que le Sénat de l'Empire et le souverain conseil du khédive pourraient acclamer l'impératrice et la faire « reine d'Égypte » – pour rendre fous les Anglais, nos alliés, qui nous observent.

Théophile Gautier est du voyage. Il a écrit, il y a des années de cela, *Le Roman de la momie*, sans être jamais venu sur place, mais il a emporté dans son rêve des milliers de lecteurs. Il est resté sur le bateau, non qu'il ait voulu imiter l'astronome Le Verrier qui refusa d'observer à la lunette Saturne qu'il avait découverte, il lui suffisait de l'avoir décrite.

M. Gautier, murmurait-on parmi les dames d'honneur d'Eugénie, se débattait à bord de *L'Aigle*, la corvette impériale où il disposait d'une vaste cabine, contre une tourista de tous les diables. Il ne cessait de murmurer sur un ton expirant qu'il voudrait plutôt être à Plombières et qu'il avait été fou d'accepter de partir. L'impératrice ne se console pas de devoir se passer de lui. Par la puissance de l'imagination, les découvertes des romanciers, pense-t-elle, surpassent parfois celles des savants. Gautier va d'instinct vers le merveilleux, vers le conte, il trouve pour cela le mot juste, la phrase parfaite, elle aime l'écouter : il aurait été capable d'aller de lui-même à la cachette du talisman – il est allé, comme un somnambule, vers les petits piments fatals. Tant pis pour lui !

Elle déplore aussi, en ce jour si particulier, la mort prématurée de son cher Morny. Il a fallu, en désespoir de cause, couronner empereur du Mexique ce vaniteux archiduc Maximilien, tout a vite mal tourné. C'est aussi en mémoire de ce mirifique demi-beau-frère, si intelligent et si dénué de scrupules, qu'elle est venue. Elle lui en avait fait la promesse. Il avait eu des objections de bon sens. Si Bonaparte détenait réellement un secret, si ce secret était bien celui auquel il pense, pourquoi ne pas l'avoir détruit ?

Il était si simple, pour Bonaparte, de faire disparaître toutes les preuves. Seulement il n'était pas encore Napoléon Ier, il n'était pas certain de réussir. Il avait dû placer le document, le coffret, l'objet mystérieux qui servirait à démontrer le bien-fondé de cette histoire rocambolesque, dans un sanctuaire. C'était une arme politique, qu'il voulait mettre à l'abri pour le cas où il aurait à s'en servir un jour. Dans la politique internationale, il pouvait utiliser cette bombe à bon escient. Il devait aussi pouvoir montrer qu'il la possédait si la situation tournait mal pour lui, qu'il l'avait comme un pistolet à sa ceinture. S'il disparaissait, une preuve avait été mise en lieu sûr – en 1798, qui pouvait prédire quoi que ce soit ? Nul ne peut savoir comment le vent fera tourner les girouettes, ce que deviendra la France. L'autoproclamé Louis XVIII et son frère Charles – qui a pris la poudre d'escampette le 16 juillet 1789 – rêvent de voir revenir le calme et de retrouver un trône. S'il ne parvient pas lui-même au pouvoir, le jeune général pourrait être une sorte de condottiere qui gouvernerait avec un Bourbon comme marionnette à ses côtés. D'où l'intérêt de mettre le grand secret à l'abri, de profiter de cette expédition d'Égypte pour cela…

Mais nul aujourd'hui n'en sait plus rien, ni Morny, ni l'impératrice, ni sans doute Napoléon III lui-même – qui ne dit jamais tout, le regard lointain, avec cette tête impénétrable qu'Eugénie aimerait ouvrir en deux, dit-elle, pour voir ce qu'elle contient.

*

La belle Espagnole ne sait même pas vraiment ce qu'elle est venue récupérer sur place. Ce matin, avant les grandes fêtes, elle a invité sous sa tente huit vieillards et quelques hommes plus jeunes, que tous regardent avec respect. Ils ont des allures de personnages de Balzac en carricks élimés dans lesquels ils étouffent, l'un d'eux a remis son uniforme de grenadier de jadis, il y flotte, un autre a voulu venir en habit comme à la cour des Tuileries, ses bas de soie riboulent. Le plus malin, qui n'a que quatre-vingt-cinq ans, a revêtu une sorte de gandourah qu'il a fabriquée en perçant un trou pour sa tête dans un tapis brodé à motifs cachemire du plus bel effet – il a l'air de mener la délégation. Du temps de la République, il était jeune tambour. Il porte fièrement sur la poitrine cette « médaille de Sainte-Hélène » que Napoléon III a voulue pour honorer les vétérans de la Grande Armée de son oncle.

Il a fallu les chercher partout : l'un d'eux habitait en Hollande, un autre à Valenciennes, trois avaient été trouvés par la police dans un asile pour indigents à Villers-Cotterêts. Elle a aussi convié quelques figures plus jeunes, en petit nombre et bien choisies : le petit-neveu de Denon – sa mère s'appelle Vivantine –, le fils du capitaine Bouchard, qui laissa échapper la pierre de Rosette, un des jeunes Monge prénommé Ferdinand… Une grande théière d'argent aux armes de l'impératrice, l'aigle aux ailes déployées, embaume la menthe et le cassis.

La souveraine, avec une grâce étudiée, sert elle-même ces hommes qui l'observent avec admiration. Ils sont douze, qui n'ont pas cessé de parler ensemble à bord du tout nouveau navire à vapeur, qui les a émerveillés :

« Messieurs, j'ai besoin de vous et de vos souvenirs. Si je vous ai conviés à faire ce voyage avec moi, c'est pour que vous me parliez du général Bonaparte. Tant de choses fausses ont été dites sur la campagne.

Je veux entendre de vous des souvenirs exacts, et la vérité. »

Les grands vieillards et les quelques jeunes gens qui sont si fiers de se trouver là se regardent en silence : le plus vieux a cru mourir durant la traversée, il vient d'avoir cent ans. Les autres, soldats à seize ans, font figure de jeunes audacieux. Ils racontent leurs souvenirs, toujours les mêmes anecdotes, depuis soixante-dix ans. Ce matin, tous ont posé pour un photographe.

C'est Théophile Gautier qui a suggéré cette idée à l'impératrice : il sait comment fonctionne la mémoire. Il croit aux forces occultes. Il a raconté comment un jeune lord peut s'éprendre d'une princesse du temps des Ramsès et vivre réellement avec elle. Retrouver le décor de l'Égypte et de leur jeunesse peut, a-t-il dit, provoquer un choc électrique. Ils vont dire des choses qu'ils ne croyaient plus pouvoir dire. Cela peut créer un canal de Suez dans leurs vieux cerveaux, faire affluer en Méditerranée les eaux de la mer Rouge dont ils ne pensaient pas avoir conservé des images.

« Messieurs, je veux que chacun d'entre vous parle à tour de rôle. Avez-vous tous vu de vos yeux, ici, le général Bonaparte ? L'avez-vous entendu parler ? Denon, Bouchard, Monge ont-ils dit devant vous des paroles obscures ? Et Lui ? A-t-il parlé en tête à tête à l'un d'entre vous ? Quels sont les villes et les villages dont vous vous souvenez ? Que les plus jeunes pensent aux récits entendus chez eux quand ils étaient enfants. Les historiens du règne de mon oncle l'empereur Napoléon se demandent toujours ce qu'il était allé chercher en Égypte. Je voudrais savoir ce qu'il a pu y apporter. Dites-moi si vous vous souvenez d'un objet, d'un talisman. Je cherche à retrouver non pas un trésor mais un document, un symbole, je ne sais quoi. *Que bien !* En invoquant notre sainte mère la Vierge de la cathédrale de Séville, je vous fais une promesse. Celui d'entre vous qui pourra m'aider, je lui offrirai cette bague égyptienne que je porte aujourd'hui. Elle est pour moi sacrée, c'est un cadeau que la reine Hortense a fait à son fils, notre empereur, et qui porte la marque royale des pharaonnes… Elle ira à celui qui découvrira le secret du général Bonaparte. »

## 33

## La bibliothèque de l'Institut français du Caire

*Le Caire, jeudi 26 avril 2012*

Le préposé aux excursions, en échange d'un billet, après s'être beaucoup fait prier, a dit à Diane que les deux autres Français, la petite jeune femme et le grand fils du raïs de Paris, avaient demandé un taxi pour se rendre à l'Institut français. Elle va les retrouver là. Il faut porter le fer rouge tout de suite.

L'Institut français d'Égypte et l'Institut français d'archéologie orientale se font face. Elle hésite. Ces Égyptiens ne sont pas précis, c'est agaçant. Elle sort de son sac ses lunettes de soleil, se recoiffe : son choix est fait, d'abord le côté des archéologues. Le palais Mounira chapeaute les fouilles, l'autre institut, qui a presque le même nom, dépend de l'ambassade, aucune raison qu'ils y soient allés.

L'escalier qui s'ouvre devant elle monte vers tous les rêves des archéologues. C'est plein d'enfants : les élèves du lycée français, qui vient d'être baptisé le lycée Christiane-Desroches-Noblecourt, c'est écrit sur leurs T-shirts, ont sorti des carnets à dessin, ils s'exercent à copier les ibis et les frises de lotus qui ornent le grand salon. Dans la bibliothèque, des chercheurs travaillent. Aucune trace de Wandrille ni de Pénélope.

« Diane, tu es en Égypte ? Tu fais du tourisme à l'IFAO ? Tu viens piquer des idées déco pour ta maison de campagne ? Tu sais qu'on ne s'est pas revus depuis Sciences-Po ! »

Un allié, installé devant une pile de livres et un ordinateur, vient de surgir. Diane est comme cela, elle a de la chance dans la vie. Ses amis sont partout et apparaissent quand elle en a besoin. Son jeune camarade, dont elle n'arrive pas à retrouver le prénom, est devenu historien et il a une bourse pour travailler à une recherche commandée par le Louvre ; Diane redouble de sourires. Il ne connaît pas Pénélope, il n'a pas vu arriver depuis ce matin de couple français – mais il a envie de l'aider, il peut lui permettre de consulter ici tout ce qui a été publié sur les pièces égyptiennes des collections françaises…

« C'est l'heure de déjeuner. Tu ne retrouveras jamais tes amis, viens grignoter quelque chose. On sera de retour vers 3 heures. Tu as vu tous ces livres, on les imprime ici, un des rares endroits au monde où il y a une presse avec des caractères hiéroglyphiques. Enfin bon, tout ça c'était avant l'informatisation, maintenant tout le monde a des hiéroglyphes sur son clavier, et l'écriture démotique c'est encore pire, ça s'est démocratisé, c'était couru d'avance… Si tes amis doivent venir, ce sera forcément à la réouverture, quand on reviendra. Je t'emmène dans un endroit surprenant, tu vas voir, j'ai ma voiture. »

Diane hésite, mais pourquoi pas – si Wandrille la voit avec un jeune historien à mèche brune, avenant et pas timide, elle aura un atout supplémentaire.

Le sympathique anonyme explique qu'il n'est pas du tout archéologue, il retrace le voyage en Égypte de Martine de Béhague, une mécène historique des musées français, qui a offert au Louvre le cadre de *La Joconde*, une pièce Renaissance authentique et rare, qui lui va comme un gant et que Mona Lisa arbore toujours. Elle avait aussi rapporté de son expédition sur le Nil une cargaison d'antiquités achetées chez les meilleurs revendeurs, dont un chat votif en bronze. Une exposition va lui être consacrée – dont le clou sera le cadre qu'on placera vide dans une vitrine, on pourra tourner autour, une œuvre conceptuelle. Il explique à Diane : « Je t'emmène au pub ! »

La BCA, British Community Association, se trouve à Maadi, Port Said Street, dans une grosse maison rouge avec un jardin où on danse en été. À l'intérieur, tout est anglais : au premier étage, on joue au billard et aux fléchettes, on boit de la bière et du Bombay Sapphire, un écran diffuse des matchs de rugby devant des roux et des blondes qui rient et poussent des cris sauvages. Diane et son ami inconnu s'installent dans des fauteuils club et commandent des pâtés chauds.

Pénélope et Wandrille, dans une Audi de location, après avoir obtenu leurs visas à l'Institut français d'Égypte où un employé de l'ambassade les attendait, voguent vers la frontière…

## 34

## Vers le grand secret

*Chantilly, soir du jeudi 26 avril 2012*

La princesse de Salerne, que tout le monde dans le petit groupe a désormais l'autorisation d'appeler en toute simplicité Viktoria-Eugénie, est restée longuement devant l'esquisse du tableau du Louvre, *Bonaparte visitant les pestiférés de Jaffa*. La toile se trouve dans la galerie de peintures du château où elle souffre de la concurrence des œuvres de Nicolas Poussin, de Philippe de Champaigne ou de la *Madone de Lorette* de Raphaël accrochée au fond de la perspective, dans la rotonde. La princesse a sorti son téléphone pour regarder les différences entre cette étude préparatoire et le tableau de Gros.

Léopoldine, qui a rappelé Pénélope pour lui raconter la scène, donne toujours trop de détails inutiles avant d'en venir au sujet principal. Pénélope l'écoute, comme une douce musique de relaxation. Cette visite semble avoir été un spectacle : il y avait Léonard, des peintures du Louvre, Gérard Leduc, « tu sais, le généticien qu'on voit toujours à la télévision », l'ambassadeur Acattabrigha… Pénélope imaginait très bien.

« Je pensais que l'altesse, elle est très sympa, c'est toujours une femme très belle, je trouve, s'intéresserait à l'épouse du duc d'Aumale, fille du prince de Salerne, puisqu'elle aussi s'appelle comme ça. Pas du tout, figure-toi… Ils voulaient voir ce qui concernait Napoléon. On leur a trouvé des livres, des gravures, un morceau de bois du cercueil que le frère du duc d'Aumale, le prince de Joinville, était allé chercher au nom de la France à Sainte-Hélène sur son bateau *La Belle-Poule*. Leduc a inspecté toutes les mèches de cheveux qui sont dans les vitrines des miniatures, même celles qui sont cachées dans les bijoux, mais comme il n'y avait que des princes de la famille d'Orléans et quelques Salerne égarés, il a dit qu'il reviendrait, ce n'est pas ce qu'il cherche pour le moment. Ensuite, tu n'imagines pas, je ne sais pas ce que tu leur as raconté sur moi, ils ne m'ont parlé que d'histoires de lesbiennes. De Napo ils sont passés au duc de Morny, ça les passionne, là je peux te dire qu'ils savent tout, je n'ai pas trop compris pourquoi. Ils m'ont fait raconter les frasques de Missy, la comtesse de Belbeuf, fille du ministre du Second Empire, celle avec laquelle cette famille s'est terminée.

— Comment peut-on être jolie et s'appeler Mme de Belbeuf ?

— Préjugés ! J'ai fait un tabac, je leur ai raconté sa célèbre danse à deux avec Colette, la pantomime égyptienne. L'une était dans un cercueil, ou un sarcophage, comme une momie. L'autre incarnait un égyptologue, habillée en homme, tu imagines : un baiser et la momie se redresse, secoue son fouet, sort de sa tombe et commence à l'enlacer. Les deux femmes volettent dans un tourbillon de bandelettes et de scarabées d'or. Elles s'aiment. Ça devait être très beau. Dire que moi aussi j'ai mis si longtemps à découvrir tout ça…

— Tu n'as quand même pas mimé la scène ? Leur numéro était égyptien, c'est drôle ça ?

— Pas seulement, il y en avait un autre, napoléonien : Missy apparaissait en uniforme d'officier, celui de l'Empereur, avec la mèche gominée, éblouissante de ressemblance, ouvrait son gilet, puis sa chemise, sortait un sein, puis deux…

— Arrête, Léopoldine, s'il te plaît. Wandrille conduit. J'ai mis le haut-parleur. Tu vas nous faire avoir un accident. »

*

Le professeur Gérard Leduc n'était jamais venu à Chantilly. Il travaille, progresse, opère rapprochements et analyses, il ignorait cette mine de mèches de cheveux blonds. Mathieu Graville n'arrête pas de parler, sentant qu'il tient peut-être, avec la princesse, une future mécène. La restauration des passementeries va être un chantier de très grande ampleur. Pas question de grignoter le budget de la salle des porcelaines, il va l'orienter dans cette direction. Tout pourrait être lancé dès cette année. Chantilly est en plein essor. Il est allé chercher en réserve un des petits chapeaux de Napoléon que le duc d'Aumale avait acheté au peintre d'histoire Jean Léon Gérôme – auteur d'une toile intitulée *Œdipe*, avec Bonaparte à cheval face au Sphinx. Il raconte aussi la provenance de l'esquisse pour les *Pestiférés* : le duc d'Aumale l'avait achetée à un ancien de la campagne d'Égypte, qui avait renseigné Gros pour la fidélité des décors et des costumes, un certain capitaine Bouchard, que l'Histoire a retenu comme le découvreur de la pierre de Rosette. Si seulement il était parti avec, et si la pierre avait atterri à Chantilly avec cette esquisse, suggère Graville, on multipliait par vingt le nombre des visiteurs !

## INTERMÈDE 4

# La dernière visite du tsar à l'impératrice Joséphine

*Arenenberg am Bodensee,*
*vendredi 10 février 1832*

Arenenberg, sur les rives du lac de Constance, est une demeure de famille, avec un magnifique panorama de bateaux et de nuages. Les tableaux y sont tous trop grands, au bon format pour le palais des Tuileries : Napoléon Ier en costume de sacre, la reine Hortense, Louis Bonaparte son mari, un portrait du jeune prince Louis-Napoléon jouant au Bonaparte franchissant les Alpes qui n'aurait pas eu la chance de rencontrer le peintre Jacques Louis David. Dehors, la charrette à bras du jardinier est peinte en vert et porte l'aigle d'or – elle transporte les choux et les tomates.

Des émeutes ont éclaté à Paris, fomentées par des royalistes, on parle d'un début de choléra à Londres qui aurait déjà gagné le continent. La reine Hortense a pensé que c'était le moment de raconter quelques secrets, pas tous, pas encore, à son fils, le seul héritier légitime qui lui reste. Les deux aînés sont morts. Mais son petit Louis, Louis-Napoléon, est peut-être celui dont, au fond d'elle-même, elle a toujours su qu'il pourrait monter sur le trône. Quand il avait huit ans, elle lui avait brodé au petit point une chaise d'enfant avec le chapeau de Napoléon, un trône de poche, qui doit encore être quelque part au grenier avec son cheval de bois. Dans la bibliothèque, il a laissé ses livres, et ses deux mappemondes, dont celle où d'un trait de plume il a souligné Sainte-Hélène. Ce que son fils veut savoir ce n'est pas la vérité sur Louis Bonaparte et sa mère, il n'oserait jamais poser directement des questions aussi indiscrètes, et il comprend tout à demi-mot… Non, ce qui lui semble mystérieux, et qu'Hortense n'a jamais évoqué devant lui, c'est le pire moment qu'elle ait vécu : la mort de sa mère, Joséphine, à Malmaison.

*

Joséphine n'était plus impératrice. Répudiée, elle avait laissé place à Marie-Louise d'Autriche, mais elle avait conservé le domaine où Bonaparte et elle avaient été si heureux au temps du Consulat.

Joséphine était aphone ce matin-là. Elle avait pourtant envie de parler. Elle en avait le devoir. Révéler le secret qui obligerait le gros Louis XVIII, à peine arrivé aux Tuileries, à refaire illico ses bagages. Celui qui a annoncé sa visite est le tsar de toutes les Russies.

Napoléon a abdiqué à Fontainebleau, il est parti à l'île d'Elbe pour son premier exil, elle n'est plus que la propriétaire d'un grand domaine aux environs de Paris avec une magnifique serre remplie de plantes exotiques. Pourquoi vient-il la voir ? Il a dû apprendre qu'elle allait parler. Le message qu'elle a reçu, la semaine précédente, de l'illustre exilé a peut-être été intercepté.

Cette visite du tsar a intrigué tout le monde, il est venu plusieurs fois, avec des membres de sa famille, accompagné du prince de Prusse... L'explication officielle était que le tsar est un galant homme, qu'il avait regretté que l'impératrice n'ait pas été là lors des fêtes de la paix de Tilsitt et qu'il avait eu envie de la connaître enfin. Cela suffit-il à expliquer la visite à la femme répudiée de celui qu'on vient de vaincre ? Les cosaques ont installé leur cantine de campagne au jardin des Tuileries, ils bivouaquent aux Champs-Élysées pour la plus grande joie des caricaturistes. Le tsar pendant ce temps veut faire dire à Joséphine certaines choses qu'elle est peut-être la seule à savoir, ou peut-être veut-il même la réduire au silence.

Hortense de Beauharnais, éphémère reine de Hollande, se fait sérieuse quand elle raconte tout cela à celui dont elle pressent qu'il sera un jour empereur.

« Que faisait le tsar à Malmaison ? Et le prince de Prusse ? Durant ces journées de 1814 où ils sont devenus les maîtres de Paris et de la France, ils sont occupés à remettre sur le trône, avec l'aide de M. de Talleyrand qui désormais les sert, le frère de Louis XVI. Ils restaurent Louis XVIII. Mais tu comprends, ils ont un scrupule. Ils ne savent pas vraiment si cet important personnage ventripotent, dont ils se disent qu'il peut être un bon roi favorable aux intérêts des princes européens, est vraiment l'héritier légitime de son frère. Certains secrets ont été ensevelis avec ceux qui avaient fait la grande Révolution. Dans sa jeunesse, ma mère avait été proche de Barras, en tout bien tout honneur, malgré ce qui a été dit, Barras, l'homme le plus puissant du Directoire. Il est facile d'oublier aujourd'hui qu'il a dirigé le pays. »

Louis-Napoléon, ce matin-là, devant les eaux si calmes du lac de Constance, a appris à son tour le grand secret, celui que Joséphine tenait de Barras, celui que la reine Hortense tenait de sa mère, la fragile créole qui était restée si puissante, malgré elle, dans les premiers jours de la Restauration – la raison pour laquelle Hortense a voulu se réfugier en Suisse, pour se sentir protégée, hors d'atteinte des puissances européennes. Un secret que Talleyrand, en 1814, pour redevenir ministre, avait dû chuchoter à l'oreille des nouveaux maîtres.

Hortense se souvient qu'elle et son frère Eugène avaient été présentés au tsar, qui les avait regardés d'un air glacial, en souriant. Elle avait esquissé une révérence de cour, que l'empereur avait arrêtée en la relevant immédiatement, son frère avait fait le salut militaire.

Eugène et elle en avaient si souvent parlé ensuite, de ce dernier jour. On a dit que pour avoir une conversation sans témoins, l'héritier des Romanov, dans son bel uniforme vert, était allé se promener en barque sur les étangs de Saint-Cucufa avec la fragile Joséphine qui, pour rester fidèle à sa réputation de beauté, s'était contentée d'une robe de mousseline. Elle avait pris froid. Elle était morte le lendemain. Hortense ne s'en était pas consolée. Le secret dont sa mère était la dépositaire et que Napoléon, depuis Elbe, lui avait selon toute vraisemblance demandé de rendre public, pouvait être la cause de ce qu'on avait dit alors : l'ex-impératrice aurait été empoisonnée par le tsar en personne.

Hortense avait voulu aussitôt après se faire oublier, elle avait vite quitté la France, le roi Louis XVIII lui avait envoyé un brevet qui faisait d'elle « la duchesse de Saint-Leu », tout cela était bel et bon... Elle n'avait pas tardé à gagner Arenenberg, tandis que son frère s'installait en Bavière. Elle ne s'accorda que de rares visites à Paris – dont une pour assister, chez le baron Denon, au débandelettage de la momie de Malmaison.

## 35

## Révélations à Jaffa, révélations à Chantilly

*Jaffa puis Chantilly, vendredi 27 avril 2012*

« Tu savais, Pénélope, qu'après Waterloo, Napoléon était revenu au château de Malmaison ?

— Oui, il était encore amoureux de Joséphine. Elle était morte l'année d'avant. Il voulait revoir les lieux, emporter avec lui le souvenir de cette femme qui…

— Mais que tu es sentimentale ! Tu ne crois pas plutôt que c'était la première fois qu'il avait l'occasion de revenir là et qu'il avait besoin de s'assurer de quelque chose de précis ? Détruire des papiers, enlever des documents du tiroir secret de son bureau ? S'assurer que Joséphine n'avait pas laissé de lettres compromettantes qui allaient nécessairement tomber dans l'escarcelle des alliés et de Louis XVIII.

— Mais que tu es prosaïque ! Je t'adore ! C'est évident. Aucun historien n'a jamais dit cela. Preuve de la force de l'amour dans l'historiographie.

— Je serais même plus précis. Joséphine et lui partageaient le grand secret, celui qu'il avait confié à l'Égypte, ou peut-être à Jaffa et au Levant. Il voulait vérifier que Joséphine n'avait rien écrit à ce sujet.

— Ou le contraire. Trouver une preuve, qu'elle aurait cachée, pour l'utiliser, comme une dernière arme, contre les alliés, contre Louis XVIII. Sortir le joker.

— Pas bête ça ! Et si elle était morte au moment où elle allait parler ? Lui aussi a le droit d'avoir peur d'être éliminé. Soit il s'empare d'une preuve de ce secret que nous ne connaissons pas, qui lui redonne le trône, qui menace directement les Bourbons et le tsar, soit il la détruit parce qu'il a peur d'y passer à son tour. Les Anglais, les Prussiens, les Russes ne lui feront pas de cadeau, il est en sursis. Ils l'expédient aussitôt après à Sainte-Hélène. »

Dans ce vieux café de Jaffa, où l'odeur de narguilé envahit tout, les joueurs de trictrac n'avaient pas autant entendu parler de Bonaparte depuis 1799. Wandrille trouve que la musique n'est pas mauvaise.

Pénélope, en chemin, depuis Le Caire, a interrogé beaucoup de ses amis qui sont allés à Tel-Aviv, ville qu'elle ne connaît pas. S'ils ont su lui parler des constructions Bauhaus, des boîtes de nuit et des plages où s'étalent les résultats de ce que les clubs de musculation du monde entier produisent de plus abouti, personne n'a pu répondre à une question simple : où se trouvait le lazaret des pestiférés ? Certains se souviennent d'une planche de bois découpée en forme de Bonaparte habillé en bleu et or, avec déjà son petit chapeau, quelque part dans la vieille ville.

Elle a dû téléphoner à Léonard, lui seul sait tout – d'autant plus qu'il étudie le tableau de Gros avant d'engager sa restauration. Le lazaret existe toujours sur le port, un peu transformé, mais on y retrouve encore les arcades de la cour intérieure. C'est l'actuelle église des Arméniens – la chapelle des malades a été respectée, elle sert aujourd'hui de lieu de culte pour une toute petite communauté. Léonard a fait promettre à Pénélope de lui envoyer des photos pour enrichir le dossier à la documentation du département des Peintures.

Sur place, il ne reste pas grand-chose, la porte est ouverte, aucun visiteur ne vient là. Le bâtiment a été transformé, beaucoup de pierres semblent toutes neuves. Il n'est pas facile de deviner à quoi ces lieux ressemblaient au temps de Bonaparte. Pénélope s'est assise sur un banc de bois, cherchant l'inspiration.

Sur sa tablette, Wandrille a une image du tableau. Il fait des zooms. Un des clochetons, pas très différent d'un minaret, semble exister encore, mais les créneaux n'ont plus la même forme. Tout a été lourdement refait et consolidé.

« Tu avais remarqué ces chiffres dans le tableau ? Sur la gauche, regarde, un des blessés a un bandeau sur lequel il est écrit 18, et derrière Bonaparte, à droite, cet autre, 32, bien lisible, en rouge.

— Arrête de voir des indices partout, ce sont des numéros de régiment.

— Mais pourquoi les avoir peints de manière si évidente ? Qu'est-ce que ça ajoute au sujet ?

— Tu crois que si je compte dix-huit pas à partir de la porte, si je continue à droite et que j'en fais trente-deux, et que je soulève la dalle qui est au sol…

— Ne te moque pas de moi. Si Gros a peint ces numéros de manière lisible, c'est qu'il avait une intention. On y est, à Jaffa, quand on regarde ce tableau ! Mais nous risquons de décevoir Mme Vanhuyssum. Je doute que nous lui rapportions quoi que ce soit. Tout a été décapé, lavé, enjolivé, c'est la plus impeccable des églises arméniennes de toute la chrétienté. »

Wandrille qui a levé la tête de sa tablette reconnaît la silhouette qui sort du lazaret : un baroudeur en cravate, Sébastiani. Est-il possible qu'il les ait suivis ? Qu'il soit arrivé à Jaffa un peu avant eux ? Il y a bien quelqu'un qui a fait cambrioler le Tau, qui possède la bague égyptienne, qui cherche lui aussi le secret. Le temps de courir dans sa direction, plus personne…

*

« J'ai fait débrancher le système d'alarme dans cette partie du musée Condé pour qu'on puisse être tranquilles, vous êtes comme chez vous. Je sais qu'il y a une grosse manifestation à Beauvais, toujours les bottes vertes. Je souhaite de tout cœur qu'ils arrivent jusqu'ici, nous sommes un petit Louvre après tout, mais j'en doute » : Graville, prestidigitateur, sort une petite pince de sa poche, fait jouer le crochet de sécurité et décroche le tableau du mur. Il le retourne avec grandes précautions, secoue un peu la poussière qui s'est accumulée à l'arrière, sur le châssis. Il souffle et lit tout haut l'étiquette de papier jauni qui est collée sur le bois :

« “Pour mon cher Bouchard, en souvenir de ses exploits au 18$^{e}$ régiment d'infanterie, dans l'armée d'Orient, des 87 victimes de la peste du 32$^{e}$, c'est grâce à ses récits et ses dessins que j'ai pu faire mon tableau, son ami, Gros." Vous voyez comme cela nous parle, c'est de l'histoire présente ce tableautin, je ne suis pas surpris que vous vous soyez arrêtée devant, chère Viktoria-Eugénie, vous avez évidemment senti tout de suite ces ondes, ces blessés, ces hommes qui souffrent et qui nous parlent. On les entend crier sous le vernis. Bouchard a été un témoin oculaire : il était présent dans le lazaret quand le général Bonaparte est entré. J'ai bien compris au Louvre, devant le carton de *La Joconde nue*, que les arts étaient votre affaire… »

Léopoldine ne pensait pas son patron capable de tant de flagornerie, il faut qu'il y ait une importante donation en jeu pour repousser à ce point-là les frontières du snobisme. La princesse, habituée aux hommages, une plume de faisan à son chapeau, ne s'étonne de rien et rit de bon cœur.

Tous sont assis sur une des bornes capitonnées surmontées de pots japonais qui sont au milieu de la longue salle, une lumière un peu grise tombe des verrières. Graville se dit que si ses cousins le voyaient, ils seraient fiers de lui.

Le professeur Leduc, dans cette galerie de peintures, devant cet auditoire captivé par un autre, ne veut pas être en reste, il livre alors, n'y tenant plus, le résultat de ses analyses :

« Je vais publier bientôt un article révélant que l'ADN de Napoléon III et celui de Napoléon I$^{er}$ appartiennent à deux personnes qui n'ont aucun lien familial. Il faut bien comprendre, chers amis, ce que cela veut dire. Je vous recommande pour l'instant la plus grande discrétion. Soit c'est la reine Hortense qui a fauté, et son fils Louis-Napoléon dont elle a su faire un empereur n'a rien à voir avec Louis Bonaparte, soit il faut remonter à la génération précédente, et accuser Mama Laetitia de n'avoir pas fabriqué Louis avec ce bon à rien de Charles Bonaparte, père de Joseph, de Napoléon, de Jérôme – qui a des descendants, vous le savez bien, jusqu'à aujourd'hui – et des autres. C'est évidemment la première solution qui est la plus vraisemblable, tromper son mari dans la petite cité d'Ajaccio à la fin du XVIII$^{e}$ siècle, quand on occupe une position en vue, ne devait pas être si simple. Laetitia Bonaparte, née Ramolino, avait une réputation de matrone romaine au-dessus de tout soupçon.

— En effet, dit Graville, Hortense était la mère de Morny, sa légèreté n'était pas plus un secret que sa mésentente avec son mari…

— C'est là que mon enquête se complique et que j'arrive sur des terres inconnues.

— Vous avez trouvé l'ADN de Morny ?

— J'ai reconstitué la séquence de son père, le comte de Flahaut.

— On le disait fils de Talleyrand, dit Graville, pour ne pas perdre la main. L'histoire est connue.

— Eh bien pas du tout. C'est en effet ce que je pensais arriver à confirmer. Charles de Flahaut, je ne voulais pas y croire, mais c'est ainsi, possède la séquence ADN des Bourbons de la branche aînée.

— Impossible. »

Léopoldine n'a pas encore eu le temps de raconter cela à Pénélope, elle allait y venir, elle ménageait son effet, mais elle a été trop loquace au sujet du tableau de Gros, il fallait bien qu'elle leur en parle, puisqu'ils roulaient vers Jaffa.

La conversation a été interrompue, sans raison, au moment où la voiture passait la frontière. Elle veut essayer de la rappeler très vite, ce genre d'histoire, c'est pour elle...

Mathieu Graville, lui, a été plus efficace : à peine ses visiteurs partis dans la brume qui nimbe les écuries des princes de Condé, il n'a eu qu'une idée en tête, téléphoner à son cousin Giandomenico et lui raconter cette stupéfiante révélation.

Quant à la princesse de Salerne, elle se dit que ce conservateur si aimable aurait tout de même pu les conduire au coffre et leur montrer l'original des *Très Riches Heures du duc de Berry*.

## 36

## De retour dans le bureau de Champollion

*Paris, lundi 30 avril 2012*

L'arrivée de Pénélope au Louvre a des allures de défaite. Wandrille s'est enfermé chez lui. Leur campagne d'Égypte a été une Bérézina. Ils n'ont rien trouvé. Rien sur le plateau des Pyramides, rien dans le vieux musée, rien à Jaffa, ils n'ont même pas réussi à comprendre ce qu'ils cherchaient au juste.

Elle s'était lancée comme une idiote dans la résolution de ce mystère pour plaire à nouveau à Wandrille, pour qu'ils retrouvent l'ardeur de leurs enquêtes, pour lui faire comprendre qu'elle est irremplaçable.

Sa rivale, maigre consolation, ne s'en sortait pas mieux qu'elle. Elle avait essayé de se mettre dans leurs pattes mais n'était pas allée plus loin que le jacuzzi du Mena House, où ils l'avaient retrouvée à leur retour de Jaffa en train de barboter avec un de ses anciens amis de Sciences-Po. Wandrille avait pâli, blessé dans son orgueil, était entré en furie, et ils étaient revenus à Paris tous les trois dans trois avions différents.

Diane est repartie chez son père et sa mère, avec la satisfaction d'avoir expliqué à Wandrille que Pénélope et lui étaient partis sur une fausse piste et qu'il fallait chercher ailleurs, mais sans elle. Elle n'avait aucune idée précise en tête, elle avait lancé cette dernière salve en l'air, pour avoir le dernier mot.

Il a fallu tout ce voyage inutile pour que Pénélope soit bien certaine qu'avec Wandrille c'était réellement fini. Elle ne s'en remettra pas. Elle l'imagine seul dans son appartement trop grand, au téléphone avec sa mère, peut-être même pas malheureux, ouvrant les disques qu'il va écouter pour son journal, feuilletant d'un air absent les catalogues d'expositions du Louvre, une désolation. Pour tout achever, sa directrice fait tomber sur elle sa foudre et ses éclairs :

« Vous n'obéissez pas, vous avez été d'une imprudence extrême, je vous envoie en urgence à Jaffa et vous faites chou blanc alors que toute la presse attendait que je lui dise que l'anneau volé au Tau n'avait aucune importance puisque le talisman de Bonaparte était dans le lazaret. J'étais certaine que vous alliez le découvrir et nous l'apporter.

— Pour le secret de Bonaparte, je me demande si je n'ai pas une autre piste. Léopoldine de Chantilly m'a tenu des propos extravagants.

— Mais pitié ! Ce que je veux, Pénélope, ce sont des documents, des preuves, des lettres de l'époque. Je me fiche de Chantilly et des extravagances de votre consœur ! Je me demande d'ailleurs jusqu'à quel point vous êtes proches toutes les deux. Je ne veux rien savoir de plus. Vos résultats sont médiocres, on n'a même pas pu commencer à établir la carte du site de Baouît avec les cotes, c'était pourtant l'essentiel de ce que je vous demandais, votre équipe vous a à peine vue. Il y a ce petit jeune homme à nœud papillon ridicule qui a commencé à se répandre contre le Louvre sur Facebook, plus jamais de stagiaires comme ça, plus jamais de petits marquis de l'École du Louvre pour les missions sur le terrain. Je l'ai viré. Vous ne m'écoutez pas.

— Mais c'est vous qui nous avez intimé l'ordre d'évacuer tout, juste après l'attentat…

— Une bombinette au Caire, pas de quoi trembler. Vous étiez très bien protégés à Baouît. Il fallait retourner là-bas et vous y maintenir. J'aurais dû résister à la mère Lalouette, c'est encore elle qui a eu cette idée d'imbécile. J'étais contrainte de transmettre la directive. »

Pénélope ne répond rien. Elle baisse la tête. Mme Vanhuyssum se tait. Elle monte à nouveau sur son dangereux tabouret et ouvre le placard qui est au fond du bureau. Elle sort une boîte blanche, que Pénélope se souvient d'avoir déjà vue, et la lui tend du bout du bras, sans un regard.

« Tenez. Vous avez une semaine pour écrire dix pages là-dessus. Voilà à quoi vous êtes bonne, ma pauvre fille. Emportez ce machin dans votre bureau, je ne veux plus vous voir. »

## 37

## Une autre pierre de Rosette

C'est ainsi que Pénélope, épuisée par le voyage, ravagée de tristesse et de mélancolie, a remonté le long couloir couvert de boiseries sombres du département des Antiquités égyptiennes avec sous le bras la fatidique « boîte Bouchard », contenant une pipe, des épaulettes à graine d'épinards et une paire de bretelles.

Son bureau à elle est minuscule, mais il a une fenêtre, elle va pouvoir respirer, lire, téléphoner à toutes ses amies – et à Léonard, son vieux camarade du département des Peintures.

Tout directeur qu'il est, le fidèle Léonard est avec elle trois minutes plus tard. Il ne comprend rien aux aventures égyptiennes de Pénélope, mais il a toujours été présent quand elle a traversé des moments difficiles.

Il ouvre la boîte du don Bouchard et allume l'ordinateur, pour faire diversion.

« Pas inintéressant ce personnage ! Je vais te boucler ton dossier, moi, tu vas voir, tu vas pouvoir aller te promener… Il faut que tu te changes les idées ! Origine modeste, très brillant, comme toi, et comme moi, passionné de mathématiques, pas comme nous, ingénieur dans l'âme. Une vie de roman, tu as vu tout ce qu'on trouve sur lui ! Il a combattu pour de vrai. Il avait parfaitement compris que sa découverte à Rosette était majeure. C'est lui qui a fait réaliser le célèbre estampage qui a permis à Champollion de travailler, un calque des trois inscriptions, hiéroglyphique, démotique et grecque. Ensuite il a été fait prisonnier, Bonaparte était parti mais lui il est resté. Il a été capturé par les Turcs, d'où sans doute la pipe à opium qu'on a dans le carton...

— Tu m'accables. Tais-toi. Bouchard était un nullard.

— C'était un protégé de Monge, il était ami avec Dolomieu...

— C'est mieux ?

— Immense minéralogiste ! Tu crois que ces gens-là se seraient encombrés d'un incapable ? Il s'est évadé, il a réussi à trouver un bateau pour Marseille. Attends, ça me ramène à mon département des Peintures, on en parlait à la cantine, tu ne devines pas où il a été emprisonné ?

— Dans le tableau de Gros ! Je le sais très bien. Mais je m'en fiche. Léopoldine me bassine à ce sujet.

— Bien évidemment, elle a l'esquisse dans sa collection. Bouchard était à Jaffa, le fameux lazaret, qui a servi aux prisonniers.

— J'en viens. On a tout inspecté, rien.

— Il aurait pu attraper la peste ! Il s'en est sorti, Napoléon l'a fait chevalier de la Légion d'honneur, il a eu une jolie carrière dans le génie militaire, l'élite de l'armée, les ingénieurs qui construisaient des ponts et des routes, Louis XVIII l'a promu officier. C'est fou ces sites napoléoniens en ligne, ils ont déjà tout cherché et tout trouvé, tu tapes un nom…

— Pitié.

— Oh mais c'est très joli, ça. C'était sa chevalière ?

— Aucun intérêt, c'est de la broc ! »

*

Léonard se fige, sourit, se lève. Sur le pas de la porte du bureau, Wandrille apparaît :

« Tout était évident, mais c'est tellement difficile à croire. Léopoldine n'arrivait pas à te joindre. Elle m'a appelé. Je lui ai fait raconter calmement les faits. Elle en a été capable. Tu veux connaître le grand secret ? Léonard, ne bouge pas, ça peut t'intéresser toi aussi. Je viens juste faire une vérification. Ces épaulettes, cette pipe, c'est ça la boîte Bouchard dont tu m'as parlé ? Tu l'as prise avec toi dans ton bureau. C'est parfait. Tu as trouvé toi aussi ?

— Non.

— On va gagner du temps. Pourquoi cet homme honnête et intéressant a-t-il envoyé au Louvre tout ce bric-à-brac ? Il doit l'avoir écrit quelque part. Vous permettez ?

— C'est un don de son fils, tu es à côté de la plaque », dit Pénélope entre ses dents.

Wandrille se penche sur le carton. Il y a, dans le fond, des papiers, qui auraient pu être versés aux archives : une lettre du fils Bouchard au directeur des Musées, accompagnant son legs, et surtout une missive sur un lourd papier filigrané, ornée de majuscules superbes, adressée à l'impératrice Eugénie – qui n'a jamais dû la lire et qui n'a peut-être pas été envoyée. Elle est en date du 4 septembre 1870, le jour même de la proclamation de la république après le désastre de Sedan :

« Madame,

Le voyage en Égypte auquel Votre Majesté m'a fait l'immense honneur de me convier pour l'inauguration du canal m'a donné à réfléchir. J'ai repris les papiers et les souvenirs de mon père. Il avait tant de regrets d'avoir laissé échapper cette pierre de Rosette qu'il avait découverte. Il était si convaincu qu'elle était d'un intérêt majeur et qu'elle contenait la clé du déchiffrement des hiéroglyphes qu'il en avait fait faire plusieurs estampages sur de grandes feuilles avec du charbon, ces reproductions qui furent si utiles à Champollion. J'ai réuni tout ce qu'il avait avec lui durant la campagne d'Égypte puis en Syrie et Palestine. Ce ne sont que de menus objets, mais ils pourront peut-être intéresser les curieux d'histoire… »

Le fils de Bouchard, explique Wandrille, sait parfaitement, quand il écrit cela, ce qu'il est en train d'accomplir. Il envoie à l'impératrice le talisman de Bonaparte que son père est allé prendre dans le lazaret de Jaffa. Pénélope relève la tête.

Le père de Bouchard avait reçu l'ordre du général de couvrir de mortier le mur du fond de la chapelle.

Il a dû inspecter les pierres descellées, intrigué par cette urgence étonnante en pleine épidémie. Il a volé l'objet. Il a fui avant qu'on ne donne à tout le monde cette médication fatale. Hors de l'antre de la contagion, il est arrivé à guérir. Toute sa vie il a gardé à son doigt l'anneau qui lui avait porté bonheur, qui n'avait rien d'égyptien, la bague qui certifiait ce que Joséphine et Talleyrand avaient appris à Bonaparte un peu avant son départ concernant un certain Charles de Flahaut.

« Je suis juste venu vérifier jusqu'à quel point cette chevalière révèle précisément les choses. Je suis convaincu qu'il s'agit d'une autre pierre de Rosette. Tu permets, Péné ? Ça sera ta prochaine exposition si j'ai raison… Mais d'abord, tu veux que je te dise comment j'ai compris ? Charles de Flahaut est né, son brevet de la Légion d'honneur, consultable en ligne sur la base Léonore des Archives nationales en témoigne, tu vois que j'ai les bonnes méthodes des chercheurs d'aujourd'hui, le 21 avril 1785. Qui d'autre est né en 1785, déclaré le 27 mars ? Je t'aide, c'était à Versailles.

— Non !

— Louis, duc de Normandie, dauphin de France, fils de Louis XVI et de Marie-Antoinette. Confirmation par l'ADN, des deux côtés, Bourbons et Habsbourg, certifié par Gérard Leduc, et confirmé à nouveau dans un instant grâce à cette bague qui est sous tes yeux depuis le début de cette histoire et que tu n'as pas su regarder. Le comte de Flahaut, père du duc de Morny, qu'on pouvait prendre aussi sous le Second Empire pour le vrai père de Napoléon III, et

Louis XVII, que l'histoire officielle fait mourir prisonnier dans le donjon du Temple en 1795, sont une seule et même personne. »

## 38

## Un talisman qui se dévisse

Wandrille fait jouer la bague dans la lumière. Elle est trop lourde, trop grosse, l'écu qui a été gravé sur la cornaline semble maladroit et le dessin des armoiries du capitaine Bouchard, tout colonel qu'il était devenu, a l'air flou.

Pénélope avait cru en y jetant un coup d'œil agacé que c'était une forgerie malhabile, un travail exécuté à moindre coût par un mauvais orfèvre, une chevalière de bazar. Elle veut regarder mieux, Wandrille ne lâche pas l'objet. Il l'observe par transparence, plisse des yeux, puis le pose sur la table.

Maintenant l'anneau entre le pouce et l'index de sa main droite, il en dévisse la partie supérieure, qui s'ouvre. S'échappent trois minces feuilles de cornaline, superposées.

La première, celle qui était visible, ce sont trois canards, les armes toutes bêtes qu'un officier en province peut arborer. Wandrille affiche sur l'écran de l'ordinateur les armoiries du comte de Flahaut de La Billarderie : elles correspondent.

Il va chercher ensuite l'image du tombeau Morny du Père-Lachaise : même dessin exactement, enrichi d'une bordure avec des aigles et des dauphins – les armes du père sont passées au fils, qui s'est chargé de les améliorer un peu, à moins que l'idée ne vienne de la chancellerie impériale. Wandrille, content de son numéro, assène : « Des aigles et des dauphins, hein ? »

La deuxième pierre orange finement gravée, d'une épaisseur infime – en modifiant l'ordre de superposition des trois ovales, le détenteur pouvait sceller avec trois emblèmes différents –, révèle de petits lions.

Wandrille affiche une image, et la description : « De gueules à trois lionceaux d'or », c'est-à-dire trois petits fauves jaunes sur un fond rouge : Talleyrand-Périgord, mais avant qu'on ne surcharge la composition avec tous les attributs des charges que le plus illustre possesseur de ce nom occupa. Ce sont ses armoiries de base, celles de Talleyrand avant l'Empire.

« Alors-là tu m'impressionnes, comment as-tu fait pour les identifier ? Il y a un Shazam de l'héraldique, une application ? Comme pour les chansons ? Tu mets les armoiries devant ton téléphone et ça te sort un nom ? Il y a bien un Shazam des plantes et des champignons…

— Pénélope, tu es inculte. C'est aussi connu, les armes des Talleyrand, que le cartouche de Ramsès II, aussi immanquable qu'une bague au nom de Néfertiti. Je t'emmènerai visiter Valençay, il y a des lionceaux Talleyrand-Périgord partout dans le château. C'était facile. Culture générale. Abracadabra, troisième feuille de cornaline ? Tu as deviné ? Toi aussi, Léonard ? Ces trois écus sont similaires dans la simplicité de la composition, on peut les empiler comme l'a fait l'orfèvre qui a fabriqué cette chevalière : un fond uni et trois éléments meublants, deux en haut, un en bas, on dit "en chef" et "en pointe", mais je vous passe les détails. L'anneau a été fabriqué, et il n'est pas difficile de deviner qui a pu avoir eu l'idée de ce petit système, pour que celui qui le trouve fasse le lien entre Flahaut, Talleyrand, c'est lui, bien sûr, le concepteur, qui se fait passer pour le père de celui-ci et…

— "D'azur à trois fleurs de lys d'or", celui qui a par sa naissance le droit de porter les pleines armes des rois de France. »

## 39

## Où la princesse de Salerne décide de changer de vie

*Paris, mercredi 2 mai 2012*

« Il fallait que je sache. J'ai fait faire le test. Gérard Leduc est honnête, il m'a juré qu'il n'en parlerait à personne. Je lui ai donné à expertiser la brosse à dents de mon mari.

— Et alors ?

— Je lui ai dit en substance : "Voici son empreinte génétique. C'est de la salive, contentez-vous de ça, je serais bien en peine, au bout de tant d'années de mariage, de vous fournir autre chose. J'ai maintenant soixante-six ans. Je veux savoir." Savoir si je suis une vraie princesse. Il m'a envoyé le résultat le lendemain. Leopoldo est un rien du tout. Je le savais, au fond, depuis toujours. Je le plaque. J'ai engagé la procédure de divorce. À l'amiable, je me suis trompée, n'en parlons plus. Je ne suis pas faite pour une couronne, mon père me l'avait dit. L'ambassadeur Acattabrigha, toujours timoré, me supplie de réfléchir, c'est tout vu. J'ai le temps de refaire ma vie, je vais voyager, mes filles sont grandes, je reprends mon nom de jeune fille du peuple et ce qui reste de ma fortune, qu'il n'a pas mangée complètement. J'ai été soulagée qu'on me dise la vérité. Leduc a été sport. Je vous en parle très librement, je ne vous connais pas beaucoup mais je sens bien que vous êtes un véritable ami. Notre Graville de Chantilly a ouvert devant moi le médaillon qui contient les cheveux coupés sur le lit de mort de la duchesse d'Aumale née princesse de Salerne : aucun rapport avec Leopoldo. On a testé aussi les cheveux de son père à elle, aucune séquence commune là non plus. Tout était du pur flan. Les Salerne sont censés être des cadets des Bourbons, rien à voir avec eux, déconfiture générale, j'ai été trompée sur toute la ligne. Cela a coïncidé avec les lettres que vous avez retrouvées et que je vous ai achetées, qui racontent l'invasion de notre principauté par les Français. Tout cela est passionnant. Déjà à cette époque les Salerne comptaient pour rien. Le véritable héros, dans cette affaire, j'ai mis du temps à pouvoir le dire, c'est Napoléon. Les écailles me sont tombées des yeux.

— Alors là je vais pouvoir vous montrer des choses qui vous intéresseront. Venez vite.

— Graville m'a dit cela aussi. Je l'aime bien, c'est grâce à lui au fond que nous nous sommes croisés vous et moi, vous auriez vu sa tête quand les bottes vertes de Beauvais sont arrivées sous les grilles de Chantilly. Il avait tout fait boucler. Ces pauvres agriculteurs, des forestiers je pense, n'étaient pas plus d'une quinzaine. Ils avaient fait une pancarte avec *La Joconde nue* et “Mona, exploitante, en fin de mois” écrit en travers. Il a bien ri. Il a même dit que c'était sa faute, qu'il avait fait trop de publicité au sujet de ce dessin. Vous avez le même humour tous les deux, les deux cousins. Quand je pense que je vais venir vous voir, je me dis que j'ai de la chance, j'ai pris mon billet pour Ajaccio, le soleil me fera du bien, je suis si heureuse de vous connaître, cher Giandomenico. »

ÉPILOGUE

# Le palais de la Punta

« Mes valets de pied arrivent enfin de Babylone,
coiffés de plumes... C'est moi l'oie du Caire !
— Et moi le fiancé trompé. »

*L'Oca del Cairo* (*L'Oie du Caire*),
opéra de Mozart sur un livret
de Gianbattista Varesco

*Alata, jeudi 17 mai 2012*

Un sphinx de granit regarde la baie d'Ajaccio. Giandomenico Sébastiani s'est demandé pendant des jours s'il ne devait pas quitter sa bergerie en forme de palace classé monument historique. Il travaille à un faux petit chapeau de chez Poupard, le plus beau de sa carrière, avec tous les papiers qui lui donnent un pedigree inattaquable, de quoi financer sa retraite.

Il n'a pas eu le courage de détruire la relique égyptienne, l'inutile larcin, il vient de la mettre à la poste à l'adresse de l'administrateur du palais du Tau. Tout en gants blancs, pas d'empreintes, ça fera une jolie surprise – et un beau récit quand ce haut fonctionnaire zélé, qui ainsi sauvera sa tête, racontera l'ouverture du pli à son collègue Graville, à la pizzeria des reines de France.

*

Quinze jours après ces révélations au Louvre, Pénélope et Wandrille débarquent à Ajaccio, à l'aéroport Napoléon-Bonaparte. Wandrille n'a pas pu oublier l'homme aperçu à Jaffa. L'homme qui avait reçu si bon accueil à la conservation du musée du Caire. Il a demandé à son père de s'informer et le ministre a appelé directement le préfet de Corse. La fiche des renseignements généraux « Giandomenico Sébastiani » est accablante : recel d'œuvres d'art volées, fabrication de pièces historiques et de documents susceptibles d'aider à les authentifier, malversations, contacts nombreux avec les réseaux belges du grand banditisme, implantation locale habituelle dans l'île avec les pires fréquentations aux yeux du représentant du gouvernement. Il y avait même, en fin de page, une localisation précise : la Punta.

*

La gendarmerie de l'île préfère manifestement garder un potentiel suspect sous la main dans les salons du château de la Punta plutôt que de le savoir en cavale. Sébastiani appartient au groupe des vieux serviteurs de la famille Pozzo di Borgo, dix générations de loyaux régisseurs, dévoués aux rivaux des

Bonaparte depuis le XVIIIe siècle. On le laisse fumer ses cigarillos devant la baie.

Au commencement, avant la Révolution, Pascal Paoli avait deux protégés, Buonaparte et Pozzo. Ils ne tardèrent pas à se haïr, à former deux clans et toute l'histoire européenne du XIXe siècle peut se résumer à une large vendetta entre ces deux familles, l'une française, l'autre anglo-russe, de champs de bataille en conférences diplomatiques. En apparence, les Bonaparte l'ont emporté haut la main, mais c'est oublier la Punta. Ce château délirant par son architecture et son emplacement est le triomphe final des Pozzo. Quand les Tuileries ont brûlé, parce que les insurgés de la Commune ne voyaient dans ce monument que la demeure de Napoléon III, la République, après avoir un peu hésité, a démoli et vendu les pierres. Le duc Pozzo di Borgo a acheté les éléments les plus beaux et a fait remonter les façades en Corse, sur ses terres ancestrales, au-dessus d'Ajaccio. Le palais des adversaires devenait le leur, mais en plus beau, avec la mer en face et le ciel bleu. Wandrille se lance pour Pénélope dans une brillante explication où il compare ce déplacement de monument scié en morceaux au déménagement des temples d'Abou Simbel, de Philae et des environs au XXe siècle, au transfert au Louvre d'une église de Baouît et à la reconstruction du temple de Dendour à New York sous une verrière donnant sur Central Park.

Le duc Pozzo di Borgo a dessiné lui-même pour l'intérieur de cette carcasse historique une grande salle à manger Renaissance, un salon rococo, une bibliothèque Empire, un résumé de l'histoire de

France, pièce par pièce, mais à la gloire de sa famille, présente à toutes les époques sous forme de statues et de portraits peints. Autour, une vaste forêt, où jusque dans l'entre-deux-guerres on chassait à courre les pauvres sangliers, en habit rouge et avec une meute.

La famille Pozzo s'occupa longtemps de ce joyau – qui finit par flamber une seconde fois en 1978, sans que personne ose imaginer qu'il pouvait s'agir d'une revanche du clan Bonaparte. Les Pozzo offrirent le domaine à la Corse, qui depuis en semble embarrassée. En attendant des travaux qui ne commencent jamais, l'accès est barré et le lieu fermé, sans grande surveillance malgré tout. Il n'y a rien à voler dans ce château absurde, magnifique et vide – une planque idéale.

Wandrille, fier de son enquête, sait que c'est là qu'ils trouveront leur adversaire. Quand il a raconté tout cela à Pénélope, elle a crié tout de suite : « On y va. » Et les voici, attendant leurs bagages, une valise Goyard trop voyante et un vieil Eastpak amoché, devant le tapis déroulant qui s'agrémente d'une publicité sur un grand panneau lumineux pour la dernière exposition du palais Fesch, le musée des Beaux-Arts, « Vrai ou faux ? Le primitif italien était presque parfait ».

*

« Si on établit la liste de ceux qui savaient, avant nous, elle est assez brève. Je prépare un livre qui va être une bombe.

— Épargne-moi, Wandrille, s'il te plaît.

— Pour que le pauvre dauphin, le petit Louis XVII, devant qui sa mère s'était inclinée le 21 janvier 1793 alors que la tête de son père tombait sur l'échafaud, puisse s'évader du Temple, il faut le bon moment. J'ai regardé de près, l'idéal est de le faire sortir dans un panier de linge ou autre entre l'exécution de Madame Élisabeth, sœur du roi, et la chute de Robespierre. Je pense que le jour de la fête de l'Être suprême, avec toute la foule réunie sur le Champ-de-Mars pour assister à cette mise en scène grandiose qui est un vrai sacre de Robespierre, il ne devait pas y avoir grand monde en faction du côté du vieux donjon.

— Tu imagines.

— De manière vraisemblable. Celui qui fait sortir le petit prisonnier, otage de la Nation, c'est Paul Barras, robespierriste tiède, qui présidera peu après à l'arrestation du dictateur, en thermidor. Pour l'heure, il met de côté un atout maître pour négocier avec les royalistes, le roi selon le droit, ce garçon mal en point. Peu de temps après, c'est lui qui devient l'homme fort du pays, le maître du Directoire.

— Je vois. Il s'introduit au Temple avec sa maîtresse, ou du moins son égérie à ce moment-là, Joséphine. Elle s'émeut devant ce petit sur son grabat.

— Elle racontera tout ça, plus tard, à Bonaparte.

— Qui ne pleurera guère devant les tambours de Jaffa, qui avaient le même âge, et qu'il fera empoisonner.

— Pour sauver le reste de l'armée !

— Et donner à Gros l'occasion de peindre. Et l'enfant du Temple ?

— Barras ne peut pas garder l'évadé avec lui, c'est encore la Terreur, c'est bien trop dangereux. Il le confie à un célibataire.

— Un homme dont on ne parle pas encore beaucoup mais dont Joséphine et lui ont remarqué l'intelligence, Talleyrand-Périgord. Malin, il se garde bien de lui donner son nom, il fait croire qu'il s'agit du fils de Flahaut, raccourci en 1794, et de la romancière qui sera célèbre quelques années plus tard sous le nom de Mme de Souza, sa maîtresse d'alors. Il ne la met pas, bien sûr, dans le secret, il se contente de lui faire verser une bonne somme, qu'elle utilisera pour se marier. Ta valise arrive. On a réservé une voiture. Dans une heure on est à la Punta. »

*

Sébastiani défie les Bonaparte. Sans en parler à ses maîtres, les Pozzo, il a décidé d'accomplir enfin la vengeance des siècles. Il a fini par comprendre grâce à une alliée imprévue, Viktoria-Eugénie de Salerne. Ils se téléphonent tous les soirs. Après avoir écoulé, avec son frère et avec son fils, pendant des années, avec parfois la complicité débonnaire et passive de leur respectable cousin conservateur, des dizaines de reliques impériales aux trois quarts fausses, il s'apprête à faire surgir la vérité : Napoléon III usurpateur, Napoléon Ier manipulateur, cachant le rejeton de la vraie dynastie royale dans le néant de la troupe de ses aides de camp.

Beaucoup d'auteurs avaient rêvé de l'évasion de Louis XVII, qui semblait trop belle pour être vraie.

Au XIXᵉ siècle, de nombreux « faux dauphins » étaient apparus – la redécouverte, grâce à Gérard Leduc et quelques autres, en 2004, d'une relique dite du cœur de Louis XVII avait semblé clore l'histoire. On l'avait portée en procession à Saint-Denis. Quelques commentateurs avaient dit : l'ADN est celui de Louis XVI et de Marie-Antoinette, c'est incontestable, mais cela pourrait tout aussi bien être un reste du premier dauphin, mort en 1789 – qui avait donc lui aussi sa place dans la vieille basilique, avec les tombeaux des rois.

L'affaire Flahaut allait constituer un considérable rebondissement. Pour que Sébastiani puisse en parler il ne faudrait pas que la police s'avise qu'il est à l'origine du cambriolage de Reims. Son cousin le lui a dit : se faire oublier, laisser encore un peu refroidir le plat épicé de la vengeance. Giandomenico va partir. Le faux petit chapeau va lui permettre de s'installer loin. Il aura un autre nom, un petit commerce d'antiquités plus ou moins légales mais, entre-temps, il aura publié son livre…

*

Sur la route, à la sortie d'Ajaccio, le directeur du département des Peintures du Louvre appelle Pénélope :

« Tu veux des nouvelles ? Géraldine Lalouette est reconduite pour un second mandat, la présidente va même être décorée, on pavoise. La princesse de Salerne, tu sais qu'elle vient de divorcer, c'était dans *Point de vue*, a fait savoir qu'elle n'allait pas nous donner son Botticelli. Elle quitte Paris, elle veut l'offrir au musée Condé de Chantilly, une toquade.

— Elle est folle, Léonard, te voici trahi !

— Pas vraiment. Le tableau est quand même passé ce matin, à la demande de Mathieu Graville, par le Laboratoire des musées de France, procédure normale avant l'acceptation d'un don de cette importance : il était faux. Un Botticelli de la période fasciste, on a daté les pigments, ça a pris moins de cinq minutes. Ça m'a rappelé cette vieille plaisanterie de l'Italie de l'entre-deux-guerres, le télégramme du restaurateur à son mécène : "Gratté Botticelli, trouvé Mussolini. Gratté Mussolini, trouvé Botticelli. Dois-je continuer ?" Côté *Joconde*, tout va pour le mieux, on lui cherche un cadre sobre de remplacement le temps de notre exposition sur le mécénat de Martine de Béhague. Il y figurera dans une vitrine centrale. Toi qui l'aimes tant, ce cadre ! Tu admireras ma délicatesse j'espère : le jeune chercheur plutôt brillant à qui j'ai confié le commissariat, je n'arrive jamais à retenir son nom, s'est aussi chargé de te débarrasser de Diane. Ils ont l'air très amoureux, il me l'a présentée hier. J'ai fait celui qui ne savait rien, tu penses. Vous essayerez de ne pas venir à la même heure au vernissage. Je file à une réunion. Racontez-moi tout ce que vous allez trouver, les amis, si vous revenez vivants de la Punta. »

*

Elle l'attend. Elle a acheté pour lui un joli petit magasin bien situé, à l'entrée du grand souk de Khân al-Khalili. Avec son vrai prénom d'autrefois, Veronica, elle a l'impression de retrouver la jeune fille qu'elle était, lors de son premier voyage en Égypte avec ses parents. Ils avaient visité ce grand marché, elle avait été séduite. Elle s'était dit que ce serait la belle vie, devenir une des rares femmes vendeuses de cet endroit, résister au marchandage, faire des rabais à ceux qui ont une bonne tête, plumer les Allemands… Viktoria-Eugénie appartient au passé. Veronica est amoureuse. Il arrive bientôt, avec des malles d'objets, il a aussi racheté au Caire le fonds d'un vendeur égyptien en délicatesse avec les autorités, qui fabrique des statuettes et des bijoux antiques presque aussi beaux que les vrais. Quand on voit la nullité de la concurrence, ils ne vont pas avoir de mal à faire fortune. Ils vont vivre heureux ici, lui passera pour un Italien et ils diront à tout le quartier qu'ils se sont mariés il y a quarante ans. Le mois prochain, elle a déjà pris les billets, grande croisière sur le Nil, un nouveau voyage de noces. Elle va lui en faire la surprise.

*

Wandrille gare sa voiture dans le tournant du chemin, non loin du panneau qui interdit de franchir la barrière. Le château est face à eux.

« Quand on pense que chaque bloc de pierre a dû monter jusque-là, dans des charrettes, à dos de mulets…

— Un monument d'orgueil.

— Tu crois, Péné, que l'impératrice Eugénie a vu ça ?

— Elle n'est jamais revenue en Corse. Dans ses croisières en Méditerranée, sur son yacht, pour aller en Grèce, elle contournait l'île. Elle avait vu mourir son mari, son fils, son cher Morny en premier. Elle n'aurait pas supporté les Tuileries remontées à Ajaccio. Elle est retournée en Égypte, on l'a vue se promener dans des mosquées du Caire, elle est allée à l'île d'Elbe voir la maison du premier exil de Napoléon, elle est revenue à Malmaison, à Fontainebleau, elle a résidé au milieu de ses souvenirs, cherchant peut-être encore et toujours une preuve, à Arenenberg. Quand les souverains étrangers venaient la voir, était-ce parce qu'on disait qu'elle était la dernière à savoir certaines choses ? Sur son bateau, le *Thistle*, au large de Palerme, elle a vu arriver une chaloupe avec le duc d'Aumale à son bord, elle avait eu aussi la visite inopinée et peu délicate du Kaiser d'Allemagne, j'ai retrouvé de nombreux témoignages de ces anecdotes. On a envie de leur donner une signification.

— Morny était bien un simple demi-frère, et pas un frère de son mari, je peux le parier. Il est probable, en l'état actuel des recherches, que Napoléon III ait été réellement le fils de Louis Bonaparte, et s'il n'a pas l'ADN de son oncle, c'est du côté des amours de Laetitia qu'il va falloir chercher…

— Les Corses vont nous descendre. Tu es folle. On ne doit pas toucher à Madame Mère.

— On ne leur dira pas tout de suite ! Que savait Eugénie ? Royaliste, elle pouvait penser que son mari était le petit-fils de Louis XVI, elle n'était pas la femme d'un usurpateur, d'un comploteur qui avait réussi, de l'homme du coup d'État, elle était l'épouse du monarque légitime. Elle adorait Morny, elle suivait la carrière de Flahaut, qui restait discret mais demeurait présent : elle était impératrice aux yeux de tous, mais avait dû se persuader qu'elle était peut-être une reine de France, qu'elle réincarnait son idole, Marie-Antoinette.

— Les plus puissants, ce sont les bâtards.

— Talleyrand a revécu quant à lui, à travers cet enfant spolié de son droit d'aînesse, ce maigre rejeton que lui confient Barras et Joséphine, ce qu'il a lui-même subi quand sa famille l'a orienté vers la carrière ecclésiastique sous prétexte qu'il boitait. Il le sauve, ce petit dauphin, mais pour le priver de son droit à la succession au trône. C'est sa vengeance contre la maison de Bourbon.

— Mais pourquoi ?

— Dynastie rivale, là aussi ! À Noyon, en 987, c'est dans tous les vieux livres d'histoire, lors de l'élection du premier souverain de la dynastie, Adalbert Ier comte de la Marche et de Périgord lance à Hugues Capet : “Qui t'a fait roi ?” Périgord aurait pu tout autant être l'élu. Ses héritiers se le racontent le soir à la veillée.

— Adalbert de Périgord, c'était vraiment l'aïeul de Talleyrand ? Je vais appeler Leduc, moi tu sais, je ne crois plus à rien…

— Au moins autant qu'Hugues Capet était l'ancêtre de Louis XVI, à qui les révolutionnaires avaient redonné ce patronyme, et de Louis XVIII, qui disait perfidement, car il était très au courant de la querelle : “M. de Talleyrand ne se trompe que d’une lettre, il est du Périgord et non de Périgord…”

— Et le jeune Flahaut, puisque c’est le nom qu’il prend, il ne se révolte pas ? Si c’est lui le roi, et s’il le sait, il pourrait se manifester, avoir envie d’être reconnu.

— Après ce qu’il a subi dans la prison du Temple, peut-être pas. Le testament de Louis XVI contient cette phrase, que les royalistes du XIXe siècle lui reprochaient : “Je recommande à mon fils, s’il avait le malheur de devenir roi…” Ce malheur, l’enfant qu’on a traité comme un chien au Temple, devenu adulte, n’en veut à aucun prix. Son père en écrivant cela lui fait comprendre qu’il vaut mieux fuir la couronne et les charges. L’État, ce ne sera pas lui. Il ne veut rien, trop content d’avoir eu la vie sauve. Talleyrand le tient en réserve, il l’aide à grandir, il en fait le fils qu’il aurait aimé avoir. Il le regarde monter à cheval, collectionner les femmes, gagner au jeu. C’est son arme secrète et il la prête à Bonaparte. Si les Bourbons reviennent, “le général” sera le seul à savoir, avec Joséphine et lui, que Louis XVIII usurpe le trône tant que son neveu est vivant. Louis XVIII, à la surprise de tous, fait donc de cet homme de Napoléon un ministre, un prince qui garde tous ses titres d’Empire, un ambassadeur, un président du Conseil – mais jamais un “duc de Périgord”. Talleyrand le tient.

— C’est cohérent. Flahaut, le jeune homme choyé par Talleyrand, par Joséphine, par l’empereur Napoléon, couvert d’honneurs, d’argent et de conquêtes, est bien plus heureux dans son rôle de jeune premier d'opérette que placé sur un trône où il risquerait le retour au cachot et la guillotine. Sous la Restauration, il se fait oublier avec soin tandis que Talleyrand gouverne et reçoit des sommes colossales.

— Mais Napoléon, vaincu, pourquoi ne révèle-t-il pas le grand secret ? S'il sort de son bicorne la carte Flahaut, Louis XVIII tombe.

— Pour mettre sur le trône un homme qui ne veut pas s'y asseoir et qu'on a éduqué dans l'idée que "devenir roi" est le plus grand des malheurs ? Et puis Napoléon vaincu, à cette époque, n'a aucune preuve entre les mains, il a scellé lui-même dans la chapelle du lazaret de Jaffa le seul indice de ce qu'il pourrait affirmer, et même alors, qui le croirait ? Joséphine, elle, a assisté à tout, elle a vu sortir l'enfant couvert de vermine et rongé par la maladie, elle seule peut témoigner, donner des détails au sujet de la prison du Temple.

— Elle meurt juste à ce moment-là.

— Quand le bruit se répand qu'elle s'est éteinte brutalement après une visite du tsar, Napoléon comprend que le prochain qui sera empoisonné, ce sera lui. Le secret est trop dangereux en 1814. Après Waterloo, avant de s'embarquer pour son dernier exil, il passe quand même au crible Malmaison, pour savoir si elle n'aurait pas laissé une lettre, un récit écrit. Il ne trouve rien, bien sûr, et quitte les lieux au petit matin, désespéré. Il s'embarque pour Sainte-Hélène sans avoir revu le comte de Flahaut, que personne n'arrive à trouver et qui évite de se montrer.

— Napoléon III le sort de sa retraite, le transforme en ambassadeur, lui donne une charge qui en fait une autorité morale supérieure, grand chancelier de l'ordre de la Légion d'honneur. Un portrait de lui datant de cette époque permet d'imaginer à quoi aurait ressemblé Louis XVI devenu vieux, c'est frappant. Le roi n'était-il pas, dans la conception médiévale, source des honneurs ? Napoléon III pense-t-il que cet homme a des chances d'être son père ? Que Talleyrand a caché la dynastie des Bourbons sous le nom de Bonaparte ? Eugénie s'enthousiasme, part pour le Nil, sans arriver à rapporter de ce voyage la preuve de ce tour de passe-passe...

— Elle est la seule, avec Napoléon III, qui se rappelle à cette date que Bonaparte, incertain de son avenir, avait profité de son aventure égyptienne pour sceller loin de France le document d'or et de cornaline qui atteste cette incroyable histoire.

— Sans jamais savoir qu'un certain Bouchard avait ramassé la mise, et n'en avait rien fait. Pas plus que, détenteur des estampages de l'inscription qu'il avait trouvée à Rosette, il n'était parvenu à déchiffrer les écritures égyptiennes. Tout a fini dans une boîte en haut du placard de Mme Vanhuyssum, avec une pipe et une paire de bretelles. »

*

L'intérieur de la Punta est un décor de film : les flammes du XX$^{e}$ siècle ont léché les meubles et les rideaux, mais en laissant en place des broderies, des chaises à moitié consumées... Le dernier palais du dernier empereur, déplacé, passé d'une famille à une autre, comme la couronne, est en déshérence.

À l'étage, quelques pièces semblent encore en bon état. La bibliothèque n'a plus de livres, sauf sur la fausse porte du fond garnie de dos de reliures découpées : les volumes de la *Description de l'Égypte*, grande entreprise savante lancée par Vivant Denon – une facétie des Pozzo. Pendant que Pénélope s'extasie, Wandrille renifle tout de suite une bouteille de whisky ouverte, un cigare écrasé.

« Sébastiani était là ce matin encore, ou peut-être il y a une heure, mais il a filé. Bien installé notre ennemi ! Il a été gentil de ne pas nous tirer dessus à Jaffa…

— Il n'avait sans doute pas son arme. Il est surtout délicat de ne pas nous attendre derrière cette porte avec un flingue. Je viens de vérifier. On ne représente rien pour lui, ce qu'il voulait, nous l'avons trouvé et c'est au Louvre, hors de sa portée. On ne va pas non plus se donner trop de mal pour un malfrat en fuite, les autorités ont tout pour le coincer et ça ne va pas tarder. Regarde un peu les papiers, les tiroirs…

— Pas une feuille, pas une enveloppe, tout a été vidé. »

Wandrille, en se penchant par la fenêtre, remarque un tas noirâtre, au bout de la pelouse, à l'arrière du château. Ils redescendent, devinant qu'ils allaient trouver là le résidu d'un troisième incendie : les preuves calcinées de toutes les dernières ventes de fausses reliques et des recherches menées par Sébastiani dans sa coupable industrie. Tant mieux pour les collectionneurs parisiens et pour les commissaires-priseurs, le marché de la napoléonerie aura encore de beaux jours devant lui.

Au même instant, à l'aéroport d'Ajaccio, un avion s'envole pour Genève : aucun vol direct ne relie la Corse à l'Égypte. Sébastiani part retrouver celle qui désormais se cache sous un nom d'emprunt – tout simplement son véritable nom –, la femme qu'il aime depuis peu mais avec passion et avec laquelle il entend bien refaire fortune. Personne, dans les années à venir, n'entendra plus parler de la princesse de Salerne. D'ici à quelques heures, Giandomenico la serrera dans ses bras.

*

Pénélope et Wandrille eurent alors, au même instant, la même certitude : ils étaient réunis devant le plus beau paysage du monde. Un jour il y aurait là un téléphérique comme à Rio il y a le petit train rouge du Corcovado : Napoléon VI ou VII l'aurait fait construire, si l'Empire avait continué, avec une statue colossale du Petit Caporal étendant ses bras, vers l'Égypte et vers l'Angleterre.

« Diane a été une erreur, tu sais.

— Tu avais envie d'un enfant ?

— Je pense qu'il faudrait en avoir l'idée devant un beau paysage.

— On a tout alors. Allons-y », dit Pénélope – en s'allongeant dans l'herbe tendre.

## PRÉCISIONS HISTORIQUES
et remerciements

Comme dans les volumes précédents des enquêtes de Pénélope et Wandrille, tous les personnages sont imaginaires : ni au Louvre, ni à l'ambassade d'Italie, ni au musée Condé de Chantilly, ni à Reims au palais du Tau, ni en Égypte, ni ailleurs les personnages qui, dans ce roman, occupent d'éminentes fonctions ne s'inspirent de la réalité – et le système de protection de *La Joconde*, aperçu de loin par Pénélope, n'a semble-t-il rien à voir avec celui qui existe réellement…

Au sujet du site de Baouît, auquel le Louvre a dédié la magnifique salle décrite dans ce roman, les publications anciennes demeurent fondamentales :

Jean Clédat, « Le monastère et la nécropole de Baouît », *Mémoires publiés par les membres de l'Institut français d'archéologie orientale*, n° XII, 1 et 2, 1904, et « Le monastère et la nécropole de Baouît », *ibid.*, n° XXXIX, 1916.

Deux petits volumes sont parus, qui font le point des découvertes et de ce que conserve le Louvre : Dominique

Bénazeth, *Baouît : une église copte au Louvre*, Musée du Louvre éditions, collection « Solo », n° 18, 2002, et Marie-Hélène Rutschowscaya, *Le Christ et l'abbé Ména*, Musée du Louvre éditions, collection « Solo », n° 11, 1998.

Les travaux scientifiques se poursuivent, au rythme des nouveaux chantiers annuels lancés depuis 2003, comme en témoigne l'article de Dominique Bénazeth et Thomasz Herbich, « Le kôm de Baouît : étapes d'une cartographie », *Bulletin de l'Institut français d'archéologie orientale*, n° 108, 2008. Une excellente synthèse est parue dans *Grande Galerie, le Journal du Louvre*, n° 4, 2008 : Dominique Bénazeth, « Baouît, le monastère retrouvé », p. 84-89. Au sujet de la chapelle du mastaba d'Akhethetep et de sa restauration, on lira dans *Grande Galerie*, n° 38, Vincent Rondot, « Pourquoi restaurer la chapelle d'Akhethétep ? », p. 56-61, et Christiane Ziegler, « À la recherche du mastaba perdu d'Akhethétep », p. 62-66.

Sur l'équipée lointaine du général Bonaparte, le livre de Jacques-Olivier Boudon, *La Campagne d'Égypte*, Belin, collection « Histoire », 2018, a le grand mérite de se fonder sur les témoignages de ceux qui y ont participé.

Pour raconter la triste aventure du dauphin fils de Louis XVI et de Marie-Antoinette, d'innombrables livres ont été écrits, le plus intéressant et le plus à jour est celui d'Hélène Becquet, *Louis XVII*, Perrin, collection « Biographies », 2017.

Pour le faire évader de sa prison de manière vraisemblable, on a eu recours au livre de Charles-Éloi Vial, *La Famille royale au Temple, le remords de la Révolution (1792-1795)*, Perrin, 2018.

Sur Talleyrand, le livre irremplaçable est celui d'Emmanuel de Waresquiel, *Talleyrand, le prince immobile*, Fayard, 2003, nouvelle édition, 2006, complété par son *Talleyrand. Dernières nouvelles du Diable*, CNRS éditions, 2011.

Sur Bouchard, infortuné découvreur de la pierre de Rosette, homme savant bien maltraité par la postérité, on lira Robert Solé et Dominique Valbelle, *La Pierre de Rosette*, Seuil, 1999.

Sur le destin du comte de Flahaut, un « oublié de l'histoire », on se référera à Jean-Philippe Chaumont, *Archives du général Charles de Flahaut et de sa famille*, Centre historique des Archives nationales, La Documentation française, 2005.

La biographie de Françoise de Bernardy, *Flahaut, 1785-1870, fils de Talleyrand, père de Morny*, Perrin, collection « Présence de l'histoire », 1974, peut toujours être conseillée et, sur le début de cet étrange destin favorisé de tous, il existe un excellent travail de Philippe Munsch, *Mise en perspective de la carrière d'un aide de camp sous le Consulat et le Premier Empire : le cas de Charles de Flahaut de La Billarderie (1785-1815)*, École nationale des chartes, thèse d'archiviste-paléographe, 2016.

Le livre de Jean-Marie Rouart, de l'Académie française, *Morny, un voluptueux au pouvoir*, Gallimard, 1995, a inspiré plusieurs scènes où cette figure importante apparaît. Le livre d'Éric Anceau, *Ils ont fait et défait le Second Empire*, Tallandier, 2019, accorde à celui-ci une place de choix. Le caveau familial de Morny, au Père-Lachaise, est conforme à son évocation dans ce roman, il porte bien les armoiries révélatrices et peut-être trop « parlantes » qui sont décrites ici, avec cette surprenante bordure où alternent des aigles impériales et des dauphins.

Pour le récit de l'inauguration du canal de Suez, l'exposition organisée par l'Institut du monde arabe en 2018 a été une précieuse source d'informations. On se référera à son catalogue, publié sous la direction de Gilles Gauthier, *L'Épopée du canal de Suez*, Gallimard, 2018.

Sur la figure et la personnalité d'Eugénie, le livre d'Étienne Chilot *Dans l'ombre d'Eugénie. La dernière impératrice en exil*, Le Charmoiset, 2019, est d'un grand intérêt.

Au sujet du trésor de Reims au palais du Tau, l'étude la plus récente se trouve dans le volume collectif dirigé par Judith Kagan et Marie-Anne Sire, *Trésors des cathédrales*, Éditions du patrimoine, 2018. Le petit volume de Patrick Demouy, *Le Palais du Tau et le trésor de Notre-Dame de Reims*, Éditions du patrimoine, collection « Itinéraires du patrimoine », 2016, est le guide le plus utile. La présence d'une bague égyptienne dans le trésor est imaginaire, en revanche ce qui est dit du talisman offert par l'impératrice Eugénie s'inspire de faits bien réels, relatés notamment par Jean Taralon, « Note technique sur le "Talisman de Charlemagne" » dans *Les Monuments historiques de la France*, 1966, n^os^ 1-2, p. 24-43. Eugénie avait du goût pour les bijoux égyptiens. Elle avait voulu se faire offrir par Ismaël Pacha le collier aux trois abeilles de la reine Ahhotep (croyant sans doute y voir une emblématique impériale), vu dans le pavillon égyptien de l'Exposition universelle de 1867. Mariette s'y était opposé, défendant ainsi le patrimoine de l'Égypte.

De nombreux articles ont paru au sujet des recherches ADN menées dans la famille impériale française, la presse s'est amplement fait l'écho des faits relatés dans ce roman, ainsi Delphine de Mallevoüe, « Et si Napoléon III n'était pas le neveu de l'Empereur », *Le Figaro*, 25 avril 2014 (consultable en ligne). Le site iGENEA.fr propose même à ceux qui se pensent descendants des Bonaparte d'envoyer leur empreinte génétique – le prix de l'examen sera remboursé à ceux qui se rattacheront vraiment à l'illustre lignée. Le but est d'établir avec certitude une liste complète des descendants de Charles Bonaparte et de Laetitia Ramolino. Le prince Charles Bonaparte s'est soumis lui-même à l'analyse qui a confirmé qu'il est bien le descendant de Jérôme, frère de Napoléon Ier – ce qui ne résout pas l'énigme de l'ascendance de Napoléon III et du père de celui-ci, Louis, autre frère de l'Empereur. Beaucoup des faits rapportés dans ce roman s'inspirent de travaux, bien plus sérieux que ceux de l'imaginaire professeur Leduc, menés récemment. Il faut lire à ce sujet, de Philippe Charlier (avec David Alliot), *Autopsie des morts célèbres*, Tallandier, 2019.

Au sujet de l'extraordinaire palais corse qui sert de décor à quelques chapitres de ce livre, on lira le livre de Zélia Darnault-Orsoni, *Le Château de la Punta. La renaissance des Tuileries en pays ajaccien*, Éditions Alain Piazzola, 2019, et sur la famille qui l'a fait édifier, Michel Vergé-Franceschi, *Pozzo di Borgo (1764-1842), l'ennemi juré de Napoléon*, préface de Jean Tulard, de l'Institut, Payot, 2015, ainsi que les actes du premier colloque d'histoire diplomatique tenu à Alata en Corse, *Autour de Charles-André Pozzo di Borgo (1764-1842), cousin de Napoléon et ambassadeur de Russie en France*, sous la direction de Michel Vergé-Franceschi, Albiana, 2018.

La scène du débandelettage d'une momie achetée à la vente de l'impératrice Joséphine dans l'appartement de Dominique Vivant Denon (7, quai Voltaire, face au Louvre) est attestée. Le dessin qui fut fait ce jour-là par une certaine Harriet Cheney est reproduit dans le catalogue, publié sous la direction de Pierre Rosenberg, de l'Académie française, *Dominique-Vivant Denon. L'œil de Napoléon*, Musée du Louvre-Réunion des musées nationaux, 1999, p. 399, notice 433.

*La Joconde nue* a fait l'objet d'une mémorable exposition à Chantilly en 2019 (catalogue sous la direction de Mathieu Deldicque et Vincent Delieuvin, éditions In fine).

*

Mes remerciements vont d'abord à mon éditeur, Charles Dantzig, qui depuis le premier volume, *Intrigue à l'anglaise*, encourage les enquêtes de Pénélope et de Wandrille. N'a-t-il pas écrit, dans le *Dictionnaire égoïste de la littérature mondiale*, cette phrase mystérieuse : « C'est au musée du Caire qu'on peut le mieux comprendre le roman » ?

Je veux remercier aussi ceux qui, parfois avec enthousiasme mais le plus souvent malgré eux, inspirent des scènes et des personnages de ces aventures, parce qu'ils vivent dans le monde des musées ou qu'ils aiment l'histoire de l'art. Nombreux sont ceux qui figuraient déjà dans les remerciements des quatre *Intrigues* précédentes :

Sébastien Allard, Benedikte Andersson et Dario Cordero-Erausquin, Frédéric et Isabelle Andersson, Charles Baboin-

Jaubert, Philippe Barbat, Philippe Bélaval, Hugo Bensaiah, Stéphane Bern, Bérengère et Bruno Blanckaert, Sylvie Blin, Carole Blumenfeld, Jacques-Olivier Boudon, Violaine et Vincent Bouvet, Laurence des Cars, Laurence Castany, Philippe Charlier, Adélaïde de Clermont-Tonnerre, Xavier Collet, Philippe Costamagna, Pedro Costinha-Nevoa, Valérie Coudin, Pierre-Alexandre Crettez, Laure et Xavier Darcos, Mathieu Deldicque, Vincent Delieuvin, Défendin Détard, Bertrand Dubois, Béatrice de Durfort, Cristina Egli, Côme Fabre, Christine Flou-Granveaud, Dominique de Font-Réaulx, Camille de Foresta, Sylvain Fort, Bruno Foucart (†), Jean-Louis Gaillemin, Hugues R. Gall, Nicole Garnier-Pelle, Élisabeth et Cyrille Goetz, Anne-Catherine Grimal, Mikaël Grossmann, Hélène Guichard, Constance Guisset et Laurent Le Bon, Aline Gurdiel et Christophe Ono-dit-Biot, Valentine et Markus Hansen, Stéphane Héaume, Anne Heilbronn, Barthélémy Jobert, Alexandre Lafore, Jacques Lamas, Ludovic Lemahieu, Annick Lemarrec, Isabelle le Masne de Chermont, Christophe Leribault, Daniel Marchesseau, Jean-Luc Martinez, William Marx, Jean-Christophe Mikhaïloff, Christophe Parant, Philippe Perfettini, Paul Perrin, Sonia et Laurent Petitgirard, Wandrille Potez, Nicolas Provoyeur, Jules Régis, Laurella et Bruno Roger-Vasselin, Brigitte et Gérald de Roquemaurel, Xavier Samson, Jean-Hugues Simon-Michel, Pierre Tallet, Barbara et Philippe Toussaint, Charles-Éloi Vial, Hermine Videau, Marie-Christine Vigutto, Odile et Michel Zink.

# Table

DEUXIÈME PARTIE

*La campagne d'Égypte de Pénélope*



INTERMÈDE 1

*Comment on débandelettait les momies chez le baron Denon*



TROISIÈME PARTIE

*Les brasiers du Caire*

DU MÊME AUTEUR :

WEBCAM, roman, Le Passage et Points.
LA DORMEUSE DE NAPLES, roman, Le Passage et Points, prix des Deux-Magots, prix Roger-Nimier.
UNE PETITE LÉGENDE DORÉE, roman, Le Passage et Points.
À BAS LA NUIT !, roman, Grasset et Le Livre de Poche.
LE COIFFEUR DE CHATEAUBRIAND, roman, Grasset et Le Livre de Poche, grand prix Palatine du roman historique.
LA NOUVELLE VIE D'ARSÈNE LUPIN, roman, Grasset et Le Livre de Poche.
VILLA KÉRYLOS, roman, Grasset et Le Livre de Poche.

Ainsi que…

*Les Enquêtes de Pénélope*, série romanesque comprenant :
INTRIGUE À L'ANGLAISE, roman, Grasset et Le Livre de Poche, prix Arsène-Lupin ;
INTRIGUE À VERSAILLES, roman, Grasset et Le Livre de Poche ;
INTRIGUE À VENISE, roman, Grasset et Le Livre de Poche ;

INTRIGUE À GIVERNY, roman, Grasset et Le Livre de Poche.

LA GRANDE GALERIE DES PEINTURES, Centre Pompidou-Musée du Louvre-Musée d'Orsay.
AU LOUVRE, LES ARTS FACE À FACE, Hazan-Musée du Louvre.
MARIE-ANTOINETTE, Assouline.
INGRES. COLLAGES, Le Passage-Musée Ingres de Montauban, prix du livre d'art du Syndicat national des antiquaires.
L'ATELIER DE CÉZANNE, Hazan.
COMMENT REGARDER RENOIR, Hazan.
LE SOLILOQUE DE L'EMPAILLEUR, nouvelle, avec des photographies de Karen Knorr, Le Promeneur.
CENT MONUMENTS, CENT ÉCRIVAINS. HISTOIRES DE FRANCE (direction d'ouvrage), Éditions du patrimoine.
VERSAILLES, LE CHÂTEAU-LIVRE, anthologie, Artlys.
CENT CHEFS-D'ŒUVRE DU LOUVRE RACONTENT UNE HISTOIRE DU MONDE, Beaux-Arts éditions-Musée du Louvre.
LES OISEAUX DE CHRISTOPHE COLOMB, nouvelle, Gallimard.
LE TRÉSOR DE LA CATHÉDRALE D'ANGOULÊME : JEAN-MICHEL OTHONIEL, APRES éditions-Les Presses du réel.
UN JOUR AVEC CLAUDE MONET À GIVERNY, Flammarion.
NOTRE-DAME DE L'HUMANITÉ, Grasset.
VENISE DES PEINTRES ET DES ÉCRIVAINS, Grasset.
RÉSIDENCES PRÉSIDENTIELLES, Flammarion.

PAPIER À BASE DE FIBRES CERTIFIÉES

Le Livre de Poche s'engage pour l'environnement en réduisant l'empreinte carbone de ses livres. Celle de cet exemplaire est de :
250 g éq. $CO_2$
Rendez-vous sur www.livredepoche-durable.fr

Composition réalisée par PCA

Achevé d'imprimer en France par
CPI BRODARD & TAUPIN (72200 La Flèche)
en décembre 2022
N° d'impression : 3050427
Dépôt légal 1re publication : janvier 2023
LIBRAIRIE GÉNÉRALE FRANÇAISE
21, rue du Montparnasse – 75298 Paris Cedex 06

87/1131/8